La eternidad del instante

Esta obra obtuvo el

III PREMIO DE NOVELA
CIUDAD DE TORREVIEJA

2004

otorgado el 30 de septiembre de 2004
en Torrevieja (Alicante), por el siguiente jurado:
José Manuel Caballero Bonald (presidente),
Ana María Moix, J. J. Armas Marcelo,
Nuria Tey (directora editorial de Plaza & Janés)
y Eduardo Dolón (concejal de Cultura
del Excmo. Ayuntamiento de Torrevieja),
actuando como secretario David Trías.

ZOÉ VALDÉS

La eternidad del instante

PLAZA JANÉS

Primera edición, 2004
Primera edición en México, 2005

© 2004, Zoé Valdés

D. R. 2005, Random House Mondadori, S. A. de C. V.
    Av. Homero No. 544, Col. Chapultepec Morales,
    Del. Miguel Hidalgo, C. P. 11570, México, D. F.

www.randomhousemondadori.com.mx

ISBN: 0-30724-301-X

Impreso en México/ *Printed in México*

A mi abuelo Maximiliano Megía, Mo Ying

Índice

... El estilo del deseo es la eternidad...

JORGE LUIS BORGES

L'eternité n'est pas de trop pour que je te
rejoigne. Pas à pas, je te rattraperai.

FRANÇOIS CHENG

Primera parte

NACER

UNO

La pócima deliciosa del flechazo

En la charada chino-cubana: caballo

Hasta que una ráfaga de viento helado abriera de golpe el gran ventanal del salón y a través de él entrara una nube de copos de nieve, Li Ying, a sus veintisiete años recién cumplidos, aún confiaba en que dedicaría por entero su vida a la ópera y que, sin resuello, actuaría hasta la muerte en el papel de una núbil emperatriz, Wu Zetien, de la dinastía Zhou, deseosa de ser pervertida —no por gusto la llamaron la Mesalina china—, gozosa con los regodeos sensuales de un grotesco sabio de la dinastía Tang, en tórridas e imaginarias bacanales bajo una gigantesca, aunque bochornosa, luna de papel de arroz. O en esa otra, *La ópera de la serpiente blanca*, que duraba siete horas y lo dejaba extenuado después de gesticular tres días seguidos en el papel de *dan,* o sea de mujer, cuyo nombre era Serpiente Blanca, un ser femenino inmortal que se transforma en muchacha y a quien le toca afrontar una historia de amor contrariado. Y también en el papel codiciado por todas las actrices y los actores, el de la dama Chang'E, a quien su marido castigaba alimentándola exclusivamente con tallarines y carne de cuervo, hasta que descubrió el arroz y decidió alejarse de la esposa siete años, en la mayor discreción. En ese espacio de tiempo el esposo de Chang'E cultivó el arroz y las ganancias fructificaron de manera inesperada; entonces volvió para dar la agradable sorpresa a su esposa; cargaba orgu-

17

lloso a sus espaldas dos bolsas de puñados del novedoso grano. Pero entonces el hombre cayó víctima del más ingrato estupor. Chang'E no lo había extrañado lo suficiente: lloró justo dos días su ausencia, pataleó cuatro jornadas, ni más ni menos; más tarde echó la casa abajo, descubrió un frasco que contenía un almibarado y perfumado elixir y se sintió tan cretina y traicionada que, por venganza, bebió hasta la última gota. Al punto todos sus apetitos fueron colmados y comprendió que el elixir contenía un hechizo. Sus pies despegaron del suelo, atravesó relámpagos, ráfagas de lluvia, truenos, hasta hallarse en un espacio tan mullido e impoluto como la espuma del merengue que se levanta al batir la clara del huevo. Sus pies acababan de aterrizar en la luna: la poción mágica había surtido un efecto de inmortalidad en ella. Sin embargo, nunca más pudo descender del astro a reunirse con su amante esposo. La leyenda cuenta que sólo cuando un niño descubre por primera vez el exquisito sabor del arroz, el marido de Chang'E consigue dar un salto mortal al cielo y visita a la prisionera de la luna, la dama caprichosa Chang'E.

Desde los cinco años, mientras los demás niños jugaban en el patio del burgo donde había nacido (y donde todavía vivía con una larga parentela de tíos y primos), sus padres pusieron todo el afán en que estudiara e ilustrara su sabiduría; lo iniciaron, primero bajo su propia tutoría y luego bajo la custodia de los monjes, en el canto y la danza de la poesía antigua, hicieron de él un chico retraído y refinado, que no sólo cantaba con sorprendente claridad de *fan bai*, timbre de flujo y reflujo de la voz, sino que además tocaba varios instrumentos: el laúd de pipa de origen persa, el arpa, la cítara *qin* y la de dieciséis cuerdas, las flautas verticales o atravesadas, el tamborcillo de bambú, el címbalo, la vihuela a dos cuerdas pulsada con arco, el órgano de boca; también era experto en las cinco formas del canto: el *Gaoqiang,* derivado del *Yiyang qiang,* ambos géneros específicamente timbrados, después le seguía el *Kunqiang,* que es el sobreviviente del *Kunqu,* estilo sofisticado originario de la costa, y el *Huqin,* desmembrado de la ópera de Pekín, muy rítmico.

Su padre escribía salmos y sermones, y editaba libros acerca de las obras de sus poetas predilectos: Du Fu, Su Dongpo y Bajin. Su madre poseía el secreto familiar de la hilandería, tejía y bordaba tesoros que tenían como destino ser acaparados en el mercado occidental. También hilaba los largos paños de seda natural en donde el padre dibujaba versos; la mujer cosía con hilos preciosos de oro y plata las cubiertas de los libros, luego los perfumaba con esmero con un líquido de su invención, azahar y almizcle, y por último untaba goma arábiga para que su resistencia fuera duradera.

Muy temprano ambos descubrieron alborozados que Li Ying no sólo poseía un gran talento para la lírica vocal; además el canto brotaba de su garganta comparable sólo a los gorjeos del ruiseñor, dominaba el arte de los gestos, el fraseo de la mirada con una exigencia espiritual y maestría corporal inigualables. Nunca nadie había hecho gala de semejante vigor físico, pues podía alargar la duración de las óperas de quince días a un mes. Los vecinos comentaban que semejante portento no podía venir de otro modo que no fuera directamente de una energía superior; se hallaban ante un don divino y se confesaron testigos de la gracia enviada por el Iluminado, el dulce y venerado Buda.

Li Ying sonrió humildemente, estiró su pelo negro brillante hacia atrás con ambas manos y colocó una banda muy apretada en sus sienes; los ojos se le achinaron aún más. Untó sus mejillas de maquillaje blanco, tomó el pincel y pintó sus cejas de negro, dos trazos como dos alas de águila en pleno vuelo; bordeó los ojos de *kohol* oscuro, los rabos siguieron la línea tirante de los párpados. Por último, embarró la punta de otro pincel de un rojo intenso; sus labios finos resplandecieron igual que el tajo de una herida recién abierta y entintada en espesa sangre.

Estiró los brazos y su cuerpo tomó la forma de una cruz; entonces alguien tocó suavemente a la puerta y enseguida entró: era su madre, que llevaba encima de los brazos extendidos el traje recién planchado. La mujer deslizó el tejido y acarició la tibia piel del joven; se movía lenta y ceremoniosa, como quien se entrega devotamente a un ritual poscrito.

Para Li Ying y para su madre éste era el momento más turbador; al hijo le invadía la sensación de que su carne y la seda se diluían en un latido espiritual sublime. Parecía que el pecho se le detuviera en un gemido, como si cesara de respirar.

El tiempo también dejaba de existir. O fluía hacia la dulce vacuidad del pensamiento. La piel tersa e inmóvil, los testículos recogidos en un escalofrío.

Faltaban pocos minutos para entrar en escena y colocó la mente en la posición del cuerpo. Ah, su cuerpo, sufría noche tras noche una irrepetible transformación, cada vez más perfecta, ya no era más él. No más Li Ying. Aparecía en su lugar la emperatriz lunática, y un rayo envuelto en una nube se apoderaba de su garganta, la luz anidaba en sus sedosas cuerdas vocales.

Al salir del recinto, a la madre se le escapó el pomo de la puerta de su temblorosa mano y el tirón produjo una bolsa de aire proveniente del corredor. El impacto hizo que el viento desatara el nudo que frágilmente sellaba las hojas del ventanal.

Li Ying, erguido, la mirada perdida en el dramático deseo de otra emperatriz que le ayudaba a alcanzar su inspiración, Cixi, hizo una de las más elegantes ondulaciones de mangas delante del espejo mojado por la granizada, ejecutó un fraseo de ojos y manos, y se dirigió a pasos cortos, apenas rozaba el suelo, a trancar con el pestillo y a asegurar la madera.

Una rama amarilla, retrasada del otoño, ¿de qué árbol caía si ya todos estaban secos y deshojados?, desvió su mirada hacia la calle cubierta de nieve.

Allí, una joven que no dejaba sus huellas en el hielo avanzaba, también con cortos pasos ligeros como si patinara o levitara, sumamente apresurada; los brazos apretados contra el pecho protegían con celo un cartapacio de rollos de papel, y de su hombro colgaba una maleta donde no había que ser adivino para comprender que guardaba pinceles y potes de tinta.

De súbito la joven se detuvo, volteó la cabeza hacia la ventana y sonrió a Li Ying. Su sonrisa era triste o cansada.

—Quizá lo último —se dijo el joven.

Li Ying no conocía a la muchacha, seguramente se había mudado al burgo hacía muy poco. Emocionado, sin apenas poder respirar, estuvo observándola hasta que ella desapareció de su ángulo visual.

Luego regresó a recostarse en un almohadón. La cama de madera había pertenecido a su abuelo; adornada con un dosel capitoneado, resaltaban los frisos y relieves de cisnes, gansos y adolescentes que se besaban en los labios; allí quedó pensativo.

Por primera vez, el chico exigió que le trajeran un té imperial, prendió un puñado de incienso y, totalmente desconcentrado de su papel de gran dama caprichosa, se inquietó ante los efectos que provocaba en su interior la contemplación de la beldad que había pasado por delante del teatro. Un cosquilleo ligero y durable lo invadió entre el vientre y las ingles; aquello se llamaba desasosiego, picazón.

¿Por qué, cuando todos iban a escucharle y a admirarle, ella no lo hacía?

Ella corría a casa, a copiar escrituras probablemente. Ésa fue la idea que se hizo de aquel frágil cuerpo: quizá escribía o dibujaba, o ambas cosas.

Aquella noche Li Ying sólo conseguiría representar con dejadez y mediocridad al personaje, y no hacerlo vivir, como lo había conseguido hasta ese momento, seducido por el fantasma de la emperatriz que gustaba descansar bajo las sombras de las moreras, embelesada con el canto de las golondrinas, mientras saboreaba una pócima caliente y dulzona.

Una tarde, dentro de la taza, cayó un capullo de seda. La emperatriz tiró del cordelillo que destilaba la crisálida. Así supo que el capullo escondía metros y metros de un cordel casi transparente. Sus dedos juguetearon con una bobina de hilo húmeda e hirviente. La emperatriz sintió un retozo acariciador entre los muslos, y luego un desmayo, semejante a cuando sus labios fueron atrapados por otros labios mordedores en un beso inolvidable.

«Había nacido la seda», pensó el joven, su mente enredada entre un recuerdo y otro, obnubilada entre la ficción y la realidad. «Todo intento de sacar de China huevos o gusanos de seda estaba castigado con la muerte.»

Dos palmadas en el hombro lo sacaron del ensueño; el público abarrotaba el teatro y clamaba por su aparición.

Terminada la pieza, Li Ying deseó averiguar por todos los medios la identidad de la joven. Envió a la tarea a su padre, quien investigó con discreción entre varios invitados. Por esta vía se enteró de que la chica habitaba en un burgo aledaño; vivía sola con el padre, pues la madre había muerto al darla a luz.

El padre, un dibujante y calígrafo de renombre, servía de escribiente a iletrados y obedecía a los monjes del monasterio más cercano. Ella aún no alcanzaba la maestría del progenitor pero, sin aspirar a realizar obras cumbres ni ambicionar competir, en algunas casi lograba sobrepasarlo.

Un amigo del padre de Li Ying elogió la excelente educación de la chica; eso sí, vivían sin gastar mucho, decentemente; eran una familia pequeña, quizá uno o dos primos nada más, pero se distinguían por su seriedad y buenos modales.

Li Ying expresó su firme e irrevocable deseo de encontrarla.

La preocupación invadió a los padres. ¿Había llegado el primer amor? Aunque, a decir verdad, la noticia los consolaba de otra inquietud mayor, la que los preocupaba antes: comprobar que el hijo se obsesionaba con la ópera en lugar de apreciar la límpida belleza de cualquier muchacha honrada.

Pero era inevitable; la mujer lo comentó en voz alta con su marido, la vida es así, cuando un hijo se enamora los padres se ponen muy nerviosos.

—No somos los únicos que nos comportamos como unos tontos ante la evidencia de que nuestro hijo se enamora.

Li Ying aseguró categórico que se trataba del primer amor y el único que tendría en su vida. Y reafirmó que, con la misma intensidad que amaba la ópera, amaría a su mujer.

—Ah, no, hijo, no se ama a una mujer como se ama una ópera… —replicó el padre.

Los tres guardaron un espeso silencio.

—Una ópera acaba cada noche o tres noches después, hijo; repites lo mismo cada vez, con intensidad, con emoción… A una mujer debes quererla siempre de forma diferente y hacerle creer que la quieres siempre igual.

La esposa esbozó una sonrisa. Entonces el hombre se atrevió a burlarse de sus inusitadas y, según él, pobres palabras. El hijo soltó una carcajada irrespetuosa. Li Ying consideraba que su padre era demasiado circunspecto y que eso mermaba en él el goce de los placeres cotidianos. La madre, por ese lado, le parecía más inteligente. Li Ying adoraba la calma de su madre, la paciencia y el deleite con que dedicaba su vida a la más mínima labor.

Cenaron sopa de emperatriz, carne hervida en leche de soja. A la última emperatriz le gustaba mucho, volvieron a comentar; lo hacían de modo rutinario, recordaban invariablemente el origen de los platos que se llevaban a la boca, como si el paladar se enriqueciera con la cíclica evocación de la historia.

La noche refrescó aún más. El padre regresó a la escritura, la madre al bordado.

Li Ying escondió su cuerpo, desnudo y palpitante como nunca antes, debajo del edredón, cerró los ojos y se quedó profundamente dormido.

Soñó que atravesaba a nado un río muy ancho, el río Amarillo.

Se despertó empapado en sudor. Bebió té del recipiente de metal, puesto justo a su lado, y volvió a dormirse.

Soñó con una muchacha que llevaba el pelo adornado con lirios y flores de loto en las manos. Sonreía, y el mundo dentro del sueño se ensanchaba.

Li Ying se hallaba situado en una habitación sombría. Ella saludaba ahora desde un campo sembrado de una pelusa rosada. Iba envuelta en una seda roja bordada en hilos de oro. El dibujo del bordado consistía en ramas y dragones, que más tarde se transformarían en letras, en caligrafía, en frases cortas e ininteligibles.

La chica introdujo el pie izquierdo en un estanque cuya agua humeante era de igual color que la hierba, rosado. Introdujo sus manos y el agua tornó sus reflejos en incandescencias soleadas hasta convertirse del todo en oro viejo. Sumergida nadó largo rato; emergió y entonces ya se hallaba muy cerca de él. Tan próxima, que bastó que cruzara el umbral de la puerta, y sin pronunciar palabra, ofreció un líquido verdoso a Li Ying para que bebiera en el cuenco de sus manos.

Olía a tamarindo. Li Ying bebió hasta saciar su sed. Fue agradable escuchar el eco de un gong lejano y el relinchar de un caballo.

DOS

Una trenza como un pincel

En la charada chino-cubana: mariposa

Lo que más le gustaba en la vida era mirar hacia arriba y contemplar el cielo. Mei observaba las nubes hasta que la embargaba la dicha; entonces, cundida de sensaciones, enumeraba las nubes que inundaban su alma.

Prefería el invierno al verano, su mayor satisfacción consistía en disfrutar del espectáculo de una nevada a través de la ventana o en derramar tinta en el jardín y observar el espeso riachuelo que coloreaba de índigo la marmórea blancura de la nieve.

Mei acababa de cumplir diecisiete años y ocupaba la mayor parte del tiempo en la lectura y en copiar apolillados manuscritos del monasterio donde su padre trabajaba reproduciendo los dictados de los monjes, muy ancianos y ciegos.

Leía desde los tres años, escribió a partir de los tres y medio. Su padre la había enseñado, instruyéndola con los comentarios a *Los poemas canónicos* o el *Libro de poemas*, la más antigua antología de poesía china, compuesta por trescientas cincuenta piezas líricas, compiladas en la época del 770-476 antes de nuestra era.

No tenía hermanos, sólo dos primos. Huérfana de madre, ya que ésta había fallecido en el parto, Mei nunca había experimentado el dolor y el padecimiento de su pérdida, estaba convencida de que su madre habitaba todo lo que ella tocaba: una flor, la ti-

bieza de las aguas en verano, los arbustos que acariciaban sus pies…
Además, su padre había suplido la ausencia: el escribano mimaba
por entero a la hija única y a la literatura.

El señor Xuang nunca más se había vuelto a enamorar. Mientras Mei fue pequeña tampoco salía a ninguna parte y apenas frecuentaba a nadie. Pero Mei creció y se hizo una adolescente, y aunque su padre continuó muy pendiente de ella, desde hacía algunos años sus hábitos cambiaron por completo: esperaba con ansiedad a que la muchacha se durmiera para escaparse cauteloso hacia las duchas colectivas y allí se divertía con la invención y el floreo de largas parrafadas con sus amigos sobre lo humano y lo divino.

Envueltos en grandes toallas y acomodados delante de unos tableros, colocaban encima unos recipientes de madera y cuero, introducían la mano y extraían a los verdaderos protagonistas de largas y entretenidísimas peleas: grillos amaestrados. El grillo sólo canta cuando gana.

Por el contrario, cuando las peleas de grillos entorpecían las entendederas y los contrincantes dueños de los insectos entablaban ridículas contiendas de groseros insultos —e incluso se agredían físicamente, aunque sin gravedad, pues la sangre nunca llegaba al río—, para él terminaba la diversión del juego y se iba al fumadero de opio, que abandonaba a deshoras. Trastabillaba en dirección al lupanar con la obvia intención de dormirse a alguna viuda, o concubina venida a menos, a la que, fuera quien fuese, trataba remilgadamente, como si, al contrario de lo que era, estuviese delante de una señora de gran clase, amante digna de elogios y fabulaciones.

Concluido el acto y satisfecho del mismo, regalaba un poema a la dama. Dinero nunca, los ahorros del poco salario que ganaba estaban destinados al porvenir de Mei, de quien se sentía muy orgulloso.

Después de la contienda amorosa, terminaba con un canto apologético de su pequeña hija ante la asombrada amante.

«Si hubiera nacido varón no habría sido tan inteligente —pensaba a menudo complacido—. Pero si hubiera nacido varón, yo habría vivido más tranquilo. Mi hija jamás podrá ser respetada como profeta…» Entonces suspiraba angustiado.

Mei se desvivía, consciente de la devoción de su padre hacia ella; ésa era la razón por la que insistía, bajo juramento, en que jamás lo abandonaría. Como él nunca la había dejado para buscarse una mujer, ni gracias a Dios jamás le había impuesto una madrastra, ella tampoco se fugaría con un hombre.

—Ése es otro tipo de amor, hija, algún día conocerás el gran amor. Y yo seré la persona más feliz del mundo al saberte feliz a ti.

Mei negaba con la cabeza y los ojos se le llenaban de lágrimas, como cuando imaginaba la vejez y la muerte del señor Xuang. Ella deseaba morir antes que su padre. Pero si esto sucedía, sería él quien quedaría solo y desconsolado, reflexionaba con los labios temblorosos. Mejor que le tocara a él irse primero, cuando se pusiera muy viejo, como era la ley natural de la vida. De este modo podría acompañarle hasta el último estertor, y sería ella quien aplicara las instrucciones del médico del monasterio: tomaría el pulso del enfermo e intentaría alargarle la existencia, palparía con sus dedos cada fragmento del cuerpo y estudiaría al tacto el origen de la enfermedad e inventaría el remedio, después de cocinar yerbas y de mezclar pociones.

Mei elevó las pupilas; el sol resplandecía luego de la nocturna tempestad de nieve. Recordó la cara de Li Ying engalanado para la ópera. Y se sorprendió con el agrado que le provocaba evocar la imagen del joven.

Pese a que su padre y ella vivían en el burgo desde hacía menos de un mes, ya había escuchado las mejores impresiones acerca de las dotes del actor; y aunque no deseaba otra cosa que ir a verle actuar porque, además, jamás había pisado un teatro, pensó que no se atrevería a pedir el consentimiento a su padre, probablemente él no se lo daría. O ella prefería que no se lo diera.

Sentada sobre sus talones en la estera, extendió los rollos de seda y los de papel frente a ella. Colocó los pinceles y los sellos, los potecitos de tinta al otro lado. Reflexionó unos minutos con la vista perdida en el texto.

Al rato, con un movimiento ondulado y acompasado del torso y de la cabeza echó su larga trenza hacia delante, tomó la punta, la sumergió en una vasija de tinta, y lentamente dibujó unos trazos en un pedazo de paño, *bougrams* color fucsia.

Escribió la palabra que improvisó con rapidez su mente: «pasión».

Y enseguida brotaron los versos, como un río caudaloso. Arrepentida cesó de trazar las letras, limpió sus manos en una servilleta de algodón hirviente, pasó un segundo pañuelo húmedo por la frente; su piel brillaba con la pureza de los tonos del marfil. Y una mariposa cruzó su pensamiento. Detrás de la mariposa corrieron liebres, gamos, ciervos y corzos.

Días atrás había oído a su padre aconsejar a un discípulo que aprendiera a discernir entre la pasión y el abismo. En casos de desesperación él escogería el abismo. La pasión dañaba el amor. Sin embargo la idea del vacío devolvía la paz del espíritu.

30

—No hay nada más ordinario —opinaba— que ambicionar a un ser hasta desear destruirle.

—¿No siente nostalgia del amor? —preguntó el discípulo.

—Sólo aspiro a envejecer con el deseo de volver a vivir y honrar a mi hija, la única mujer de mi vida, con una vejez digna de su inteligencia y de la mía. ¿Habrán leído a Li Yu? Su equivalente occidental es Molière.

Mei sonrió ante el recuerdo de aquella conversación escuchada a escondidas y creyó que no sería oportuno confesarle a su padre la verdad: ella había empezado a contar sus sentimientos en un cuaderno con tapas de terciopelo. En él describía sus deseos como ajenos: presentía algo muy parecido a la pasión, desesperación honda que le socavaba las entrañas, ansias de poseer hasta triturar; intercambiaba angustias y travesuras con las voces que le susurraban en soledad, invenciones del pensamiento más que fantasmas.

Sufrimientos inéditos oprimían su pecho en las desoladas noches en las que el señor Xuang, convencido de que su hija dormía, se fugaba a sospechosos sitios, pavorosamente extraños para ella.

La punta de la trenza cortó el trazo suspendiéndolo en el aire; Mei ejercitaba su talento en la construcción de parábolas. En cierta manera su repentino énfasis en la escritura la había conducido a la duda perenne, y concluyó que narrar historias la aburría enormemente; consideraba las novelas un género ordinario. La sabiduría consistía en esperar y, cuando la inspiración lo consintiera, atrapar el instante poético.

Colocó un nardo encima de un trozo de felpa. Deslizó con extrema suavidad la yema de los dedos sobre la austeridad del papel, en nada comparable a la abundante sensualidad de la seda. Quemó un incienso para obligarse al análisis e hincada de rodillas se postró ante una estatuilla en bronce de Buda con el pelo, las cejas y los ojos teñidos en lapislázuli.

Mei retornó a su puesto y copió el siguiente verso:

«*Ye wei yang*». «Aún no es medianoche».

Murmuró que la mejor hora para declarar sus secretos al papel o la seda en blanco, sin duda alguna era medianoche. ¿Cuál, entonces, sería la mejor hora para ofrendar su cuerpo al amante de su elección?

Se sirvió té en una taza de porcelana dorada, mojó la punta de la trenza en el brebaje y escribió:

Una máscara

Mi amante ha pintado sus labios de rojo.
Yo espero.
Luce una larga y espléndida cabellera,
Las espaldas finas.
Yo espero.
Él es armonioso   ah   ese amante.
Nadie me detiene   pero no revelo nada.
Él se reclina   boca entreabierta.
Las canciones queman   la tinta fluye.
Mi amante erguido.
Un paso   otro paso   acude al espejo.
Mi amante paseándose como un tártaro.
Yo espero sin ninguna moral.

Él se aproxima   hojas de oro coronan sus sienes.
Mi bella danaide   ¡caliéntame el corazón!
Mi amante se ha puesto todo eso que yo debí ponerme.
Yo espero el placer inédito.

El señor Xuang irrumpió en la habitación; bailoteaba excitado, daba un paso hacia delante y dos hacia atrás, mesaba sus ralos cabellos, balbuceaba de alegría:

—¡Oh, hija, tengo una excelente noticia que darte! ¡El gran Li Ying desea conocerte! ¡Anoche te vio y quedó prendado de ti! ¡Su padre ha estado informándose sobre nosotros! ¡Su padre, un editor, un gran poeta! Figúrate, son una familia de muy buena posición. ¡Poseen un teatro! ¡Es una modesta pagoda, donada por los monjes, convertida en teatro! ¡Pero pagoda al fin y al cabo! ¡Viven de las rentas del abuelo paterno, de los bordados de la madre y los libros editados por el padre se venden muy bien! ¡Pueden darse el lujo de sentarse a escuchar poesía! ¡Tendré un yerno honorable!

Hizo una pausa, se aproximó a ella y le tomó las mejillas en ambas manos:

—Y tú, pequeña Mei, si todo sale bien y estás de acuerdo, tendrás un buen marido.

—Padre, no me iré jamás de su lado.

—No digas tonterías. Nunca estaremos lejos uno del otro, ni la muerte podrá separarnos. Mi alma está en la tuya y la tuya en la mía. ¿Aceptas conocer a Li Ying?

La chica abrazó a su padre y el rostro contra su pecho, entre sollozos, asintió:

—Li Ying es muy bello, padre.

La voz de Mei atravesó los tejidos, los músculos. Instalada en las entrañas del señor Xuang, multiplicó su potencia e hizo eco en el pulmón izquierdo del hombre; las lágrimas de la joven mojaron su camisa, humedecieron su piel, y al secarse dejaron unas microscópicas huellas saladas. Sollozaron abrazados unos minutos, los suficientes para que el señor Xuang adivinara al interpretar la acelerada frecuencia de los latidos del corazón de su hija que, a partir de esos minutos, podía despreocuparse un poco de su pequeña, aunque no del todo:

—Nunca se desentiende uno del todo de los hijos —susurró.

Pero comprendió que Mei ya era una mujer.

Ella levantó la cabeza y el señor Xuang comprobó que las pupilas de su hija brillaban intranquilas, con una curiosidad inédita.

—Iré al templo a saludar a Buda —tosió confuso—. Empieza la época en que dormirás afiebrada; los pies y las manos se te pondrán tibios, los labios rojos, y tendrás un delicioso picor en el cielo de la boca. Sonreirás y hablarás dormida, porque soñarás con tu enamorado y en los sueños él conseguirá arrimarte cada vez más a su mundo.

—¿A mi madre le ocurrió contigo exactamente eso que cuentas? —El rubor embelleció aún más su cara.

—Todos los enamorados pasan por lo mismo.

El padre introdujo las yemas de los dedos en una diminuta bolsa que siempre llevaba colgada de su cuello y estrujó unas piedrecillas. «Provienen del rayo», había dicho su fallecida esposa, la madre de Mei, aquella tarde húmeda y florecida en que ella lo obsequió con su mayor joya: el beso inicial.

TRES

La visita de las nubes

En la charada chino-cubana: marinero

Mientras Mei desataba la tela donde guardaba los pinceles de pintura y se preparaba para iniciar una acuarela, su padre escribía un largo ensayo sobre la paciencia y la soledad —encargo de los monjes— inspirado en el vuelo de los pájaros. En apariencia nada perturbaba su tranquilidad. Sin embargo no era así: ambos disimulaban a la perfección sus mutuos y alterados estados de ánimo.

Mei se había levantado muy temprano; correteaba de un lado a otro, lavó cuidadosamente su cuerpo, perfumó su pelo con agua de rosas y tejió y enrolló la larga trenza alrededor de la cabeza en forma de graciosa tiara. Luego adornó la cabellera con una orquídea violácea y un crisantemo, estrenó un traje de color azul celeste, bordado con motivos florales y por último colgó dos perlas amarillas del tamaño de dos aceitunas de los delicados lóbulos de sus orejas.

El señor Xuang se apresuró en acicalarse; también vistió ropa casi nueva, sólo la había usado en los festejos del Nuevo Año y en el último aniversario del nacimiento de su hija. Estaba tan contento que hasta decidió comprar un té caro, de lujo, dijo, para ofrecérselo a los invitados: Li Ying y sus padres, quienes irían esa mañana a verlos con el objetivo de hacer las presentaciones oficiales y conocerse mejor entre ellos.

Una vez listos los preparativos para la íntima recepción, la chica y el señor Xuang regresaron a sus tareas rutinarias; así trataban de olvidar el nerviosismo y se concentraban mejor en los pormenores que deberían abordar en el transcurso de la conversación.

Mei desplegó un papel de arroz y pintó unas alas enormes, de un plumaje muy colorido. De repente, y justo cuando acababa de dar la pincelada que remataba el dibujo, del cielo descendió un zumbido y un aleteo acompasados, muy agradables.

Levantó la vista.

Un pájaro de siete colores, con el pico y las patas rojos, surcaba el firmamento seguido de una multitud de otros pájaros de plumaje exuberante, también de siete colores: azules, amarillos, rojos, negros, blancos, verdes, violetas.

El padre interrumpió la escritura, extrajo un libro del estante y consultó varias páginas mientras leía en voz alta:

—«El primer mes del segundo año de la era Tianshou de Zhou, 691, un tal denominado Yin Sitian, vio en el parque de Wu Xiaotong del distrito de Pingkang un pájaro de cinco colores… —Estos que pasaron tenían siete, interrumpió brevemente—, las alas y la cola también de cinco colores, el pico y las patas rojas. El pueblo y los funcionarios corrieron a verlo. El pájaro encabezaba una nube de otras aves de muy hermoso plumaje. El prefecto Li Wukui envió un mensaje al emperador diciendo que después de haber examinado atentamente *Los dibujos de los felices presagios de resonancia Ruiyingtu* se atrevía a constatar que un pájaro semejante sólo podía ser el símbolo de la felicidad y de la buena suerte». —Carraspeó y continuó—: El azar es magnífico, justamente ayer reinterpretaba yo este pasaje para los monjes.

Oyeron pasos al otro lado de la puerta y enseguida un toque li-

gero. El señor Xuang se dispuso a abrir seguido de una tímida y vacilante Mei.

El joven Li Ying estaba frente a ellos, escoltado por sus padres.

Luego de las presentaciones, Mei sirvió con gran estilo el té. El
silencio cundió en la habitación, sólo roto por el chasquido de los
labios en las tazas al absorber la infusión hirviente.

El señor Xuang advirtió que el mancebo no quitaba los ojos de su
hija; entonces dio muestras de una elegante flexibilidad y confianza:

—Tal vez nuestros chicos deseen conversar apartados.

Los padres del joven asintieron. Mei, hundida la barbilla en el
pecho, exhaló un delicado suspiro. Sus cachetes se tiñeron de púrpura al escuchar la proposición de su padre.

—Querida hija, puedes enseñarle nuestro trabajo al joven Li
Ying. Las piezas de teatro que tú has copiado, tus dibujos y… algunos de mis poemas.

La joven invitó al actor, con un sencillo gesto de la cabeza, a se-
guirla en dirección al saloncito contiguo; dejó la puerta entreabierta. Su padre volvió a levantarse y la cerró del todo.

—Es preferible que se sientan cómodos y confiados en nuestra
discreción, ¿no es cierto?

Los padres del joven sonrieron afectuosos.

Empezaron hablando del invierno tan rudo, aunque bello, soleado, que les había tocado esa temporada. Al rato, la señora Xiao
Ying sacó de un bolso un paquete envuelto con gusto y elegancia.
Dijo, acentuada su cantarina voz, que era un chal de algodón blanco bordado en hilos plateados, lo había hilado para Mei, podría
usarlo el próximo verano.

—O en la ceremonia de casamiento —añadió su marido.

La mujer le propinó un codazo queriendo aparentar discreción, aunque simuló bastante mal.

—Si ella acepta, claro está —rectificó el hombre.

El señor Ying se giró con un movimiento brusco y ampuloso hacia un lado y de una carpeta extrajo su presente; orgulloso, regaló la edición príncipe de una obra muy apreciada cuyo célebre autor él había descubierto; por supuesto, aclaró, se había vuelto famoso cuando él lo publicó en su colección de relatos cortos; el autor, por desgracia, había fallecido hacía menos de una semana, en plena gloria.

El señor Xuang, por su parte, se declaró autor heredero del taoísmo y acto seguido desenrolló un fajo de versos y leyó nueve páginas dedicadas al talento histriónico de Li Ying. La pareja aplaudió entusiasmada, agradecidos por encima de todo de que un poeta de su talla dedicara versos a su hijo.

Después de este preámbulo, se hizo un nuevo silencio. En esta ocasión bastante largo.

—No es por nada, pero mi hija también posee un talento sin igual. Escribe y dibuja como los dioses, no lo digo yo, lo dicen los monjes. A veces me entra la duda: siendo mujer, ¿será tan buena como dicen? Creo que lo es… ¿Y si jugáramos al mahjong? —invitó el señor Xuang—. Sin dinero, claro. Cuestión de entretenernos, mientras ellos intentan comunicar.

—No sería mala idea echar una partidita —carraspeó Xiao Ying y dio otro codazo a su esposo que empezaba a dar tumbos de cuello.

El señor Ying cabeceó, parpadeó, se enjugó con la punta de la acampanada manga un hilo de saliva:

—Pues sí, como venían profetizando nuestros ancestros desde hace milenios, la industria inglesa y la americana acabarán con nuestro mercado. El mejor mercado del mundo, el único que vale la pena, el de la seda y la poesía. Parece mentira haber vivido las dos guerras del opio, las guerras contra Francia, la espantosa prepotencia de Japón. Este país no aprende de experiencias tan desastrosas. Cuentan que el bombardeo de Cantón…

—Calla, marido, calla… Hablábamos de otro tema… nos conviene despejarnos un poco, jugar a algo que relaje nuestras tensiones… —se quejó por lo bajo la señora.

—Al majhong… —suspiró su señor marido—. Espero que en este futuro matrimonio no impere la pasión; oh, la cordura, necesitamos cordura. Sabe usted, señor Xuang, habíamos elegido prometida para nuestro hijo, todo estaba acordado con la familia de la chica, pero ella enfermó y murió, nuestros planes rodaron por tierra…

Su esposa le reviró los ojos en señal de desaprobación.

—Lo siento. Por otra parte, en mi familia nadie ha estado loco, lo que sobra es cordura —replicó el señor Xuang—. Evito hablar de política, perdone usted.

En la habitación contigua, los jóvenes se hallaban sentados frente a frente, las pupilas húmedas del uno fijas en el otro, el entorno devino invisible por entero, borrados los muebles, las paredes, el techo, desaparecido todo lo que estaba detrás de todo eso, el cielo, los pájaros, el bosque, la nieve; el mundo se había detenido exclusivamente para ellos. Sus ojos escribían imágenes en un espacio inédito.

Las manos de la chica, más pálidas que nunca, las puntas rosadas e infantilmente redondas de sus dedos, descansaban encima de la tela a través de la cual se marcaban los muslos.

Al mozo tocó romper el hielo; pronunció las palabras que creyó adecuadas para no inspirar repulsión y, al mismo tiempo, no dar la sensación de que se comportaba semejante a un tonto; la voz cálida y aterciopelada abrigó el espacio:

—Si hubiera tenido la posibilidad de haber vivido siete veces, mi suerte no sería bastante, ni comparable a este instante en que empiezo a conocerte. Eres hermosa e inteligente. Quiero desposarme contigo.

Mei bajó los párpados.

—No dejaré solo a mi padre.

—El señor Xuang podrá vivir con nosotros si así lo desea.

La muchacha respiró aliviada, se llevó una mano al cabello y desprendió el crisantemo para brindárselo a Li Ying.

—¿Y la ópera? —inquirió ella.

—Dos amores tendré, tú y la ópera. ¿Qué piensas de mí?

—Eres hermoso. Y tu voz es única. No agradaría a nadie, y mucho menos a mí, que abandonaras la ópera.

—Tú no abandonarás a tu padre, ni yo la ópera… —titubeó—. ¿Sólo eso piensas de mí, que soy hermoso y que mi voz es insustituible?

—Pareces ser muy amable… Yo también te tuve muy presente en mi mente. Todo ha ido tan veloz, nuestra mudanza al vecindario, enterarme de que existías… Los vecinos no paran de elogiarte. Eres admirado y querido. Ha sido rápido desear conocerte.

—No, mi hermosa Mei, para mí ha sido muy lento. Encontrarte ha sido terriblemente lento.

—Aún no eres viejo, gozas de buena reputación y podrías elegir entre otras…

—Ya elegí: tú. Además te equivocas; desde niño siempre fui extremadamente viejo. No me arrepiento.

La habitación se llenó de una niebla opalina. Afuera nevaba copiosamente. Li Ying avanzó arrodillado hacia ella, tomó la mano delgada entre las suyas y besó las puntas de sus dedos.

La luz nacarada levitaba entre ambos.

—Mei Xuang, pronto Mei Ying, las nubes han bajado a saludarnos.

El joven sacó un cofrecito del bolsillo y se lo tendió mientras inclinaba el torso y se situaba boca abajo, en posición de humildad ante la amada. Mei vaciló antes de aceptar el regalo y esperó a que él insistiera una segunda vez. Abrió lentamente la tapa. Dentro resplandeció una medalla de jade sujeta a una cadena de oro.

Li Ying dio la vuelta hasta colocarse detrás de ella, deslizó el colgante, cerró el broche y depositó otro beso en la nuca erizada. Entonces regresó a su sitio y pidió permiso para hojear el trabajo de la joven.

Admiró los dibujos en los que representaba árboles y pájaros, aunque sus preferidos fueron los paisajes nevados, o los retratos de los vecinos del burgo. Leyó algunos fragmentos copiados de carcomidos volúmenes, apreció profundamente la transcripción de mapas fuera de uso que ahora sólo poseían el valor de la antigüedad.

—Esto es un auténtico tesoro, gran parte del patrimonio de Sichuán.

Ella asintió conmovida.

—Presiento que algún día no existirá más todo ese tesoro —intuyó ella.

—¿Por qué? Los monasterios se encargarán de conservarlos.

—Los monjes son muy pobres. También desaparecerán las pagodas, las creencias, los idiomas, la poesía… Destruirán lo más bello, imperarán la estupidez y el terror… Al menos eso es lo que vaticinan los astrólogos.

—La poesía no desaparecerá nunca.

—Se agotará la sensibilidad, exterminaremos los sentimientos, y yo vivo con ese miedo. A vivir sin poesía. No será vida.

—Queda la memoria. La ópera perdurará. Tú estarás para toda la vida. Ambas para mí son la poesía.

—¿Y tú, Li Ying?

—Mientras tú me ames yo existiré, seré inmortal.

La temperatura bajó y Mei Xuang trajo un edredón para ambos.

—¿Crees que viviremos mucho tiempo para amarnos? —preguntó ella tenue.

—Ya lo hemos vivido, ahora empezamos a recordarlo nuevamente.

—¿Tendremos hijos?

—Tantos como tú desees.

—Hasta hace muy poco tú eras sólo un extraño para mí.

—Yo, por el contrario, sabía que el tiempo te había escondido en algún sitio seguro.

—Me gustan los críos, pero me da miedo traer hijos a este mundo, a un planeta que se destroza lentamente —suspiró ella.

El joven prometió que un día la llevaría a hacer un largo viaje, atravesarían el río Amarillo, el océano.

—Soy hija del agua. Jamás he visto a un marino, tampoco el océano —comentó ella avergonzada.

CUATRO

Un amor de jade

En la charada chino-cubana: gato

La primavera embellecía el trayecto del templo hasta la residencia que compartían Li Ying y su esposa junto a los familiares más cercanos de ambos. Los botones de las flores de lino y de cáñamo a punto de brotar daban la impresión de toques puntillistas en un paisaje de Georges Seurat y la brisa silbaba proveniente del cercano bosquecillo de bambúes.

Mei Ying se hallaba acostada boca abajo en el lecho nupcial, con la cabeza vuelta hacia el jardín. Contemplaba hipnotizada el florecimiento de los árboles, la mente perdida en el tamborileo imperceptible de los dedos del marido, que excitaba las terminaciones de sus nervios por encima de su desnudez.

La estación permitió que la primera vez que hizo el amor con su esposo fuera al aire libre, en plena naturaleza, sobre un cojín de incipiente pelusa verde y fresca, a inicios del mes de abril. Sin embargo, no fue Li Ying quien la desvirgó. Según su deseo, compartido por su esposo, con el fin de evitar un contacto doloroso, cuya impresión la marcara de mala manera, la partera del pueblo se ocupó del incómodo asunto.

La comadrona cubrió el rostro de la joven desposada con un velo nacarado perfumado a la tuberosa y al higo, aseó sus manos y, agachada frente al sexo, introdujo delicadamente el dedo medio

43

envuelto en un fino pañuelo blanco de algodón, y se dispuso a romper el himen o nervio virginal.

Cuando se incorporó mostró sonriente su dedo cubierto por el tejido manchado de marrón, después removió el dedo en el agua fría de una palangana de porcelana y la mancha se disolvió al instante, lo cual probaba que la chica no había sido antes tocada por varón alguno.

La partera dobló su pequeña y regordeta humanidad en una genuflexión, extendió la mano para recibir el cobro, un puñado de fragmentos de coral, y se marchó complacida de haber convertido en mujer a una doncella más y de entregarla a los brazos de su marido.

Una vez en la intimidad, la pareja se apresuró a amarse con mimos y requiebros.

Li Ying se empeñó en demostrar que podía ser sumamente delicado sin dejar de procurar un placer imborrable, aun cuando ninguna experiencia amorosa antecedía a la que le esperaba con su mujer. La unión de sus cuerpos fue para ambos como un chisporroteo dorado. Al fin, el sueño discreto de la alquimia, la eternidad.

Mei evocó la tarde de su desfloración, nostálgica de aquellos contactos a tientas que tanto ella como su marido estrenaban sin demasiado pudor; esta vez sin embargo, sonrió con la timidez sonrojándole, iluminado su rostro de un anaranjado dorado.

Ahora, algún tiempo después de aquella núbil entrega, a través de las manos de su marido repercutían en ella vibraciones cálidas; semejante a una persistente caja de resonancia improvisada en la piel tersa, bajaban los puños presionándola en la columna vertebral, se detenían jubilosos en la cintura pandeada y el dedo daba golpecitos; al rato el hombre abrió las palmas y masajeó la espalda fina y satinada.

Se le ocurrió a Mei Ying que era el vaivén sonoro del masaje muy similar al zumbido del viento en pleno invierno cuando atravesaba el bosque de boj, el mismo que servía de muralla natural a la ciudad.

Li Ying besó el hombro ambarino de su esposa; en él la carne brillaba tersa, como teñida por el té, gracias a los rayos solares. El hombre se dijo que lo que más amaba en ella era su boca ligeramente entreabierta, la frente lisa, la mirada lánguida, las constantes preguntas que de tan ingenuas resultaban cómicas. Nadie nunca le había divertido tanto como Mei y, por igual, nadie le había enseñado tanto.

La chica hojeó un libro grueso robado a su padre y colocó un dedo encima de uno de los dibujos eróticos, titulado «Ritual sensual de primavera».

En el dibujo una pareja de la China antigua hacía el amor en una cama empotrada en una terraza rodeada de árboles, el hombre clavado encima de la mujer tocaba la flauta, la chica pellizcaba una tetilla y sus ojos sonreían morbosos de medio lado.

Li Ying se acostó con todo el peso de su cuerpo encima de Mei; la respiración sofocada frotaba su pecho contra los omóplatos de ella, el pene rozaba la rajadura de las nalgas. La penetró suavemente, Mei suspiró en un quejido hondo.

—Yo soy el Yin y tú, el Yang. Sol y luna, luz y sombra, la montaña y el río. Las raíces del cielo y de la tierra. Todo y nada.

El hombre tarareó por lo bajo y, entusiasmado, se puso a entonar una ópera; al punto la tabla abdominal aspiró energías telúricas y acentuó lo más agudo de su voz de contralto. A Mei le fascinaba fantasear que su marido, cuando cantaba, podía mutar en una especie de centauro, o en mitad mujer de la cintura hacia arriba y mitad hombre del torso a las extremidades inferiores.

—¿*Dónde podemos recoger la cuscuta?*
¡En el burgo de Mei!
¿Sabe usted en quién yo pienso?
Pienso en la dulce Meng Jiang
Ella me espera en el bosque de las moreras,
Ella quiere que yo me excite a lo largo del camino
Hacia el templo
Después ella regresará conmigo
Por la orilla del río.

Li Ying interpretaba igual o mejor que cualquier *cantatrice*, en todo caso con una emoción inigualable, esos textos del siglo II antes de Jesucristo atribuidos a autores clásicos anónimos del vetusto Libro de las Odas.

La pareja rodó hacia el suelo, siempre anudados por los sexos, y por las largas trenzas. Ardiente, Mei buscó y mordisqueó los labios de Li Ying, el hombre acumuló saliva en su boca, consiguió separarse con brusquedad de ella; desde arriba observó la belleza de la mujer acentuada por las palpitaciones del deseo. Una flema de saliva goteó en el esmalte de los dientes femeninos.

Él, con meticulosidad de hechicero, recorrió con las yemas de los dedos las líneas de las manos olorosas a jazmín; por ahí siguió hacia los antebrazos, las axilas, luego besó lento el cuello de la ama-

46

da. Volvió a descender por el pecho; detenido en la parte superior de los pezones, se entretuvo para aspirar el perfume en el canal del nacimiento de los senos, continuó viaje hacia las llamadas Fuentes de Agua Clara, los pezones rosados, translúcidos. Sus manos flotaron ávidas en el Gran Mar, el vientre, cual dos nenúfares a la deriva. Su cabeza fue al encuentro del Monte Eterno, el pubis; la lengua dibujó una estela de alientos en la Puerta Sombría, la vulva. La punta del pene tropezaba con la Rotonda del Nervio, el clítoris, allí donde convergen todas las latitudes en afección y armonía, el origen del mundo, ahí donde se unen el cielo y la tierra, el beso de los vivos con las almas de los muertos. Bebió el tibio ámbar del vientre de la ballena.

Mei, arqueada cual una gata en celo, con los ojos virados en blanco, gimió en un orgasmo duradero. Después su cuerpo fue encogiéndose poco a poco hasta recobrar la posición fetal, las manos en el sexo. Al rato dormía profunda y placenteramente, como muerta.

Por su parte, Li Ying consiguió retenerse y renunciar a alcanzar la cumbre de la eyaculación; reunida toda la ternura del universo, depositó un beso en los labios enrojecidos de su mujer. Algo apartado, se felicitó por haber extendido hasta un próximo reclamo la vía insólita del placer; los temblores aún le oprimían la garganta.

Cubrió a Mei con una sábana vaporosa y se puso a contemplar el rostro pálido, apacible, casi inerte.

—Ella es de jade por dentro —susurró.

Dio media vuelta y entonces se entregó al sueño.

Un sueño raro, en el que él introducía semillas de melón en la vulva de Mei, y del vientre de ella crecía un árbol cuyo tronco era descomunalmente grueso, cuyas ramas se esparcían por doquier y copaban la habitación invadiéndola de un perfume extraño y dulzón.

Cuando intentaba tomar entre sus brazos a Mei, ella se desgranaba en puñados de tierra o en incienso blanco. Entonces él lloraba desconsolado, lágrimas como perlas de oro.

Por más que se esforzaba anhelante de entonar una última melodía, sus cuerdas vocales permanecían rígidas, secas. Comprendió melancólico que había perdido a su gran amor, y con ella había partido su don: la voz.

—Ella es todo silencio, es la razón por la cual escribe —pronunció en medio de la pesadilla.

La joven despertó satisfecha, ocultó el bostezo con el dorso de la mano, volteó el rostro hacia el esposo rendido; sin embargo reparó en que el llanto bañaba sus mejillas.

—Él es de oro por dentro —runruneó con voz entrecortada—. Todo en él es pura melodía, es la razón por la cual canta como un dios, o como una diosa —rectificó.

Mei pegó su boca en la punta del extenuado miembro viril y con la lengua escribió en el prepucio su palabra preferida: vida. El pene empezó a crecer hasta que recobró una suculenta erección, Mei lamió en todo el espacio y bordó su caligrafía en espumosa saliva, palabras como gaviotas.

Montó delicadamente a horcajadas encima del esposo, introdujo el pene en la vulva, movió sus caderas a ritmo acompasado. Mei percibió un murmullo procedente de muy lejos, de un sitio innombrable, voces que recorrían su espinazo en bulliciosa ida y vuelta. Escuchó un ensordecedor balido de oso, reemplazado por un llanto o una risa, no supo distinguir.

Li Ying, por su parte, tuvo la sensación de haber permanecido mucho tiempo debajo del agua, a punto de ahogarse, y que de repente una mano le halaba por la gruesa trenza hacia la superficie; entonces un trino de azulejo se instaló persistente en el centro de su cráneo y advirtió una luz muy potente que iluminaba a Mei desde las entrañas.

Podía percibir fácilmente los órganos de la chica, los movimientos misteriosos de su mecanismo, las partes en donde con mayor intensidad fulguraba el jade.

—Será varón —predijo ella, orgullosa.

—Lo sé. Lo he visto, mira, aún no ha desaparecido por completo. Será un chico fuerte, valiente, aventurero —afirmó Li Ying—. Yo no sabía, querida Mei, que concebir podía resultar tan excitantemente premonitorio.

—Tal vez no tenga que ver con anuncios proféticos. Puede que sea ciencia y poesía, sólo porque resulta imposible vivir y amar sin la sabiduría de la ciencia y la sensibilidad de la poesía. El misterio acompaña a los seres humanos en todos los caminos, es el misterio lo que nos guía, incluido en el sexo y sus consecuencias. Cuando más desorientados creemos que nos hallamos, el misterio nos alumbra el camino.

—Calla, Mei, mi madre jamás menciona la palabra sexo delante de mi padre.

—No podría decir lo mismo. Mi madre apenas tuvo tiempo de disfrutar de la unión con el mío. No seas anticuado, marido mío, no empañes las palabras con hipócritas silencios censuradores.

—Prefiero no deshacer silencios con turbias palabras.

La muchacha se levantó desde la posición del loto sin apoyarse en las manos, recuperó una túnica del suelo y tapó su desnudez con la vestimenta. Avanzó hacia una graciosa mesita con patas de dragón y sirvió té en dos tazas fileteadas de chispitas de diamantes.

El hombre, ya incorporado, pasó su mano por el cráneo rasurado hasta el centro de la cabeza, desde donde partía una mata de pelo que culminaba en la célebre trenza que tanto adoraba su público, y alisó los desaliñados cabellos. Bebió con discretos sorbos y deformó sus facciones en disímiles y cómicas muecas. Detestaba las infusiones tibias.

Mei casi se echó a reír a carcajadas. Entonces recordó que su padre había dicho en una ocasión que era buena señal que un enamorado hiciera reír alocadamente a su amada. En cambio, ella debía reprimirse de expresar una alegría demasiado tonta. Eso hizo, elevó su mano, blanca como la porcelana, y borró la vulgar exuberancia; en su sitio delineó un tímido temblor en las comisuras.

CINCO

El canto del idealista

En la charada chino-cubana: monja

Una vez que el padre cortó el cordón umbilical de un mordisco, no porque obedeciera a tradición alguna sino como respuesta a instintos e interpretaciones de sueños, y que la comadrona consiguió acallar el llanto del bebé cobijándolo al calor del ensangrentado pubis materno, los abuelos, ya más calmados, se apresuraron a consultar el calendario en los patios del templo.

El señor Xuang recorrió la fecha con el dedo índice, como si le costara un gran esfuerzo desentrañar los jeroglíficos, las letras alineadas de arriba hacia abajo, trazadas microscópicamente en una hoja de las nombradas *putiye*, arrancada del árbol del conocimiento, el *ficus religiosa*, proveniente de la vegetación sagrada del budismo.

—Hoy es ocho de febrero de mil novecientos dos —deletreó—. Un tigre acecha.

—Es el Yin, símbolo de la pasión y de la integridad —murmuró el señor Ying, la sonrisa de oreja a oreja—. Nuestros hijos nos convierten en felices abuelos.

La señora Ying daba saltitos sobre las puntas de sus diminutos pies, palmoteaba de alegría como si bailara embrujada, imbuida por cantos tribales.

—¡La vida será para él un inmenso teatro! —comentó a grito pelado, y enseguida bajó los párpados avergonzada de su euforia.

—Audaz, encantador, lúdico, abierto… ¡Aventurero! —exclamó el señor Xuang.

—Demasiado irritable por momentos —señaló como defecto el señor Ying.

—Lógico, marido mío, será fácilmente emotivo, vibrante en sus acciones. Sin embargo, elocuente hasta una cierta edad.

—¿Qué significa eso? —inquirió el señor Xuang.

—Vigilará atentamente sus palabras, planificará exhaustivamente los extensos períodos de silencio —subrayó la dama.

—Una verdadera bendición. Los seres humanos malgastamos palabras. Fíjense, cuántas palabras innecesarias acabo de decir de un tirón —se quejó el señor Ying.

—Dieciocho —contó el otro abuelo.

—A veces las palabras alivian. —La esposa frunció el ceño.

—Los silencios sanan, mi señora.

—No siempre, señor Ying, soy una prueba de ello. Cuando murió mi único amor, mi esposa, la mamá de Mei, viví mucho tiempo recluido en soledad, mejor dicho en compañía exclusivamente del bebé y de los sacerdotes del templo. Los monjes cuidaban de nosotros. Yo había decidido mudarme junto a la pequeña al monasterio, ella había sido recogida por los sabios cuando al morir su madre creyeron que yo sucumbiría de amor. Sin embargo, la excesiva calma del lugar me obligó a vivir demasiado encerrado en una especie de caparazón cuya dureza era mi tosco y agriado carácter. Me corroía una sola obsesión: estaba convencido, sin razón ninguna, de que alguna torpeza mía había provocado la muerte de mi amada esposa, lo que, por supuesto, no había ocurrido así. Permití que el ostracismo y la amargura se adueñaran de mi existencia. Si una persona se aproximaba a brindarme sus palabras, las rechazaba de inmediato; de mirar al extraño ya sentía fatiga, vomitaba de sólo imaginar lo que iría a decirme. Detestaba los sermones. Eso sí, escribía, escribía como un desaforado… Palabras, palabras, sin sentido. Una mañana, Mei, con apenas seis meses de vida, abandonó el gorjeo y balbuceó una palabra: «Mamá». Me di cuenta de que era la palabra que más había pronunciado yo en su presencia, cuando le decía: «Pequeña Mei, mamá te ama… Mamá puede verte desde un punto lejano… Mamá murió para darte la vida…». Y de tanto que le hablé de su mamá, la primera palabra que dijo fue ésa, «mamá»… Entonces sentí que un peso muy grande desalojaba mi pecho y fui consciente de que debía esforzarme más por ese pedacito de ser humano: mi deber consistía en reconciliarme con mi propia existencia. Durante años Mei me llamó mamá en lugar de papá. Sucedió así hasta poco más de los cinco años; cambió al enterarse con los demás niños de que yo no podía ser una mamá, que los otros papás vestían iguales a mí y gesticulaban parecido a como lo hacía yo. Entonces ella sacó en conclusión que yo era su papá. Por mucho que con anterioridad le había rectificado en cada ocasión, hasta que no lo corroboró por ella misma no se convenció para llamarme del modo correcto.

Un inmenso y perturbador silencio abochornó la tarde, interrumpido por el señor Ying.

—¿Se da cuenta? ¡Aproximadamente cuatrocientas seis palabras acaba de emplear usted en contarnos esa triste anécdota! Ha conseguido echarme a perder el día. Observe, hasta el espléndido fulgor del sol se ha extinguido.

—Pues yo me siento feliz de contarles el momento más importante y aleccionador de mi vida —gruñó el señor Xuang.

—Para mí lo absolutamente necesario es lo que yo escucho, no lo que me cuentan. No creo que el impacto de lo que usted acaba de contarme sea el que usted cree que ha tenido en mí, sino el que realmente posee en función de la interpretación que yo hice.

—¡Dejémoslo así! Si por ustedes fuera, yo terminaría aceptando la peor opinión de mí mismo. Me temo que compartiremos una vejez insoportable.

De pronto la señora Xiao Ying hizo un gesto brusco.

—¡Sió, callen, el niño llora de nuevo! —ordenó la mujer.

—¿Cómo puedes presentirlo? ¿Cómo, con lo que nos hemos alejado de la casa?

—Es adivina, siempre he dicho que ella se cree adivina —acotó burlón el marido mientras tomaba la delantera en el trayecto de regreso.

—Oh, soy solamente una hilandera que presta demasiada atención al silbido de los hilos cuando la máquina los hilvana. Anoche soñé con una monja, odio soñar con monjas.

En efecto, Mo Ying, no cesaba de chillar.

—Desde luego, no heredó la voz aterciopelada de su padre —bromeó Mei Ying.

—Es pronto para eso, muchacha. Está atorado, sácale el eructo —aconsejó la orgullosa abuela, ya todos de vuelta a casa.

Las demás personas rodearon al niño y a la madre. Li Ying contemplaba enternecido el cuadro familiar.

De este modo creció el vástago. Hasta los siete años, Mo Ying fue el pequeño rey de la casa, hacía reír a todos con su carácter firme y decidido o con sus atrevidas ocurrencias. Las cosas empezaron a cambiar para él cuando una noche después de la cena, en lugar de acostarlo y cantarle un trozo de ópera, su padre debió acudir con toda urgencia al cuarto contiguo donde su madre vomitaba hasta la bilis. Desde entonces, su madre se convirtió en el centro de atención de los parientes y amigos.

Mei Ying se encontraba embarazada de nuevo. Ocho meses más tarde nació una niña.

Mo Ying comprendió que le habían destronado, pocos reparaban en sus lloriqueos, ya no ocuparía el trono, al menos por un buen tiempo. A su hermanita la llamaron Xue Ying y pese a su remilgada actitud ante ella, cuyo origen eran los celos que sentía hacia la recién nacida, a Mo le encantó la cara estrujada y la boca desdentada, los pelos erizados esparcidos hacia todas direcciones desde el enrojecido cráneo, las manos juguetonas al aire, semejantes a pinzas de alacranes. Y cuando la besaba, lo hacía como si besara a un animalito indefenso.

Pero el mundo no había cambiado sólo para el pequeño Mo Ying.

Mientras lactaba a la pequeña, acurrucada en el cuenco de su brazo izquierdo, Mei Ying agitaba el pincel con la mano derecha, ajena a cualquier otra realidad que no fuera la de su pequeña succionándole el pezón; así empezó a delinear, obsesionada, montañas azules, cinco picos como puntales del cielo.

El niño consiguió escapar de la vigilancia de sus abuelos, corrió hasta la habitación de su madre, se introdujo en la cama, junto a ella, y estudió los dibujos.

—¿Son sagrados, mamá? —interrogó curioso.

Mei asintió sorprendida ante la capacidad del niño de captar la intención oculta de sus trazos.

—¿Te gustan, Mo Ying?

—Anjá, me gustan porque no hablan. —Hurgó en su nariz despreocupado.

La madre lo reprendió sin renunciar a una espléndida sonrisa.

—Ninguna pintura habla, hijo, querrás decir que no expresan nada. Si eso has interpretado, pues habré logrado lo que quería. A ver si entendí, ¿ves algo ahí dentro o simplemente crees que todo esto es puro vacío?

—Veo muchas cosas, pero esas cosas que veo están calladas, y por eso me agradan —respondió Mo Ying sin vacilar.

—Son las montañas calladas; y tenías razón, son sagrados los cinco picos que sostienen el cielo. Pero significan mucho más que eso. La esencia del alma china vive concentrada en la profundidad y la belleza del paisaje. Yo he pretendido proyectar mi alma en esos cuadros. Son tuyos, hijo mío. Porque tú has sido el primero en presentirlos como lo que realmente son: silencio, paz, vacuidad universal. Pero aún eres pequeño para entender la verdadera Vía, la del Tao. Hablaré con papá para que puedas estudiar con el poeta Meng Ting.

—¿De veras son para mí? —El pequeño llevó el índice a su pecho, incrédulo.

—Claro, y habrá otros. Sólo pinto para papá, para ti y para Xue. Pero éstos, estos cuadros se parecen a mí y a ti, son lo más cercano a nuestro retrato.

Mo Ying fijó las pupilas en el aguafuerte e imaginó que se internaba en uno de aquellos senderos de la mano de su madre.

—El único refugio que enriquece es la montaña, el lugar de calma por excelencia, porque el cielo reposa sobre la tierra, irrigada por la energía cósmica.

Mo Ying comenzó a cantar con una voz muy fina, no tan grandiosa como la de su padre, pero con un timbre perfecto y seguro de la melodía, una poesía que hablaba de variar el rumbo hacia nuevos horizontes, de abrirse paso hacia la verdad y el amor de la humanidad, de rechazar la mediocridad y la mentira.

—¿Quién te ha enseñado esa poesía, hijo?

—Abuelo Xuang; se volverá loco de tanto escribir. Eso le dice el abuelo Ying.

Ambos soltaron una carcajada. Después el niño acomodó su cabeza en el brazo de Mei Ying y acarició la suavidad de la mollera del bebé.

—Abuela Xiao dice que abuelo Xuang se está convirtiendo en idealista.

—Será mejor que vuelva a dedicarse a la poesía pura: la luna, las nubes, la montaña, la naturaleza, en una palabra —se quejó la madre—. Aunque un soñador, un idealista, qué más da; se avecinan tiempos difíciles para todos nosotros.

—¿Qué es un idealista, mamá?

Mei Ying dudó:

—Aquel que une el saber y las doctrinas al hombre, y testimonia discretamente la manera en que el hombre ve el mundo.

—Entendí, sólo un poco… creo que nada… —El niño se rascó la cocorotina.

En eso entró Li Ying en la habitación. Intentaba aparentar la tranquilidad habitual en él, pero a su esposa no podía ocultarle el halo de tristeza que ensombrecía su rostro. Se quitó el sombrero redondo y dividido en seis partes, como creían los antiguos que era el cielo, agarrado por el botón, como quien destapa una caldera; y en lugar de colocarlo encima de la coqueta, lo lanzó bien lejos, contra el biombo de bajorrelieves adornado con codornices y pavos reales.

—¿Sucede algo grave? —inquirió ella.

El hombre levantó en el aire al hijo que había acudido a sus brazos, besó las cálidas mejillas, volvió a colocarlo en el suelo, y mintió anunciándole que su abuela lo buscaba para merendar bolitas de pistacho, maní y jengibre. Mo Ying corrió goloso hacia el corredor.

—¡Quiero zumo de albaricoque, quiero zumo de albaricoque, abuelita!

—No traigo buenas noticias —dijo Li Ying—. Hemos perdido el teatro. Finalmente papá se ha visto en la necesidad de venderlo; además, me han despedido. Consideran que unas chicas más jóvenes que yo podrán reemplazarme, el nuevo director cree que ya no canto igual, que he perdido inocencia.

Las lágrimas asomaron en las pupilas de la esposa. Sólo se atrevió a murmurar:

—No te desanimes, Li Ying, siempre serás el mejor. Tres generaciones te recordarán por tu canto, porque tu canto es inmortal. Además, nos tienes a nosotros, por favor, sé fuerte, amor mío, debemos luchar juntos.

El hombre cayó arrodillado y escondió su rostro entre las piernas extendidas de su esposa.

—Conocías la verdad, Mei Ying, la gente despreciará la poesía;

ocurrirá algo peor, olvidarán vivir en la poesía —pronunció con voz entrecortada.

Mei Ying estiró su brazo y acarició el cráneo afeitado hasta mitad de la cabeza.

—Hemos vendido algunas obras mías y de tu madre. Creo que debes dedicarte a dos asuntos muy importantes. Primero, las flores del ciruelo están cayendo antes del otoño, es raro, quizá debamos cortar algunas ramas de cuajo. Al hacerlo, no olvides hablarle, y acariciarlo. Es un árbol maduro y sentirá un profundo dolor… En cuanto a lo segundo: además de la enseñanza que ofrecen nuestros padres y nosotros mismos a Mo Ying, creo que debemos enviarlo al monasterio, allí estudiará algo de medicina; supe que hay un médico nuevo que habita con los monjes, nunca viene mal. Por otro lado, el poeta Meng Ting podrá enseñarle las cien escuelas de filosofía, o las principales al menos: el confucionismo, el mohísmo, el taoísmo, el legismo, la escuela de los nombres…

El hombre se levantó del suelo y alisó la sábana que cubría las piernas de su mujer. No podía evitar llorar, pronunció varios *sí, sí, sí,* nerviosos, hundió sus manos en las bocamangas y abandonó el cuarto perfumado con el aroma de incienso de tuberosa.

SEIS

Las montañas coloquiales

En la charada chino-cubana: jicotea

El abuelo Xuang chupaba largas cachadas de la coqueta pipa de opio adornada con un pompón de flecos rojos, disimulada entre sus manos; envuelta en un trozo de paño de cocina, fingía que respiraba alcanfor para mejorar el aliento, con el objetivo de que su nieto no descubriera que se drogaba. Entonces, por el contrario, Mo Ying, divertido de que su abuelo creyera en su inocencia, aprovechaba que el anciano se adormecía encima de sus escritos y con un gancho largo cuya punta terminaba en una preciosa perla de Tahití, robado del moño de su madre, destrababa de suciedades el agujero del hongo de madera insertado en mitad de la pipa.

El viejo soltó un ronquido semejante al rugido de un león y, del susto, el adolescente se pinchó en el dedo y la sangre goteó encima de un verso que ensalzaba la grácil figura y buenos modales de la niña Xue Ying, su hermana.

A pocos pasos de la habitación se hallaba el taller, bastante amplio aunque abarrotado de libros y utensilios, de la abuela Xiao Ying, en cuyo espacio trabajaba la señora, y que se había obligado a reducir ostensiblemente, pues el señor Ying había tenido que vender, además del teatro desde hacía unos años, la imprenta y la librería. Todas sus publicaciones y recuerdos ocupaban un espacio descomunal en esa pieza de la casa.

Mei Ying también dibujaba mientras su suegra hilaba. Ambas proporcionaban algún dinero y el poco bienestar del que aún podía disfrutar la familia; aunque los monjes ya no podían comprar sus obras, les enviaban consumidores extranjeros que se interesaban en el incomprensible, aunque incomparable para ellos, fabuloso trazo chino y en el tejido original, no en el fabricado por las industrias inglesas, europeas y americanas.

Mo Ying advirtió un ligero pestañeo en el párpado derecho de su abuelo y escapó al taller a observar los dibujos de su madre: poemas de un lado, de otro lado montañas, siempre montañas que abrazaban al cielo.

Desde el salón principal se filtraban hasta el taller de las mujeres las voces de Li Ying, el padre de Li Ying, o sea su abuelo, el señor Ying y un primo del actor, cuyo padre, hermano del señor Ying, era agricultor y comerciante de té.

—Tu hermano hizo bien en largarse a América a tiempo. Este país se desmorona a una velocidad espantosa. El artesanado chino del algodón acabará arruinado, y todo gracias a la invasión de los textiles mediocres. El algodón europeo, inglés y americano resulta una basura comparado con el nuestro. No sé por qué dependemos, sumisos, de la importación de algodón proveniente de máquinas que no cesan de ensuciarlo todo con humo, ¡ah, detesto ese hollín espantoso! Pocos quieren reconocer que la sociedad se descompone, se viene derrumbando desde mil ochocientos noventa y cinco, y para algunos ¡plim! ¡Les da igual, ojos vendados frente a la tragedia!

El primo Zhu Bu Tah colocó la taza de té encima de la mesita laqueada en rojo brillante.

—Pero, ¿quiénes se han vendado los ojos? —preguntó con tono irónico.

—¿Has tenido recientes noticias de Weng Bu Tah, tu hermano? —respondió Li Ying con otra pregunta, a la manera socrática, con la intención de cambiar el tema de conversación.

—¿Tu primo? Sí, claro, alguna que otra carta ha recibido mamá. Se hizo héroe en Cuba, comandante mambí, en la guerra de independencia contra los españoles. Se ha cambiado el nombre, ahora se llama creo que José Bu, ha inventado así una ascendencia criolla y cubana. —Con toda evidencia Zhu Bu Tah se sentía avergonzado del camino escogido por su hermano mayor—. No creo que emigrar sea la solución a nuestros males, por mucho dinero que puedas enviar a la familia. De hecho, nosotros no sólo no nos hemos hecho ricos con las heroicidades de Weng Bu Tah en Cuba: no aspiramos ni a comer de ello. Desde luego, no hacemos nada quedándonos con los brazos cruzados, aunque tampoco hay mucho que resolver. Pero mucho menos estoy de acuerdo, tío Ying, con lo que dices de que la gente no reconoce la desgracia en que hemos caído. Probablemente sólo los artesanos y los intelectuales no se den demasiada cuenta todavía, pero los campesinos, ellos sí que viven en la pobreza total... Mientras que otros... otros se hacen de la vista gorda.

—¿Quieres decir, quieres decir que nosotros, que somos intelectuales, artistas, artesanos, vivimos en un mundo artificial, en una torre de marfil donde no nos enteramos de nada? ¿Estás queriendo decir que somos indiferentes ante lo que acontece a diario a nuestro alrededor? ¿Tratas de echarnos en cara que somos ciegos frente a la pobreza y la hambruna? —gruñó el señor Ying antes de tragar un gran sorbo de vino.

—Trato de hacer entender —subrayó el primo Zhu Bu Tah— que no compartimos las mismas realidades ni las mismas opiniones.

—Una de dos: estás volviéndote loco o cínico. Tratas de imponernos tu opinión y obligarnos a cargar con una cierta mala conciencia. Ofendes al demostrarnos que nos ves como a unos parásitos inútiles. Por favor, sobrino, espero que todo este desorden no te convierta en un patético revoltoso. —Escondió sus manos en las mangas de la enguatada capa de seda.

Li Ying advirtió en el umbral de la puerta principal la presencia del sabio y poeta Meng Ting; fue a su encuentro y le invitó a sentarse en la salita redonda de la derecha. Anunció que le había mandado a buscar porque tanto su mujer como él debían hablarle, pidió disculpas y se dirigió al taller donde Mei Ying pintaba montañas azules.

Li Ying y su esposa comenzaron sus palabras agradeciéndole la insuperable educación que le brindaba a su hijo Mo Ying, aparte de las enseñanzas que su ya no tan pequeño hijo recibía de los monjes. Suspiraron y luego guardaron silencio unos segundos. Ambos se miraron, y Mei Ying decidió tomar la palabra antes que su marido:

—La hora ha llegado en que no basta la enseñanza de la astronomía, la geografía, la poesía, la matemática, la caligrafía y la pintura para nuestro hijo Mo Ying. Ya es un adolescente robusto de cuerpo y de mente. Debemos iniciarlo en la meditación, en la espiritualidad. Tanto su padre como yo estamos de acuerdo en que la mejor escuela es el refugio en la naturaleza, en la montaña más precisamente. Y sabemos que es usted la única persona de quien podemos fiarnos. Usted conoce al chico como sólo nosotros, su familia y los sacerdotes; por su lado, Mo Ying aprecia y respeta su talante, su magnífico carácter. ¿Se atrevería a aceptar que le confiemos a Mo Ying?

El sabio poeta Meng Ting aceptó sin vacilaciones. Apreciaba al clan Ying porque desde el inicio le habían hecho sentir como parte del mismo. No sólo no atinaba a evadir tal compromiso: no podía negarse. También estaba convencido de que Mo Ying se hallaba en plena época en que su vida era similar a una fruta aún tierna y pura, y pensó que hubiese sido una lástima negarse a aprovechar su frescura; además, poseía una inteligencia muy avanzada, así como una sublime sensibilidad.

El muchacho había escuchado desde un escondrijo la conversación de sus padres con su maestro. Algo en ese sentido le había adelantado su abuelo, el señor Xuang, entre una cachada, un cabeceo y otra cachada del narguile. Algún día, no muy distante, debería separarse de sus parientes para emprender el gran camino, el de la sabiduría.

—Sólo leer y viajar nos hace sabios —dijo mientras sorbía una copa de vino de arroz, y añadió—: aunque debes saber que, para viajar, no tendrás necesariamente que desplazarte físicamente, al menos, no tan lejos. Basta con escalar e intrincarte en la montaña, escuchar la melodía del silencio, y meditar… Te sobrará tiempo para aprenderlo… Llegará un instante en que las montañas te hablarán y tú sabrás responderlas. Aprenderás a hablar con las montañas.

Ya le tocaba el turno a ese tiempo, pensó el muchacho. No pudo impedir un hondo sentimiento de melancolía. Jamás dudó del amor de sus padres, sabía que a ellos también les costaba un esfuerzo enorme separarse del hijo mayor. Era consciente de que lo hacían exclusivamente por su bienestar. No lloró, pero ganas no le faltaron.

Xue Ying, la hermanita, abrió el escaparate y chilló aterrorizada. Lo que menos se esperaba era hallar a su hermano acostado en posición fetal en el interior del armario con una jicotea de corona en la cabeza. Corrió en dirección del taller. Su abuela la había mandado a buscar una servilleta limpia y ahora ella se encontraba con el hermano inmóvil, los ojos fijos, tirado dentro del mueble. Y la jicotea con el cuello estirado.

—¿Qué hacías encerrado ahí Mo Ying? Estás ya un poco mayor para esos lamentables disparates —lo regañó su madre.

—Jugaba a hacerme el muerto. Aguanto la respiración y puedo soportar mucho tiempo sin aspirar aire.

—Deberás guardar esas energías para el futuro, hijo mío. Tu maestro, el señor Meng Ting, vendrá esta tarde a prepararte para el viaje a la montaña. Ambos se marcharán en pocos días, cuando te encuentres listo para asumir tal prueba.

—Lo sé, mamá. Abuelo y papá me lo han dicho. Los extrañaré, a todos. —El chico se abrazó a su madre—. Ya yo he ido a los cinco picos celestiales, mamá. De noche, ilumino tus pinturas con la lámpara de aceite, las observo y luego cierro los ojos, consigo entrar en ellas y subo por esas laderas que tus manos han trazado. Y conversamos la tierra y yo.

—Para eso las he dibujado, hijo mío, para allanarte el camino. —Posó sus labios cálidos en la frente del muchacho y así, durante un rato, se mantuvieron entrelazados.

Xue Ying se les unió en el abrazo mientras su boquita adoptaba la mueca de un lastimero puchero.

En febrero, Mo Ying había cumplido doce años.

Partió hacia las montañas unos meses más tarde, dos días después de aquella conversación con su madre, acompañado de su maestro, en el otoño de 1914.

En el trayecto, el señor Meng Ting le contó que se había enterado por un viejo amigo suyo de que desde el mes de agosto, en Francia, en un sitio llamado Lorena, había comenzado una guerra. Otra guerra. Meng Ting suspiró con amargura.

El camino resultó penoso. Debido al esfuerzo de la caminata se dio cuenta de que perdía peso en cuestión de días; sudaba demasiado, el exceso de humedad agotaba sus reservas. Pero en cuanto se dieron a la tarea de ascender, advirtió que la atmósfera se helaba en la medida en que perdían de vista la sima y su cuerpo ganaba considerablemente en ligereza.

En un punto les esperaba un anciano chamán que sostenía en sus manos las riendas de dos bellísimos corceles blancos de elegante zancada. Descansaron toda la noche en la choza del hombre; al día siguiente Mo Ying se estrenó en el conocimiento equino: cabalgó toda la jornada y las siguientes sin necesidad de montura. El caballo de su maestro se llamaba Diamante, y el suyo Zafiro, debido a las vetas azules naturales que adornaban la crin y la cola de la bestia.

Mo Ying supuso que siempre amaría a ese hermoso animal. Zafiro sería, aparte de su maestro, su mejor amigo.

Después de varias semanas de aciago viaje, lluvia, lodo, noches de mucho vapor o, por el contrario, algunas demasiado frías. Finalmente encontraron un ancho claro en medio de un bosque bastante llano, centrado en el corte de una ladera. En el mismo medio se erguía una modesta pagoda.

—Es mi casa, y la tuya. —El poeta exhaló un suspiro, entre la satisfacción y el cansancio—. Ya voy para viejo, muchacho.

Oyó un estruendo detrás de sí: su joven compañero se había desmayado o dormido. Cayó como en ralentí, en un deslizamiento desde el lomo del caballo a un charco cubierto de hojas podridas; su rostro absorbía lodo, hundido en el fango.

SIETE

La gruta escarlata

En la charada chino-cubana: caracol

Tres años transcurrieron en los que Mo Ying apenas había oído la voz de su maestro ni la suya propia. Vivían en los alrededores salvajes de Leshan, la montaña sagrada, donde se hallaba esculpida la mayor estatua de Buda, quince metros de alto. Con los ojos entreabiertos, la estatua observaba risueña, pícara y plácida. El maestro y el discípulo se comunicaban a través de signos escritos en la corteza de los árboles, dedicados a enterrar sonidos en las raíces o entretejerlos en los ramajes, cantaban poemas en el interior de pequeños agujeros o cavernas o dibujaban ideogramas y jeroglíficos en extensos papiros que se enviaban con palomas mensajeras del comedor al cuarto, del salón a la biblioteca, de la cama a la terraza. Cuanto más cortas resultaban las travesías, más tiempo invertían en conseguir moverse.

Meng Ting enseñó a su discípulo a adivinar, o mejor, a descubrir la enfermedad observando un buen rato la lengua y el tinte en la mácula de los ojos del paciente; también lo entrenó en el arte y la precisión científica de cómo curar a los enfermos sólo manipulándoles el pulso con el pulgar y el índice.

Mo Ying bebió en el conocimiento de su maestro y se hizo experto en el secreto de las plantas, de los minerales, de las piedras. En pocos meses logró convertirse en el mejor cómplice de la natura-

69

leza, y mutuamente se aconsejaban en los métodos que debían ser utilizados para alargar la vida de un moribundo. El joven aprendiz aseguraba que podía mantener un diálogo enriquecedor con las yerbas, los animales, los ríos, los caracoles…

También devino un gran conocedor de su propio cuerpo, de sí mismo. Controlaba su pensamiento como nadie, podía estirar la piel y el esqueleto, sucumbir ante el traquear de sus huesos y acariciar una estrella. Apenas consumía alimentos, nada que sangrara y tuviera ojos, sólo arbustos secos, tampoco semillas que herían el intestino, y bebía agua pura. En las mañanas hacía abluciones, ahuecaba las palmas de su mano en un riachuelo transparente y libaba por todos los agujeros del rostro. Al rato, las tripas iniciaban una suerte de conversación o de quejidos interminables en su estómago, vaciaba sus intestinos en una fosa que cavaba bien hondo, y le embargaba una sensación de pureza como una ensoñación. A Mo Ying le fascinaba observar el humo y humus de sus excrementos en contacto con la tierra; entonces echaba puñados de carbón y apisonaba con un palo para no dejar huellas desagradables.

Conversaba con las tortugas sobre la lentitud y la paciencia como meta; de este modo se iniciaba en otra dimensión de la pasividad y experimentaba estados provocados para obtener una mejor visión interior. Juraba que los galápagos sonreían, que en el fondo de aquellos ojos como perlas anidaba la plenitud, el peso microscópico del alma. Su alma era una laguna que ahora ondulaba dentro de un cobo nacarado.

Consiguió refugiarse en múltiples ocasiones en el aliento del dragón; bastaba con que cesara de respirar y el dragón reaparecía, manso y confuso buscaba acomodo entre sus muslos, reducía su descomunal tamaño al de una hormiga, aturdido soportaba la espesura de los arbustos.

En ese minuto, Mo Ying presentía que su cuerpo mutaba en paisaje. Respetaba el silencio, el resto era puro galimatías de soberbias.

Entonces renovaba la respiración con fuerza, aspiraba todo el aire que cupiera en sus pulmones y expiraba lo menos, un silbido apenas. Acostado en la hierba, obligaba a su mente a circular por su espina dorsal y, detenida en la cuarta vértebra, visualizaba cinco nubes de cinco colores diferentes. Concentrado en lo más profundo de su meditación, cortaba el universo en trocitos cuadriculados o a veces triangulares. Rechazaba de cuajo que lo perturbaran recuerdos o deseos que estuviesen ligados a las siete pasiones: la alegría, la ira, la tristeza, el miedo, el amor, el odio, la codicia.

Inmóvil, dibujaba nueve casas, nueve palabras, cifras secretas, el tres, el cinco, y el siete y el nueve componían sus números predilectos; conformaba así, juntándolos todos, un sistema de realidades, interpretaba las sombras acumuladas en los puentes de sus pies. Colocaba la punta de la lengua en el paladar y de ahí la deslizaba hacia la cavidad situada encima del corazón, en la gruta escarlata, hasta que empezaba a latirle deliciosamente la nuca. Ahí, en ese punto, todo se oscurecía hasta que al rato, poco a poco, se iluminaba de nuevo, con una incandescencia que renacía armoniosa en su espíritu en forma de tigre blanco.

Una serpiente enlazaba a una grulla en pleno vuelo. La bóveda celeste nacía en su cabeza y a través de ella, mar límpida, erraba una embarcación. Escribió dos palabras: vida, tiempo.

Mo Ying escapaba de sí mismo, huía de su cuerpo, liberado de aquel premonitorio paisaje. Y besaba los picos más altos de las sierras e intercambiaba secretos con el montañoso sueño.

—Tres años y medio, supongo que habrá terminado esa espantosa guerra en Europa —profetizó el maestro—. Debemos retornar, tu familia estará ansiosa por tener noticias tuyas de ti mismo.

Regresaron silenciosos atravesando los mismos escollos, como si la ascensión hubiese ocurrido la víspera. Mo Ying y Meng Ting entraron en el burgo bajo un torrencial aguacero, a horcajadas en los lomos de Diamante y Zafiro.

Mei Ying aún dibujaba montes y dunas, y por lo pronunciado del vientre se veía que estaba a punto de dar a luz. Corrió hacia él y se enlazó a su cintura. ¡Cómo había crecido su hijo, y qué manera de adelgazar!

Mo Ying paseó la mirada por los muebles; encima de un aparador descansaban los abuelos, o mejor dicho, sus cenizas, en tres recipientes de porcelana, donde brillaban los grabados de sus nombres y las fechas del deceso. La madre explicó al hijo que habían fallecido a causa de una terrible epidemia que todavía azotaba al país. El joven encendió un palillo de incienso y sentado encima de sus talones, hincó la frente en el suelo y dedicó a sus ancestros infinitos minutos de meditación.

Al erguirse del suelo, preguntó por su padre. El gran actor y cantante Li Ying estudiaba mapas detrás de gruesos volúmenes que narraban periplos increíbles; allí hablaba en voz baja, para sí, escondido en el antiguo taller de la abuela.

Su hermana, la bella adolescente Xue Ying dormía plácidamente debajo de un mosquitero en la habitación contigua.

El joven repitió el abrazo, sus dedos recorrieron suavemente las mejillas de la madre, despejó la tersa frente del engreñado cabello y besó la piel perfumada a la canela. Mei Ying no había envejecido nada; la pobreza quizá la había desaliñado un poco. Sin embargo, ahora madre e hijo parecían hermanos, o amantes, así entrelazados, abandonados el uno en los brazos del otro en un éxtasis absoluto.

El padre oyó murmullos primero, después exclamaciones de claro regocijo, reconoció el timbre de la voz de su hijo, cerró de un manotazo el grueso libro, dejó caer los lentes y también un abanico redondo rodó de su regazo al suelo, no pudo contenerse, alcanzó el corredor, y se hundió en los brazos del chico.

—Eres todo un hombre, Mo Ying —contempló con alegría al chico mientras se separaba.

—Y es un sabio, señor Li Ying, como usted anhelaba que fuese. —Meng Ting también saludó efusivo al señor y a la señora Ying—. De veras que siento mucho el padecimiento y la partida de los abuelos, pero ya ellos habrán alcanzado la Vía Láctea.

Mei Ying bajó los párpados. Por las mejillas de Li Ying corrieron dos gruesas lágrimas, que se enjugó con las puntas de su raída camisola. Preparó un té verde y sopa de tofu.

Mo Ying reparó en la ausencia de varios objetos de valor, así como tesoros antiguos de decoración, pinturas que el abuelo paterno sentía un gran orgullo de poseer.

—Hemos vendido algunos recuerdos familiares, nada del otro mundo, hijo mío, sólo cosas sin importancia. Necesitábamos alimentos para los abuelos. En cuanto a ellos, murieron serenamente, en nuestra compañía. Los tres, antes de cerrar los ojos, te dedicaron sus últimas palabras.

La voz de Li Ying tronó insegura:

—El mundo ha cambiado, es inconcebible cómo se ha transformado este mundo, al menos, el nuestro. En Europa hubo una guerra, por suerte ya culminó. Esto nos afectó, por supuesto. La China se verá obligada a modernizarse. La mayoría exige, reclama: ¡Abajo los clásicos, abajo la tradición! ¡Abajo el lenguaje dibujado y cantado! ¡Arriba la vulgaridad, el lenguaje hablado! El teatro ha dejado de ser cantado. Empieza a hablarse en el teatro como se habla en las callejuelas. Si mencionas el nombre de una flor te conviertes en el hazmerreír del pueblo, y eso si por casualidad navegas con suerte y no te envían a un campo, a que el agua del arroz te llegue al cuello hasta el final de tus días. La literatura ya no es lo que era antes, señor Meng Ting. Mi padre y el suyo —señaló a su esposa— murieron a causa de tanta ignominia, ¡qué gripe ni gripe! Enfermaron de tristeza, al verse convertidos en testigos de la extinción de una cultura… y no poder responder con nada. Desde luego, y menos mal, somos una república. —Li Ying tapó sus ojos con ambas manos y los ofuscados sollozos invadieron la habitación.

Reinó un largo silencio. Xue Ying despertó, desperezó su hermoso y cimbreante cuerpo, calzó sus zapatillas, levantó la mirada. ¡No podía creerlo, su hermano había regresado!

—¡Oh, hermanito, cuánto te extrañé! ¡Oh, querido hermanito! —Xue Ying lloriqueaba y escandalizaba.

El joven, aunque emocionado, no parecía apreciar semejante espectáculo de descontrolado delirio. La madre llamó al orden, a medio tono, sin aspavientos.

—Mo Ying debe de estar cansado, tratemos de no atolondrarlo —advirtió mientras hundía las manos en agua helada.

74

Xue Ying huyó al patio, casi corría, daba pequeños y cómicos saltitos, entre sus dientes mordía la punta de la blusa, así experimentaba su contento. Una blusa confeccionada con un tejido mediocre, reparó su hermano.

—Sólo espero a que tu madre dé a luz y que la criatura cumpla unos meses. Pienso partir lejos, a Cuba, a encontrarme con mi primo Weng Bu Tah. Allá trabajaré y enviaré dinero, aquí no me queda nada útil por hacer como no sea la autodestrucción. Es una suerte que hayas regresado, Mo Ying, y que te hayas hecho médico, y sabio...

—Y poeta —interrumpió la madre.

—Y profeta, y asceta —replicó el maestro.

—Nada de eso vale ya —cortó el padre—. Hijo, te encomiendo el cuidado de mamá, y de tus hermanos.

Los tres hombres tragaron en seco. Mei Ying hundió sus pies delgados en unas zapatillas cuyo bordado se deshacía en flecos para salir del salón.

—Levanten el ánimo, señores, haré arroz, les debo aquella sopa como le gustaba a la emperatriz Cixi, carne, pollo, hervidos en leche de soja. Sí, no me miren extrañados, no me queda carne ni pollo. La sopa ahora se ha hecho muy popular, la vende en la calle la señora Wenzhong, sin carne y sin pollo, con legumbres, así y todo se ha puesto cara. No podemos incluir semejante lujo en nuestro paladar.

Los tres hombres se miraron y sus ánimos estallaron en una carcajada. En el patio, Xue Ying ejecutaba movimientos de danza, valiéndose de un sable antiguo, mientras entonaba una preciosa melodía.

75

Mo Ying pidió silencio y se adelantó unos pasos para escuchar mejor a su hermana.

—Sí, hijo mío, ya sé lo que me dirás… —Li Ying palmeó la espalda del muchacho.

—Papá, mi hermana posee una voz extraordinaria —observó maravillado—. ¡Heredó tu arte!

—Es mejor que yo, pero sólo lo diremos bajito —sonrió orgulloso—. Xue Ying es una adolescente plena de virtudes, pero a veces resulta repentina en sus ambiciones. La espontaneidad domina la mayoría de sus actos, no será bueno para ella.

Escucharon cantar a la hermana todavía un poco más. Los recién llegados tomaron las vasijas hirvientes de arroz perfumado en el cuenco de la mano y manipularon los palitos, del recipiente a la boca, todavía con fina elegancia y añoranza de la tradición, nostalgia del arte.

En la casa aledaña un maestro repetía en voz alta a sus pequeños discípulos: «El mundo árabe recibió de China el papel, la brújula marina, la pólvora de cañón…».

OCHO

El cofre de sándalo

En la charada chino-cubana: muerto

El joven, al que todos llamaron muy pronto Mo Ying el Anacoreta, había retornado a casa en la primavera de 1918; contaba dieciséis años y su cuerpo espigado lucía una discreta musculatura adquirida con los ejercicios del conocimiento, contemplación y acción moderada, pero necesaria.

Su segunda hermanita nació con el despuntar del verano de ese mismo año. La llamaron Irma Cuba Ying, porque Irma era el nombre que con mayor frecuencia mencionaba en sus cartas Weng Bu Tah, el pariente emigrado a aquella isla caribeña, cuyo nombre, Cuba, sonaba simpático a los oídos de Mei Ying. Irma para aquí, Irma para allá, no paraba de repetir. Estaría enamorado, comentaba Li Ying. Aunque Weng Bu Tah, en toda lógica, empezaba a envejecer, pues le llevaba más de quince años a su primo, y en aquella época cuarenta años ya se consideraba la antesala de la vejez.

Encerrada junto a su pequeña Irma Cuba en el taller (la recién nacida dormía en una cesta pesebre), Mei Ying pintaba en la superficie de una cajita olorosa, de madera de sándalo, del tamaño de una gaveta de coqueta, lo más parecido a un cofre de la dinastía Tang, terminado en patas de dragón. En la base laqueada de color rojo sangre, la mujer dibujó unos versos en letras negras, después repujó el borde con la punta afilada de una daga y en las ranuras vertió tinta dorada e incrustó perlas.

Tomó de nuevo el arma blanca; frente a un espejo hexagonal cortó su trenza de un solo tajo, envolvió el largo trozo de cabello en el chal blanco fileteado en plata que había hilado la señora Ying para su boda e introdujo el paquete en el doble fondo del cofre.

Para ese entonces, los días habían volado en la vida de la familia Ying. El hijo mayor convivía de nuevo en plena primavera con los cada vez más pobres vecinos del burgo e intentaba entretenerlos: les leía poemas, cantaba canciones que hablaban del amor eterno, de la armonía de la naturaleza, de la fuerza de la inteligencia humana, luchaba por vencer en ellos la apatía y la desidia.

El mes de mayo, el fatídico mes de mayo de 1919, el mes que acabó de desencantar a Li Ying tocaba a su fin: los sucesos que acontecieron le obligaron a decidirse a formar parte de la numerosa emigración cantonesa, la de los chinos culíes hacia América. En una ruta inversa a la gloriosa y exitosa ruta de la seda, denominada así a finales del siglo XIX por el geógrafo alemán Ferdinand von Richtoffen. En busca de una especie de seda negra y líquida, a la que los viajeros, cada vez más numerosos y ambiciosos de un rico porvenir, llamaron petróleo.

Li Ying argumentaba que, en caso de que se viera doblegado ante el pensamiento y la cultura extranjera, antes de hacerlo en su propio país, lo que resultaba sumamente vejatorio y doloroso para él y para muchos que pensaban como él pero que no se atrevían a expresarlo, prefería descubrir por sí mismo otras culturas, las auténticas y no las pasadas por agua, traficadas y filtradas por el afán consumista, netamente comercial, de la importación.

La experiencia del 4 de mayo había conseguido traumatizarlo y agudizar en él el temor de una suerte de muerte en vida. Algunos escritores, conocidos, amigos suyos, claudicaban y clamaban barbaridades tales como que había que reformar la literatura, que debían llevar a cabo una auténtica revolución literaria. ¡Muerte al clasicismo! Li Ying confesó a su esposa que creía que se encontraba en el umbral del estertor final, de sólo escuchar aquellas tonterías su cuerpo hervía de rabia, un pito permanente obstruía sus tímpanos, llagas reventaban su fina piel.

Li Ying sufría al contemplar que una horda de brutos intentaban acabar con la memoria, la historia, la cultura del país entero.

Renunció a llevarse comida a la boca, podía contarse las costillas de tanto que había enflaquecido; sin embargo presentía que guardaba energías de sobra para lanzarse al camino. Caminar aliviaría su ira.

—Debo marcharme de aquí, desapareceré, si no me persiguen estos locos que están vendiéndolo todo y vendiéndose a todo, me perseguirán mis fantasmas. Enloqueceré —masculló extenuado—. ¿Por qué llevas pañuelo a la cabeza, querida esposa?

Mei Ying pegó avergonzada el mentón al pecho. Sacó el cofre escondido detrás de ella y entregó al marido con una sonrisa resignada su último obsequio.

—Lo hice para ti, ahí guardarás mis cartas y las de tus hijos. En el doble fondo he puesto mi trenza. Es un pedazo de mí, ella constituirá mi prueba de amor más cercana.

Él desató lentamente el nudo del pañuelo que cubría la cabeza de la esposa; la melena ondeó entre sus manos. El hombre olió el cabello de la amada como para retener su perfume en la memoria. Besó la graciosa oreja de Mei Ying, y en ella posó un secreto. Ella asintió. Disimulaba con esfuerzo la congoja que nublaba su cara.

Li Ying salió de la habitación en busca de su hijo mayor.

Mo Ying leía en francés *Gargantúa y Pantagruel*; reía en cada pasaje. La sombra de su padre se posó en las páginas de François Rabelais.

—Es la hora de partir. Antes de irme, hijo venerado y admirado, quiero dejar la situación bien clara contigo. Todo lo que poseo y amo, incluido tú, queda en tus manos. Te suplico, hazme digno de tal tesoro —suplicó Li Ying.

El hijo cerró el libro.

—Ya lo eres, padre —respondió Mo Ying con las pupilas fijas en las de color marrón del cabizbajo hombre.

Por un instante el hijo temió que no volverían a verse, que aquél sería el último día. Pero no, rectificó. Esto sería sólo el inicio de una nueva vida, a la que él llamaría aventura inevitable y pasajera.

—No llegaré a caballo a América —recordó que había protestado su padre antes de aceptar a Zafiro.

—Claro que sí. Podrás montarlo en el barco. Me han dicho que allá aprecian nuestros caballos —Mo Ying insistió, el arreo apretado en la mano derecha.

Mei, Mo, Xue e Irma Ying, junto al sabio Meng Ting, quedaron frente a la puerta de la residencia. Todos menos la pequeña Irma agitaban tristemente sus manos en un adiós lacónico. La pequeña empezaba ya a pronunciar algunos gorjeos. En ellos Li Ying creyó intuir un increíble sentido de la melodía.

Cuando el padre se alejó, la mañana olía a brisa lluviosa; cabalgaba con la espalda erecta encima de Zafiro, el caballo, el amigo, que su hijo puso a su disposición con la esperanza de que ambos, hombre y animal, se ayudaran mutuamente en la incierta travesía.

Li Ying espoleó las ancas de la bestia y partió del pueblo a toda velocidad; no quiso volver la mirada, por temor a un súbito arrepentimiento. En su pensamiento se mezclaban conjeturas delirantes. Experimentó la dolorosa sensación de que él ya no pertenecía a todo aquello, o quizá pertenecía pero ya había perdido interés, no estaba seguro; de lo que no dudaba era de que tampoco formaba parte de esa burguesía de los negocios, ni tampoco del proletariado, mucho menos se veía representado por las nuevas ideas que reivindicaban los intelectuales en sus discursos, apenas entendía la obsesiva proliferación de partidos políticos. Y al mismo tiempo aborrecía esa trágica dependencia respecto al extranjero de China, no entendía la obsesión por crear un poderoso ejército, para él inútil, cuya presencia sólo traía como consecuencia el desgaste material y moral de la población, ya que gracias a los préstamos internacionales cada vez empobrecían más a los pobres y enriquecían más a los ricos.

¿Dónde, en qué sitio se situarían él y su familia ante todo eso? ¿Cuál sería el destino a partir de ahora de los artistas puros, de aquellos que rechazaban la corrupción del arte y la tradición?

En Shangai, los hombres de negocios veneraban unos edificios que para él resultaban ostentosos y horribles; los llamaban rascacielos. Se preguntaba por qué los chinos se empeñaban en deformar o destruir sus raíces. No había nada más bello que las montañas o las pagodas, las residencias de patio central. ¿A qué venía entonces esa euforia repentina por los rascacielos? Además, ¡qué fea sonaba esa palabra! Qué absurdo eso de rascar el cielo, sonrió irónico.

Sin duda alguna, pasar de gran actor a marginado constituía un proyecto inevitable en Yaan, ciudad de Sichuán; el camino espiritual no tenía nada de gracioso. Si las ciudades se habían transformado en auténticos infiernos, en las provincias hacían y deshacían gobiernos militares colocados por el oscuro fantasma de Yuan Shikai, quien antes de morir se había asegurado de que China fuera despedazada en un futuro no muy lejano por la desmesurada avaricia de Japón, Gran Bretaña y Francia. Había escuchado mencionar a un líder patriótico que luchaba contra esa locura, demasiado nacionalista para su gusto, un tal Chiang Kai-Shek; pero no deseaba atarse a nada que no fuera el arte, la historia y su familia.

La ruina económica china había comenzado, de todos modos, con el nacimiento del siglo. En 1911 la deuda pública se elevaba a 200 millones de dólares de plata, sin contar que desde antes, sólo por ganancias de aduana, se le debía a Francia 400 millones de francos a través de un consorcio franco-ruso. El artesanado de algodón se desbarrancó en un pestañear al abrirse China a los mercados extranjeros, ya que se produjo una afluencia desmesurada de capitales occidentales y japoneses. Esto dio como resultado un gran desequilibrio entre las condiciones de vida de los centros industrializados y las del resto de la población.

Grandes bancos extranjeros establecieron descaradamente suntuosas filiales en Shangai, Hong Kong, Quingdao y Hankou. Los negocios de la sal y las oficinas de correos se hallaban bajo control ajeno. Los beneficios del derecho de peaje de las flotas de guerra y de comercio iban a parar directo a las arcas japonesas. La competencia entre las pequeñas empresas florecientes chinas y las ajenas era desleal e irrisoria. El mercado devenía cada vez más estrecho para los amedrentados ciudadanos.

Un país tan rico y vasto sufría de una paupérrima alimentación y debía importar alimentos como el arroz, la harina y el azúcar. ¡Lo nunca imaginado! La hambruna y las inundaciones obligaron a los campesinos a vender sus tierras y propiedades a cambio de sumas miserables. Para colmo, en las mentalidades se había instalado la ambición de ser rico. La riqueza había sustituido al prestigio. Todo el mundo quería ser rico en vez de ser inteligente. La inteligencia, la sensibilidad, empezaron a decaer en la escala de valores del hombre de a pie. Un bolsillo repleto tenía más sentido que un montón de sueños e ideas.

Las calamidades, la desnutrición, la desmoralización, mataban a millones de personas. Perdida la esperanza, la justicia no significaba gran cosa, no guardaba sentido alguno. La gente se resignaba al horror. O emigraba.

Unos dudosos funcionarios prometieron a Li Ying que si emigraba, el gobierno chino entregaría una importante ayuda económica a su familia. Había firmado un papel, una especie de contrato, que contenía frases demasiado enrevesadas para su escaso conocimiento de la jerga técnica de un cierto y sospechoso sindicalismo, francmasonería o mafia: prometieron pagarle la suma irrisoria de 178 dólares por ocho años de trabajo. Y aunque no veía nada claro, se dejó guiar por sus impulsos más que por los sentimientos.

83

Había escrito y aprendido de memoria esas notas que su mente acababa de revisar de cabo a rabo, después de largas conversaciones con familiares y amigos, que opinaban lo mismo que él: que todo aquello no tenía ningún sentido y acabaría en desastre.

Advirtió que perdía demasiado el tiempo en pensar en la rutina política, que invertía su inteligencia en asuntos que nunca antes le hubieran ni siquiera interesado. Hacía bastante que apenas podía recordar el fragmento de una ópera ni entonar versos de poetas antiguos. Ahora su fijación consistía en adivinar el futuro de su país y su propio futuro, inmerso en un destino cuyo único rasgo visible era la furia, la rabia por ostentar el poder, la sumisión y la muerte lenta.

No tenía la menor idea de la ruta que tomaría; se dejaría conducir por el paisaje y el deseo de encontrar la paz.

Bajó del caballo con la intención de beber agua de un sucio y débil riachuelo. Notaba que Zafiro también estaba extenuado. ¿Cuánto habrían recorrido? Mucho o poco, ¡qué más daba! Lo importante era que la ruta naciera de sus propios pasos.

El sueño embelesó a Li Ying, recostado bajo un árbol; ni siquiera tuvo suficiente tiempo para reparar en el agudo hormigueo de sus piernas, en los doloridos riñones, en la sequedad que agrietaba sus labios; cayó rendido.

Soñó que sus padres vivían. El padre de Mei también. Todos estaban reunidos y se aprestaban a acudir al teatro.

Era una noche de invierno, el teatro reverberaba iluminado, repleto de gente. Li Ying cantó como nunca, muy metido en la piel de la hechicera emperatriz. El aire, sin embargo, despedía un aroma a flores dulzonas y luego a comida. Olía a una comida muy rica, muy buena. Mojó sus labios con la lengua. Abrió los ojos.

—Tendrá usted hambre, señor. —Un niño le ofrecía una cantina con arroz gelatinoso hirviente y carne de pato encebollado.

Creyó que aún soñaba.

—Mi madre lo ha visto llegar, es aquella señora. —Señaló una casita distante, y a una mujer parada en la puerta que saludó cuando el niño dirigió el brazo hacia ella—. Ha calentado esto para usted, debe de estar débil, muy fatigado.

Por las mejillas de Li Ying corrieron lagrimones que ardieron en la piel cuarteada. Extrajo el cofre laqueado en rojo de un jabuco que colgaba del cinturón y del cofre sus baquetas de hueso. Comió serenamente; cada vez que caía un bocado en su estómago lo atacaba un dolor muy fuerte en el páncreas como consecuencia de la debilidad, masticaba y tragaba despacio por miedo a enfermarse.

El niño le acercó una botellita con vino de tamarindo mezclado con agua salada. Saboreó gustoso. Zafiro bebía agua de una cacerola y devoraba mazos de hierba fresca que el chico había traído también para el caballo.

Li Ying, todavía sentado en la tierra, levantó la mirada hacia el niño, que le contemplaba de pie. El sol hirió sus pupilas. Envuelto por el resplandor, el niño se asemejaba a un dios.

El hombre se incorporó aún extenuado, tomó al chico de la mano.

—¿Puedo presentarme a tu familia?

—Sólo estamos mi madre y yo, mi padre trabaja desde hace unos meses muy lejos de aquí y los abuelos murieron este invierno; de todos modos le esperábamos, señor. Mi nombre es Lao Qingshun —contestó el niño con graciosa amabilidad.

Llegaron al portal y a Li Ying le agradó, aunque le temía, la frase con que la mujer le dio la bienvenida:

—Su futuro será tan vasto como el cielo de verano; sin embargo, deberá cuidarse de los merodeadores.

—¿Merodeadores? —sonrió lacónico.

—Vivirá usted en una hermosa casa, en otros confines, pero antes cruzará ríos, montañas, océanos. Se verá rodeado de alguna gentuza cuyas almas envenenadas por la envidia le desearán y podrán acarrearle el mal. Espero que sepa cuidarse. Habrá un antes y un después del océano. ¿Puedo brindarle un té?

—Lo aceptaría de buen gusto, pero ya me ha brindado usted demasiado. Son muy amables, su hijo está muy bien educado.

—Somos iguales con todos los viajeros, es natural. Usted no es el primero, como supondrá, aunque sí es diferente. —La mujer bajó los ojos avergonzada de la última frase.

«Es hermosa —pensó Li Ying—, como una antigua princesa.»

—Prefiero seguir mi camino, debo ganar tiempo.

—¡Ah, el tiempo! —La dama unió sus manos como en una plegaria—. Tiene usted razón, deberá ir rápido. Mientras más rápido, mejor para quienes aguardan su presencia, lo mismo de uno que de otro lado.

El niño jugaba entretenido con los huesos del pato que habían almorzado.

El hombre se despidió con un saludo ceremonioso, recogió su larga bata y se la amarró a la cintura; de un salto subió encima del lomo de Zafiro.

—¿Cuál es su nombre, bella dama? —preguntó antes de azuzar a la bestia.

—Me llamo Nu Da Shanshui Qingshun.

—Muy poético. La gran dama del paisaje. —Hincó sus rodillas en el lomo, Zafiro husmeó primero y enseguida galopó hacia el buen rumbo—. Gracias, señora mía. Cada día es un magnífico día.

La voz se hundió en una duna apacible.

NUEVE

Un paisaje más allá del sueño

En la charada chino-cubana: elefante

Llovía a cántaros. En el sombrío patio central la joven Xue Ying danzaba, los ojos vendados con un pañuelo de muaré negro, el cuello de cisne muy estirado, la cabeza ladeada un tanto a la derecha, después un tanto a la izquierda; en función de los giros, los brazos ondulaban con gracilidad, las manos empuñaban el sable perteneciente a uno de sus antepasados, los pies chapoteaban en los charcos, sus vestimentas empapadas en agua trasparentaban un cuerpo estilizado aunque robusto de senos pequeños, caderas estrechas, muslos musculosos.

Xue Ying ejecutaba volteretas y más volteretas y con el vestido abanicaba la lluvia. El filo brillante del sable cortaba el aire, lanzaba su ira contra un enemigo imaginario. La larga trenza batía al viento y provocaba un silbido como de saeta o bumerán que regresaba después de un amplio recorrido. Al tiempo que danzaba entonaba una triste melodía, con una voz atiplada, semejante al alarido de una flauta.

La joven presintió que su hermano contemplaba sus movimientos escondido detrás de la entreabierta puerta principal.

Aburrida de danzar, se detuvo de improviso.

—Mo Ying, sal de ahí. No seas inmaduro —increpó.

El muchacho salió, la cabeza retadora, el torso desnudo, las piernas cubiertas con un pantalón abombado; entonó un poema de los que le había dejado escrito su abuelo Xuang.

La hermana imitó el fraseo, convirtió su voz en eco de la de Mo Ying, aventajándole en transparencia de timbre. Ambos danzaron y sus siluetas formaban figuras herméticas bajo la penumbra de la noche y del agua, que caía plateada teñida por los reflejos de la luna: deliciosas orquídeas, plantas primorosas, letras, tiernas palabras.

Mo Ying notó que su hermana saltaba cada vez más alto y que demoraba considerablemente en descender. A veces quedaba suspendida entre la bruma y los tejados, en otras ocasiones parecía que las ramas de los árboles la atrapaban y la balanceaban hasta abandonarla a su suerte a la velocidad del agua desde una catarata.

La muchacha dominaba la longitud y la amplitud del espacio con una celeridad inalcanzable; podía recorrer cualquier superficie en el mayor de los silencios, a una velocidad nunca vista, con sus pies descalzos apretados en dos vendas que le deformaban los dedos en punta. Se desplazaba por los techos del burgo en segundos y al mismo tiempo con una sagacidad difícil de sobrepasar, similar a una gaviota hambrienta que sobrevuela a ras de mar en espera de capturar un pez con el pico.

Desde la partida de su padre, Xue Ying apenas bajaba de los tejados. Con los ojos tapados fijaba su rostro durante días y noches, y filtraba de este modo lo mismo la reverberación del sol que el resplandor de la luna. Sollozaba, y a través de las pupilas veladas adivinaba el magnífico titilar de las estrellas. En épocas lluviosas aprovechaba la madrugada para cantar, danzar y liberar su cuerpo de pesadas energías.

De súbito, Mo Ying retuvo a su hermana agarrándola por el puño.

—Has cambiado mucho, te has puesto muy rara desde que papá se fue. Pareces una idólatra. Cuéntame, por favor, qué te sucede —rogó su hermano.

La chica subió lentamente el pañuelo hacia la frente, sus ojos parecían vacíos, pero dentro de ellos rutilaban dos luces plateadas. Dos luceros se habían introducido en sus cuencas y apoderado de su mirada.

—Estoy muy triste, hermano mío. Una tristeza profunda y dura como el ónix, que me quita los deseos de observar de cerca al mundo. Intuyo que no veré nunca más a nuestro padre. No será el mismo. —La voz sonó como un hilillo frágil a punto de quebrarse.

—¿Puedo hacer algo? Necesitas ayuda y no encuentro palabras para borrar tu angustia. Yo mismo me siento inseguro…

—No debes tomarlo en serio. Tú tienes más responsabilidades que yo; ah, me reprocho ser tan egoísta. —Ella colocó el puño en el pecho desnudo y quiso apartarlo.

—Tienes razón, papá me puso a cargo de todos nosotros. Por eso debo velar por vuestra salud. Me inquieta tu obsesión por alejarte de la familia. ¿Por qué andas la mayoría de las veces con los ojos tapados? Terminarás ciega, de veras.

—El paisaje que busco vibra en el sueño. La mayoría de las veces sueño despierta. He descubierto que el mundo se contempla mejor desde adentro, desde la fuerza del espíritu. —Sus labios temblaron—. Puedo observar a nuestro padre, adivino su viaje, y de alguna manera consigo acompañarlo.

—Mamá cree que acabarás por enfermar… —Mo Ying recurrió al lado más sentimental del asunto.

—Mo Ying, querido, ¿no te has dado cuenta de que mamá ya está casi muerta? Muerta en vida desde que su único amor la abandonara…

—No ha sido abandono… Eres injusta si lo ves de esa manera… —replicó el hermano.

—¿No? ¿Y qué ha sido entonces? Papá se avergonzó de no reunir las condiciones para ser un buen sostén de nuestro hogar, tuvo pena y vergüenza de no conseguir sacar adelante a nuestra familia. En lugar de cerrar filas junto a mamá y sus hijos, prefirió argumentar que partiría lejos a buscar fortuna. Tal vez tú lo hayas creído, yo sólo considero su decisión como un vulgar pretexto, eligió la vía más fácil. Zafarse del compromiso familiar y dejar a mamá con el peso de todo encima de sus espaldas. Los abuelos no se hubieran sentido orgullosos de su proceder, más bien sentirían lástima de tal comportamiento.

Mo Ying estalló colérico:

—¡Eres más que injusta! ¡Eres despiadada! ¿Cómo puedes guardar tanto rencor a nuestro padre? Papá se debatía enormemente entre la mejor y la peor decisión. Es un gran artista y todos los artistas sufren hasta el final de sus vidas.

—¿Y mamá no lo es? Mamá también es una gran artista. Pero, claro, ¿a quién importa ese detalle, no? Ella es mujer. Y las mujeres no importan a nadie.

—Papá regresará, me lo prometió. Su amor por mamá y por nosotros fue lo que le obligó a irse, y de este modo probarse lejos; estoy seguro de que triunfará, que regresará sonriente para contarnos su viaje…

Xue Ying volvió a bajar la banda que antes cubría sus ojos.

—No entiendo por qué los hombres deben siempre *probarse*, como tú dices, lejos del hogar, justo en el momento en que mayor atención reclamamos de ellos. ¡Tonterías! —Encajó el sable en el lodo—. No le guardo rencor a nuestro padre, te equivocas, pero su partida me ha provocado un desgarramiento cuya herida no cerrará jamás.

—¡Destápate los ojos, idiota! ¡Me das más miedo que lástima! ¡Te vas a herir corriendo a ciegas con el sable en la mano! —gimoteó Mo Ying.

—En cuanto al amor, yo hubiese preferido que nos amara aquí y no allá, en el olvido.

—¿Qué sabes tú del amor? ¡No te has enamorado aún!

—Ni pienso hacerlo. Con la experiencia de los otros me basta y me sobra. —Estiró el brazo y con la mano abierta dejó pasar la brisa entre los dedos—. A lo único que aspiro es a volar. Y a observar la monotonía de este pequeño mundo desde mis entrañas. Tú tampoco te has enamorado, por cierto.

Eludió responder a la burla. Los conocimientos adquiridos, la sabiduría asimilada, nada de eso le servía al joven para entender a su hermana. Y es que ella, intentó justificarla, había vivido la realidad, con toda evidencia, de forma mucho más cruda que él.

—Quizá en el momento más difícil exigimos demasiado de papá, y se amedrentó… —justificó el joven.

—Ella nunca le exigió nada, ella lo dio todo y sigue dándolo todo. ¿No te preguntas si ahora exigimos demasiado también de ella?

—Tienes razón. Así y todo, ella simula que es feliz para no hacernos infelices a nosotros. Por favor, quiero que me hables y me mires.

—No puedo mirar a nadie ni a nada. La sola visión de un paisaje real, de un ser humano real, me doblega la voluntad; es tanta la amargura que me embarga que empiezo a sentir todo mi cuerpo flojo, muy débil, y entonces sólo quiero morir.

—Algún día no viviremos más con todos estos problemas, verás que…

—No huyo de los problemas como papá. Pero intento concentrarme en lo único que me proporciona placer, en soñar. El delirio de experimentar lo inasible, un paisaje creado por mí, resulta delicioso. En ocasiones, en plena vigilia, con los ojos entreabiertos, puedo apagar cualquier luz y evocar un color luminoso. Ocurre en mí, algo así como una explosión burbujeante de sensaciones nuevas, radiantes, y enfrente se abren numerosas puertas, que al mismo tiempo son pinturas preciosas, y me sumerjo en ellas. Las escojo al azar. Una vez me hallé en un caluroso bosque, los árboles me hablaban con la voz de papá. No, no fue una pesadilla, me sentí preparada para el perdón… Otro día nadé en un vasto océano, mamá también nadaba, me llevaba una cierta ventaja. Los movimientos de sus brazos eran hermosos y perfectos cuando nadaba de espaldas. Por fin llegábamos a una playa con una arena muy blanca; el sol castigaba fuerte. Mamá se veía muy bella, con su trenza de un negro brillante que caía y rozaba sus nalgas redondas, estaba totalmente desnuda. Al rato, los colores se desparramaron en el sueño y la imagen se congeló en blanco y negro, como en una simple fotografía. Entonces, de buenas a primeras, un lente abrió su espectro, como un ojo descomunal, a través del cual yo con-

94

templaba la acción. Me observaba a mí misma de niña, jugueteando con un papel mojado: una foto borrosa, en blanco y negro, de mamá, muy joven, sin nada encima, sólo esa trenza gruesa que delineaba su columna vertebral.

Mo Ying avanzó unos pasos e indeciso abrazó a su hermana con ternura; lo hizo tan concentrado en ejecutar con eficaz delicadeza ese gesto de cariño que no se percató del estremecimiento turbado de Xue Ying, quien no supo responder con el mismo refinamiento, aunque tampoco rechazar la caricia.

El joven intentó desanudar el pañuelo de los ojos. Ella detuvo su mano con un gesto ágil.

—No necesito mirar tus ojos para saber que me quieres. Ya eres más que mi hermano. Te he convertido en mi mejor paisaje, un horizonte dibujado con un coágulo de mi sangre.

Dicha esta última frase al oído de Mo Ying, se separó de él, desencajó el sable del fango, y de un triple salto ascendió hasta caer sin hacer el menor ruido en el techo correspondiente al Salón de la Armonía, allí donde la madre desempolvaba con un antiguo plumero confeccionado con plumas de faisán, tomos pertenecientes a la colección de poetas de aquellas épocas que ella ya no podía distinguir si las había vivido de verdad o sólo a través de las historias narradas por su padre, el abuelo Xuang.

Mo Ying deseó perseguir a su hermana en tan histriónico malabarismo, pero se sintió cansado, muy triste y, para colmo, desde afuera divisó a su madre con la espalda encorvada: sacudía meticulosa el polvo de libros y estantes a esa hora de la madrugada; esta visión agudizó su melancolía.

Atravesó el umbral. Irma Cuba Ying, la pequeña, se hallaba sentada en medio del pasillo; chupaba la punta de un trapo y taponaba sus oídos con ambas manos; el dolor deformaba su carita en una mueca de donde el llanto no acababa de surgir. Mo Ying comprendió que la niña estaba esmorecida. Elevó el cuerpecito en sus brazos y la sacudió en el aire de un tirón para que respirara y pudiera liberar el grito atragantado. Corrió con ella en brazos y la entregó a la madre.

—La encontré casi ahogada.

Mei Ying acunó en su regazo a la niña hasta que se durmió. La colocó en la estera con sumo cuidado, prodigándole mimos y carantoñas.

Volvió a los papeles, tomó un pincel y dibujó en el papel que tenía siempre listo.

«Irma Cuba no es majadera, sucede que padece de tormentosos dolores de oídos… Prepararé gotas de anís para calmarla.»

Al hijo le resultó raro que su madre escribiera en lugar de hablar. Pero la justificó diciéndose que quizá no deseaba despertar a la pequeña.

Oyó unos pasos poderosos que estremecieron los cimientos de la casa. En la parte de detrás, por los jardines que rodeaban la residencia, merodeaba un bebé elefante perdido de su manada.

DIEZ

La letanía de la fuga

En la charada chino-cubana: pescado grande

Sola; por primera vez disfrutaba a conciencia de encontrarse sola. Muy atrás habían quedado las casas del burgo, los parquecillos laterales, los patios centrales, portales y jardines rebosantes de botones florecidos. Unos pasos más y cruzaría el portón de la muralla que bordeaba la ciudadela; no sintió miedo, la curiosidad la empujó hacia delante. Introdujo su mano en el escote de la blusa y sacó el trapito ensalivado en las puntas, comenzó a chuparlo y a morderlo, mientras sus ojos iban de un lugar a otro y decidía por cuál de los tres caminos que tenía enfrente debería aventurarse. Por suerte escogió el más estrecho, de acuerdo a su edad y tamaño, se le ocurrió pensar.

El sendero la condujo a una faja de agua irregular que fue transformándose en riachuelo, y el riachuelo en el vertiginoso Yang-tse-Kiang. Irma Cuba Ying hundió los dedos en la cinta líquida y brincó con espasmos de alegría.

Se había escapado de casa. Nadie había reparado en su huida. Esto excitaba su cuerpecito rollizo de niña de cuatro años y medio. Hacía justo tres y medio que había aprendido a caminar. Hablaba desde los diez meses de nacida.

—No me caeré encima de ti, río, no lo haré —dijo y rió maliciosa.

Persuadida de que el río respondía burlón y altanero con un eco de carcajadas cristalinas, la pequeña Irma Cuba Ying amenazó con el dedo a su cara reflejada en los rizos transparentes que la brisa peinaba en las incipientes olas. Enseguida pegó el dedo a sus labios, y en gesto autoritario reclamó silencio.

—Ya sé que aún no aprendí a nadar, pero lo haré muy pronto. Enséñame, río, tú podrías iniciarme en el aprendizaje de flotar, mover brazos y piernas. ¿Cómo te llamas, río, no tienes nombre? —Esperó, y sólo recibió el silbido del silencio como respuesta.

—De acuerdo, no quieres decirme tu nombre, haces lo correcto. No debemos dar nuestro nombre a desconocidos. Te llamaré Uno —dibujó un trazo horizontal imaginario— porque eres el primer y único río que conozco. Yo me llamo Irma Cuba Ying. Vivo con mi mamita y mis hermanos mayores. Mi padre tuvo que irse muy lejos, a buscar trabajo. No poseo muchos recuerdos de él, pero puedo escuchar sus cantos. Tío Bu Tah trajo un aparato que guarda su voz adentro, y cuando mamá le da vueltas a una manigueta, su canto sale de un caracol inmenso. Me emociona la voz de mi padre cuando interpretaba poemas viejos.

Un perro observaba a la niña desde el lindero del trillo con la bajada hacia el río. Irma reparó en él al escuchar el jadeo incesante del animal.

—Aaah, un perrito, ven aquí, perrito —susurró y chasqueó los dedos.

El perro ladró tres veces, el último ladrido culminó en un lamento agudo, y con dificultad avanzó unos pasos; se notaba su fatiga en la mirada perdida. Irma Cuba Ying se llevó desesperada los dedos a los oídos y apretó los párpados en señal de agudo dolor. El perro descendió al río y bebió agua durante un buen rato. De buenas a primeras, paraba de beber y dirigía su mirada lastimera a la niña; entonces volvía a lamer el río y de nuevo levantaba la cabeza hacia la chiquilla como para asegurarse de su presencia.

Al rato, el perro entró en el río y nadó un buen tramo; sin embargo nunca perdía la referencia de la pequeña en la orilla.

—¡Perrito, tú sí sabes nadar, enséñame a nadar! ¡Ya que Uno no quiere enseñarme, puedes hacerlo tú! —exclamó entusiasmada.

El perro nadó hacia la orilla, sacudió tres veces la pelambrera y salpicó las piernas de Irma Cuba Ying; la miró de reojo, jadeaba, ladró hasta que parecía que se ahogaba en un quejido. Sin embargo se podía apreciar que había recobrado fuerzas; sus ladridos hicieron eco impetuoso en el lado opuesto del río. Con los ojos y con varios movimientos seguidos del hocico invitó a la niña a seguirle hasta el agua.

Irma Cuba Ying se introdujo hasta la cintura en la corriente verdosa, hipnotizada por la belleza del animal. El perro fue hacia ella y la empujó suavemente con el hocico más hacia lo hondo; la niña resbaló con una piedra y su cabecita se perdió en el vaivén del oleaje para remontar enseguida. Tosió por la boca y la nariz; el pelo lacio y color azabache formaba una cortina espesa que caía encima de su espalda y el cerquillo le entorpecía la vista.

—¡Oh, perro majadero, por culpa tuya casi me ahogo! —Tosió nuevamente—. ¿Cómo te llamas, perro?

El perro volvió a ladrar.

—Ah, te llamas Wai Wai, me gusta tu nombre, es muy sonoro. Pero sabes, yo estoy enferma de los oídos. Los ruidos me hacen mucho daño. Supongo que desde que papá se marchó no deseo escuchar nada que no sea su voz. Cualquier otro ruido me pone enferma. ¡Wai Wai, espera, espera, perro atrevido! ¿Qué haces, perro loco?

Wai Wai se sumergió en el agua y, situándose debajo de la cadera de su nueva amiga, por detrás, volvió a empujarla con el hocico; ella entendió que la obligaba a acostarse encima de él. La niña flotó un rato encima del perro como si éste fuera una balsa.

El animal la dejó poco a poco sola, hasta que ella flotaba sin darse cuenta de que ya no tenía a Wai Wai debajo para sostenerla. Sus ojos cerrados percibían la presencia de los rayos del sol en figuras poliédricas que jugueteaban en la oquedad negra.

Entonces, no supo cómo sucedió, Wai Wai asió una de sus manos entre los dientes sin hacerle daño y haló a la niña hacia el fondo del río. La chiquilla imitó los movimientos del perro, nadó, nadó, hasta que ambos no pudieron aguantar más la falta de oxígeno y emergieron sobrecogidos.

A Irma Cuba Ying le había encantado la experiencia, y no paraba de soltar chillidos mezclados con una risita nerviosa, palmoteaba, se abrazaba a Wai Wai y besaba su hocico y la arruga que se formaba entre sus orejas encima de la cabeza. Wai Wai, jadeante, parecía sonreír también.

—¿Estás feliz, Wai Wai? ¡Yo también soy feliz, con el río Uno y contigo!

Vivir semejante aventura había hecho que la niña olvidara a su familia.

—¿Sabes lo que más me gusta de nadar debajo del agua, Wai Wai? Que no oigo nada. Sólo escucho el silencio, el sonido del silencio, y ya no me molestan los ruidos. No quiero oír nunca más nada. Prefiero ser sorda a que me duelan los tímpanos. Pero si me vuelvo sorda, no podría escuchar jamás las voces de mis seres queridos, ni la música. Ni los sonidos agradables de la vida…

El perro agitó sus patas delanteras y avanzó hacia ella; la niña imitó el movimiento y, cuando advirtió que nadaba igual que su amigo, chapoteó con alegría. Wai Wai volvió a tomarla por la muñeca y otra vez se sumergieron en la frescura del agua.

La pequeña aprendió a ondular su cuerpo de la cintura hacia los pies, extendió los brazos y bajó aún más profundo: deseaba tocar las piedras, acariciar las algas, admirar los colores y las extrañas formas de los peces. La pequeña Irma Cuba quedó prendada de una carpa dorada y quiso irse detrás de ella; de súbito la carpa desapareció debajo de unas rocas y de ella surgió una silueta muy rara. No parecía un pez, tampoco un perro. Parecía, parecía… la niña dudó. La presencia se hizo más clara. ¡Una niña, igual que ella! Pero sin cabellos, y el cuerpo terminaba en una cola, y los brazos eran aletas. Irma Cuba Ying acababa de conocer al manatí, pero aún no sabía nombrarlo.

Wai Wai empujó a su amiga hasta la superficie; ambos emergieron ansiosos de llenar sus pulmones de aire. La noche emborronaba el atardecer.

Alrededor del río se escucharon voces. Más bien gritos. Hombres hurgaban con palos en los arbustos, mujeres registraban cada agujero de los árboles. Su madre y sus hermanos encabezaban la comitiva, los segundos voceaban desesperados su nombre. Ella, la madre, estrujaba su rostro entre las manos, de su boca apenas brotaba un quejido.

Entonces latieron los tímpanos de la chiquilla con la mayor intensidad, como si fueran a reventar.

Recordó que se había fugado de casa y escuchó la letanía de gemidos, una manada de lobos detrás de ella, enojados a causa de su fuga.

—¡Mamá, eeehooo, Xue, Mo, eeehooo, estoy aquí, en el río!

Mo Ying alumbró en dirección de la orilla con una lámpara de aceite, descubrió la cabecita de su hermana, y acudió a sacarla del agua.

—¡Mira, Mo, tengo un perro, se llama Wai Wai! ¡Y hasta tengo un río, se llama Uno!

—Venga, niña majadera, que mamá no ha parado de llorar por tu culpa. —El hermano la cargó encajándola en su cintura y ella rodeó el cuello del muchacho con sus erizados bracitos.

El perro marchaba detrás de las huellas del joven; a menudo se detenía y sacudía el agua de su pelambre.

El hermano mayor devolvió la niña a la madre. Mei Ying primero besó toda la carita mojada de su hija, secaba los goterones de agua con sus besos; acto seguido le propinó dos buenas nalgadas.

—¡Eso no se hace, Irma Cuba Ying, no se hace! Si te pierdes para siempre ¿qué sería de ti? ¿Qué sería de nosotros sin ti? ¿Qué sería de tu padre sin ti? —lloriqueaba Mei Ying.

Los hermanos mayores se miraron extrañados; por fin, después de varios meses, la madre recuperaba el habla.

—¡Ay, mamá, quiero ver a papá, quiero conocer a mi papá! —La niña berreaba en un ataque de llanto—. ¡Ay, Xue, me duelen los oídos! ¡Allá abajo, en el agua, no me dolían! ¡Ay, Xue, mira mi perrito, se llama Wai Wai! ¡Ay, mamita, no me pegues! ¡Ay, Mo, dame un besito! ¡Xue, Mo, mamita está hablando! ¡Mamita habla!

Mei Ying sintió lástima de la pequeña, y entonces otra vez la cubrió de besos. Xue, la hermana, se encargó del perro, acarició el lomo del animal para entrar en confianza con él, luego echó a correr delante, tomó una piedra, la lanzó al agua. Wai Wai fue a buscarla y se la trajo orgulloso, colocó la piedra a los pies de la muchacha y ladró triunfador.

A partir de entonces, toda la familia, y buena parte del vecindario, acompañaban cada tarde de primavera o de verano a Irma Cuba Ying y a Wai Wai hasta las orillas de Uno, o sea del Yang-tse-Kiang. Allí, acomodados en esteras, merendaban dátiles y té verde, mientras contemplaban a la niña y al perro atravesar a nado el caudaloso río.

En ocasiones el perro y la pequeña se zambullían y no aparecían hasta pasados unos largos minutos; cuando ya los espectadores empezaban a inquietarse reaparecían, coronadas las cabezas con auténticos tesoros naturales: sombras plateadas y escamas de peces les adornaban la piel.

ONCE

Una mujer perdida dentro de la casa

En la charada chino-cubana: gallo

Estudió con la mirada a su alrededor y presintió que ninguno de los objetos que la rodeaban tenía que ver con su presencia en aquel sitio. Antes de bajar los peldaños de piedra hacia las habitaciones subterráneas, encendió tres varillas de incienso y las colocó en el pequeño altar al pie de la puerta.

Descendió serenamente, con pasos mesurados; en la mano sostenía una lámpara de aceite. Una vez allí, tuvo la impresión de que los espacios rectangulares se hacían cada vez más largos. El armario quedaba a kilómetros de donde ella se encontraba. Trastabilló. Se percató angustiada de que había olvidado el objeto de su búsqueda en el sótano; entonces dio media vuelta y subió.

Al rato de deambular por la parte principal de la casa, se dijo que a lo mejor lo que necesitaba hallar estaría en el piso de arriba, y que una vez ahí, el hecho de identificar un simple adorno o mueble le facilitaría la pista, y de este modo recordaría lo que no encontraba desde hacía horas.

Subió en vano la escalera en espiral, ocurrió lo mismo que en el sótano. Su cabeza desvariaba de un tema al otro: el paño rojo abandonado en el telar y que deseaba acabar de una vez, ignoraba por qué razón, nadie se lo había encargado, o la cena para la noche, aunque era raro que alguno de sus hijos cenara en casa con

105

ella. Xue andaría como una paloma, entretenida en picotear pan, subida en los tejados. Irma Cuba devoraba todo tipo de frutas y hierbas silvestres, y aunque la mayoría del tiempo se quejaba de dolores de oídos y de estómago, no le apetecía comer nada que no fuera rarezas y después caía rendida.

Mo trabajaba día y noche para traer el sustento a casa: hacía cuanto le encomendaban, pero como era de buen corazón cobraba poco, cuando cobraba. No le parecía justo pedir dinero a algún enfermo pobre, ni a las prostitutas, menos a los ancianos solos, o sea que se dedicó a curar gratis. A los trabajos de traducción y copia de textos que el monasterio le encargaba tampoco les ponía precio, pues comprendía que los monjes pasaban por la misma mala racha que la mayoría de los habitantes del burgo. En las noches aprovechaba el poco tiempo libre y se entrenaba en el perfeccionamiento de las artes marciales y en la caligrafía de dialectos antiguos.

Mei Ying se dijo que ninguno de sus hijos tendría tiempo o deseo de cenar. De cualquier modo, sintió la impetuosa necesidad de preparar una suculenta cena familiar. Invitaría al sabio Meng Ting, tal vez a algunos vecinos, y quizá festejarían cualquier fecha, el día de las flores; de este modo atraería a los chicos al hogar.

Se rascó la cabeza; tampoco era nada que tuviera que ver con la cena lo que ella buscaba y de lo que no recordaba nada.

Un gallo cantó y espantó a las palomas; una gallina clueca cacareó.

En el salón redondo la abatió un prolongado mareo; acababa de descubrir las paredes recién pintadas en rojo fuego, iniciativa no muy conveniente de Xue. Un retortijón agudo en las tripas le avisó de que no ingería alimentos desde hacía tres o cuatro días, sólo bebía té.

La casa comenzó a dar vueltas alrededor de ella: los pilares de madera asentados en muros de ladrillos, los muros ciegos, las persianas de madera, los encuadres de las puertas, los biombos, las mesitas redondas de tres patas, la cama central con balaustrada baja, los armarios enanos, las sillas, los gueridones... Miró a sus pies, que convirtió en punto de referencia. Sus pies diminutos, envueltos en una tela gruesa, rematada en punta, semejaban un botón de la flor del loto.

Le dio tiempo de tumbarse en la cama; su cabeza dio contra la almohada de porcelana, que sólo servía para recostar la nuca. Ahí soportó su incómodo estado un buen rato, hasta que pudo pararse de nuevo y caminar con extrema lentitud, como alguien que recién ha sufrido una operación quirúrgica. Llegó a un balconcillo rematado en cuello de cisne que conformaba un asiento; allí acomodada apoyó un codo en la baranda y respiró el aire fresco; las gotas de sudor desaparecieron de su cuello y del rostro. Trató de orientar el cuerpo hacia el sur.

Le asustaba advertir que su mente había quedado completamente vacía, no conseguía coordinar la más mínima idea.

Observó las piedras que sostenían el resto de los costados de la casa. A su marido le gustaba mucho decir que aquellas piedras llevaban cientos, miles de años, sosteniendo el techo familiar, en sucesivas generaciones. Pensó que Li Ying, su amado esposo, sentiría una inmensa nostalgia por su hogar y lloró bajito; el llanto le proporcionó una calma que necesitaba con urgencia y que hacía tiempo no experimentaba. Esa tranquilidad mejoró su estado de ánimo. Decidió dirigir sus pasos al taller. Chocó con un mueble puntiagudo colocado junto a la puerta; siempre había detestado ese trasto. Por fin logró que su cabeza ajustara todos los componentes de la casa en su sitio correspondiente.

Sentada en la banqueta de madera, colocó las manos encima del antiguo telar; después de acariciar la madera apresó el cinturón de mimbre y lo ajustó a su cadera. Maniobró las madejas y los hilos; la seda roja reapareció espléndida ante sus ojos. Sonrió al recordar que su marido detestaba el crujir de los hilos enredados en la madera y el chirriar de las tablas. ¡Ah, la voz de Li Ying! La voz más hermosa del mundo.

Avanzó bastante en el tejido, hasta que no pudo soportar por más tiempo el dolor de espalda y el aguijoneo de los calambres en los muslos. La fatiga empañó su mirada. No conseguía ver con nitidez ni sus propias manos.

Aún no lograba recordar aquello que había perdido dentro de la casa y por lo que hacía rato que se angustiaba. Buscaba en el enrevesado telar de sus pensamientos: nada, nada, ningún indicio. No era un dibujo, tampoco un manuscrito, mucho menos un peine, o un vestido, o una copa, o una cuchara, ningún objeto por imprescindible y vulgar que fuese... Volvió a apoyarse en el recodo de la puerta central de la casa y voceó el nombre de la hija menor.

La pequeña apareció a lo lejos chorreando agua por todo el cuerpo. Acudió al abrazo de la madre; en la mano agitaba un pez que sujetaba por la cola e iba seguida por Wai Wai, el perro fiel.

—¿Necesitas algo, mamita? ¡Mira, he atrapado un pez vivo!
—La niña puso cara traviesa, las pestañas mojadas, la puntita de la ñata y los labios enrojecidos.

Mei Ying extrajo un cuadernillo y un lápiz corriente de su bolsillo, y dibujó unas frases:

«Haré una cena familiar. Necesito que invites al señor Meng Ting y a las personas que tu hermana y tu hermano estimen conveniente. Avísales de mi parte.»

—¿Tenemos los ingredientes para la cena, mamita? —Puso los ojos redondos, atemorizada—. Puedo darte mi pez, pero iba a devolverlo al río o tirarlo al estanque.

La madre escribió de nuevo:

«No te preocupes. Hice economías, y creo que he conseguido vender un chal blanco de hilo. Podremos comprar algunas cosas, nada de lujo, pero prepararé una cena decente.»

—¿El chal de la boda con papá? ¿El que te regaló la abuela? —inquirió aún más sorprendida; entretanto colocó el pez en una calabaza gigante que se hallaba al pie de los peldaños de la entrada, vaciada de su masa y desbordante de agua de lluvia.

Mei Ying rectificó mediante la escritura:

«Jamás se me hubiera ocurrido vender la túnica de nuestra boda. El chal que acabo de vender fue uno de mis primeros trabajos, de los que la abuela me ayudó a confeccionar. ¿Has olvidado que la túnica se la di a tu padre, junto con mi trenza? ¡Corre, Irma Cuba, a invitar al señor Meng Ting y a prevenir a tus hermanos!»

La pequeña asintió y desapareció como un bólido. Antes recogió el pez y lo tiró al pozo, pues ella supuso en su febril imaginación infantil que el pozo comunicaría fácilmente con el río. Wai Wai ladraba detrás de la traviesa niña.

Mei Ying no sólo ahorró, sino que además había reunido arroz gelatinoso, mijo, boniato, maíz, soja, castañas de agua, raíces de

loto con las que se preparaba salsa exquisita, espinacas, coliflor, bró-
coli, lentejas, ñame, pepino, calabaza, champiñones. De pescado y
mariscos, tenía para escoger bacalao salado, cangrejos, ostras, me-
jillones y pulpos. Le daba lástima retorcerle el pescuezo a la gallina
que había criado y que tantos huevos ponía, pero pensó que los invitados agradecerían una suculenta sopa de ave. En fin, lo pensa-
ría. Había comprado carne de puerco seca y cortada en láminas.
Enseguida puso manos a la obra.

El esmero y minuciosidad de Mei Ying no asombró a los invitados. Conocían a la mujer y sabían que cualquier asunto que se
propusiera sería exitoso, pues empeñaba toda la ternura de que era
capaz para realizar la más irrelevante tarea.

Adornó la mesa con nenúfares recién extraídos del estanque.
A la cena no faltó nadie. Mo Ying invitó a los Zhang, una familia
de ebanistas compuesta hasta hacía poco por cinco miembros: el
padre, tres hermanos y el abuelo; pero el padre acababa de fallecer
en los brazos de su médico, el propio Mo Ying. Su hermana, Xue,
siempre con los ojos vendados, trajo a una joven díscola, Fei Jiang,
y ésta invitó a unos cuantos bandoleros del barrio, que no se atre-
vieron a robar ni un alfiler exclusivamente porque se trataba de la
residencia de la amable señora Mei Ying. Irma Cuba, los oídos ta-
ponados con trocitos de corcho, se apareció acompañada de unos
campesinos de apellido Wu Guo, quienes no hacía más de un mes
que terminaban su mudanza y cuyas pobres viviendas construidas
por ellos mismos, bordeaban peligrosamente el río.

—¿El señor Meng Ting desea más bacalao? —preguntó Mo
Ying a su maestro, quien había invitado a su vez a dos monjes.

Meng Ting asintió sin cambiar la vista del rostro inexpresivo de Mei Ying, que hurgaba desganada en los frijoles de soja de su plato.

—¿Tu madre no ha recuperado el habla? —interrogó discretamente el sabio a su discípulo.

El joven negó con la cabeza.

—Poco, casi nada. Más bien nada.

—Curioso. Tu hermana Xue no quiere ver. Irma Cuba no desea escuchar. Mei Ying no habla. Cualquiera diría que son los tres monitos de la sabiduría.

El muchacho sonrió turbado.

—No es burla, Mo Ying, te lo digo muy en serio —secreteó el sabio y poeta Meng Ting.

Una vez que el joven se incorporó para sostener y ofrecer la bandeja al invitado siguiente, el hombre preguntó a la señora Ying.

—Señora mía, la veo a usted muy ensimismada. Yo diría como perdida.

Mei Ying levantó los párpados. Sí, eso la turbaba, eso precisamente sucedía. Nada se había extraviado, nada que no fuera ella misma. Por tanto ella era quien se buscaba a sí misma. Bajó las pestañas, tomó el lápiz que siempre tenía disponible, escribió en el cuadernillo.

«Todo lo que debía decir lo dije ya un día al hombre que amo. Lo demás es obviedad.»

Meng Ting leyó con los ojos aguados.

—Comprendo, señora, y sepa que estaré siempre dispuesto a ayudarla. No vacile si necesita de mí cualquier consejo, podrá contar conmigo. —El hombre empuñó las varillas de hueso y se llevó un bocado a los labios, masticó lentamente, tragó ayudado por un sorbo de vino—. La cena es excelente, pero sobre todo ha sido una gran idea reunirnos a todos.

Más tarde, después de los dulces de membrillo y guayaba, los invitados se dispersaron entre el jardín y el patio. El sabio se dirigió a su discípulo.

—Debes dejar un poco el trabajo, dedícale más tiempo a tu madre. Conversa con ella al menos una hora diaria. Después deberás irte del burgo; sí, hazme caso, ve a buscar a tu padre. Ella no sobrevivirá mucho tiempo más su ausencia, sobre todo la ausencia de noticias suyas. Si tú te vas, ella deberá ocuparse nuevamente de tus hermanas, y eso volverá a darle un sentido a su vida. Mientras seas tú el único soporte familiar, ella se recostará a esa viga en la que te has transformado, resbalará por ella, hasta caer y no se levantará, ya no se levantará nunca más. Evita que eso suceda.

Mo Ying escuchó inquieto, dispuesto a obedecer los consejos de su maestro.

DOCE

La conversación infinita

En la charada chino-cubana: ramera

Aunque se hallaba todavía a considerable distancia de la cocina, justo en el saloncito circular que hacía de recibidor, y que para pasar inadvertido procuró caminar en puntas de pie hacia donde sabía que su madre adobaba recetas con magros condimentos con la intención de transformarlas en platos exquisitos, la mujer paró de cortar en trocitos el mazo de cebollino y aguzó el oído. Bastó que él avanzara otro medio metro, apenas perceptible, para que ella reconociera su andar.

Mei Ying se volteó, la mirada interrogante, justo cuando el hijo ya atravesaba bajo el dintel de la puerta hacia el lado contrario de la casa.

Ella hizo un gesto para que se acercara.

En medio de los calderos que contenían aliños culinarios, Mo Ying advirtió unas antiguas tablas largas de lectura y escritura situadas en el centro de la pieza, y varios papeles regados en cuyas páginas se podían leer comentarios eruditos de exégetas.

—¿Has recordado al abuelo, verdad? —preguntó el hijo.

Ella asintió.

—Días antes de enfermar de gravedad, releía ansioso a uno de los siete sabios de la Selva de Bambúes, el poeta Ruan Yi. Y también a los antiguos Tao Yuanming, a Li Bo, a Su Dangpo; como sa-

113

bes le gustaba mucho la poesía del período comprendido entre el trescientos sesenta y cinco y el mil ciento uno.

—Madre, necesito escuchar más a menudo tus palabras. Quiero saber, por ejemplo, cómo murieron los abuelos. Quiero conocer más de mi padre y de ti. No puedes seguir sin contarnos sobre lo que nos ha ocurrido. Creo que esa decisión tuya de guardarte todo para ti ha dañado mucho a mis hermanas. Y a mí, claro está —pronunció la última oración en un sordo gemido.

La mujer haló con desgano una silla y se tiró en ella; luego apoyó los codos en el borde de la mesa y apoyó la cabeza entre las manos.

—En este mundo todo está dicho y explicado —murmuró la madre—, no tengo nada que contar. ¿Para qué desearía yo hablar? ¿Qué interés representaría para ustedes soportar mis quejas? A veces me oigo y me avergüenzo, tal pareciera como si rebuznara.

—¡Oh, mamá! —Mo Ying se arrodilló, y lloró postrado ante ella, ante aquella voz que tanto consuelo le daba y que anhelaba como un niño.

—Hijo, mi padre, tu abuelo, murió en mis brazos, pero sólo quería verte a ti. Sólo preguntaba por ti. Yo, que pasé toda mi juventud preocupada por su muerte, no preví sin embargo que ya yo no era lo único en su vida, que también te tenía a ti. Y que hubiera deseado verte antes de partir para siempre. No me perdonaré haberte alejado de casa por tanto tiempo. Amaba a tu hermana Xue, pero tú eras su elegido. No pudo conocer a la pequeña.

El joven levantó sus ojos llorosos y los secó con el dorso de la mano. Ella continuó con voz tenue.

—Tus otros abuelos se marcharon más serenos, y también más

114

rápido. Ni siquiera se dieron cuenta de que se despedían de este mundo, lo cual no creo que haya sido del todo bueno para tu padre. La fiebre los hacía delirar. Del delirio pasaron a la inconsciencia y nada más. Te amaron mucho también, y tú deberás seguir la línea dibujada por ese amor… Ahora, un consejo: deberías vivir más acorde a tu juventud. ¿Por qué no te diviertes con algún amigo? ¿Por qué no sales y te buscas una novia?

Mo Ying negó en silencio.

—Hijo, debes irte a una gran ciudad. Yo me apañaré con tus hermanas. No debemos obligarte a que desaproveches tu porvenir.

—Si me voy sólo será con la intención de encontrar a mi padre —protestó Mo Ying.

—Tu padre no ha escrito porque, siento ser directa y decirte esto pero eres lo suficientemente maduro para entenderlo, le habrá sucedido algo grave. Es lo que más temo. Tu padre no nos ha olvidado, de estar vivo no pudo habernos olvidado. Confío en él como el primer día. No sé si nos veremos otra vez, pero nos amaremos hasta la muerte —sollozó—. Él no ha muerto, presiento que se halla a salvo, pero le es imposible comunicar con nosotros. No estará sano.

Xue Ying entró de improviso, descargó la percha atravesada encima de sus hombros que sostenía dos baldes rebosantes de agua. Esperó asustada de escuchar alguna noticia desagradable, los ojos virados en blanco; el silencio le hizo comprender que debía retirarse y desapareció por la puerta que daba al patio.

La madre buscó las manos de su hijo, las apretó entre las suyas.

—Me he comportado de manera egoísta con ustedes. Perdóname, te lo ruego.

115

—Madre, he esperado esta conversación con ansiedad. Pero también sé que es un acontecimiento inacabado. Desde tiempos inmemoriales siempre hay una madre que rompe su silencio y conversa con su hijo, o a la inversa. Y ella, o él, se dicen justo lo que ambos necesitaban escuchar. Hoy nos ha tocado a ti y a mí. Otros nos relevarán en esta conversación infinita. —Besó los nudillos de la mujer, hinchados a causa de una precoz artritis—. Usted todavía es joven, madre. Podría casarse con otro hombre.

Ella retiró sus manos.

—No menciones semejante blasfemia en esta casa. Aunque no soy una vieja, me siento achacosa y se me ha agriado el carácter; además, no pienso en nadie más que en tu padre. Deberías llenarte de orgullo.

Mo Ying no respondió.

—¿Y si padre gozara de excelente salud? ¿Y si hubiera encontrado a otra mujer? ¿Quién quita que se haya ido con alguna ramera? —preguntó sin titubeos, imbuido por el veneno de la sospecha que su hermana había inoculado en él.

—Ése no eres tú, Mo Ying, no actúes como quien no eres, ésa es tu hermana Xue. Razonas equivocado, igual a ella. Tu hermana es una chica muy buena, valiente, perfecta con un arma en la mano. Pero peligrosa, debido a su carácter celoso y a su testarudez. Es la única que no se parece a nadie de esta familia. Es bueno que sea ella misma, no la critico, pero al tiempo temo que su modo de ser esté anunciándonos una funesta profecía. Probablemente esté pronosticándonos la aparición de alguien con sus mismos rasgos, una persona que en el futuro nos dará muchos dolores de cabeza.

116

El joven pegó el mentón en el pecho, en señal de confusión y vergüenza.

—Por otra parte, no creo que mi silencio dañe a nadie. Mi corazón pasea por el silencio del misterio, creo que así habló el monje bonzo, y esto me satisface. Silenciosa soy mejor y puedo comportarme más humana ante el dolor de los otros. El que no habla sabe, aquel que habla demasiado ignora lo más importante, escuchar a los demás.

La mujer tomó un hacha de cocina y cortó trozos de malanga, pelada y lavada con anterioridad. El hijo quiso ayudarla y le quitó el instrumento filoso de la mano. Ella limpió sus manos en el delantal, pero sufrió un vahído; su rostro palideció; sin embargo consiguió apoyarse en la alacena donde conservaba los alimentos. Todo esto ocurrió a espaldas del joven, sin que éste se percatara del malestar. Ella recuperó energías de inmediato, pero no pudo evitar echarse a llorar. Mo Ying apartó la vianda, colgó el hacha y no tuvo tiempo de enjuagar sus manos en la palangana de metal; la madre buscó refugio entre sus brazos. Sollozaba amargamente:

—Ni siquiera puedo pensar en morirme, tendré que vivir hasta que tus hermanas sean mayores y estén encaminadas en la vida. Tú, Mo Ying, tú debes partir, bien lejos de aquí. Sólo así me sentiré tranquila.

El hijo se había vuelto. Mucho más alto que ella, aunque de facciones delicadas, su complexión musculosa le hacía uno de los hombres más apuestos del vecindario. Mei Ying pensó esperanzada que quizá en América su hijo encontraría a una muchacha de su misma edad, inteligente y hermosa, poseedora de una buena dote, tal vez hija de un magnate del petróleo o, como mínimo, se enamoraría de una chica humilde, limpia y trabajadora. Con cualquiera de los dos tipos de mujer Mo Ying podría casarse y procrear sin preocuparse de la pobreza. América, decían, constituía un sueño posible.

El joven se quitó la camisola y enjugó las lágrimas de su madre con las puntas de la tela. Secó la frente sudorosa, alisó los cabellos.

—Mamá, demos un paseo. Ven conmigo, te compraré un vestido y unas sandalias rojas.

Ella negó con la cabeza, aunque sonriente, se hizo de rogar.

—He ganado un dinero en las duchas. —De súbito advirtió que había cometido un error al hablar tan rápido.

—¿En las duchas? ¡No me vas a decir que haces lo mismo que tu abuelo! ¡Pelear grillos por dinero, no puedo creerlo! ¡No puedo admitirlo! —Pero su rostro se iluminaba emocionado, mientras intentaba persuadir al hijo de lo contrario.

—No hubo apuesta. A las duchas acudo de masajista, y por supuesto, nunca cobro. Sucedió que un asiduo del lugar, a quien curo su espalda, vino a pedirme que lo acompañara a casa de un extranjero. El hombre se había caído de la silla. Es un escritor, muy conocido en Occidente. Un genio. Se accidentó porque fue a tomar un lápiz; las ruedas de la silla resbalaron y cayó de culo. Tenía el cóccix fracturado, sólo puse las vértebras en su lugar, y me ha pagado. Acepté el dinero porque él insistió, y además nos hace falta. —Suspiró—. Por demás, no hay nada de malo en poner a pelear grillos.

—Ya lo creo, como no sea perder el tiempo y el dinero. Y de ahí al opio, hay dos pasos —reflexionó la mujer—. Antes de comprarme el vestido compraremos chaquetas enguatadas y zapatillas de invierno para tus hermanas.

—Y para ti, madre, y para ti. Tienes razón, la ropa de invierno es más importante.

Ella deslizó un chal amarillo encima de sus hombros con sutil gracia. Mo Ying pensó que a su padre le hubiese gustado disfrutar de ese gesto.

—Tú también deberás cambiar tu vestido. Ese tejido de abacá es grosero y se desgasta con facilidad. Te empeñas en llevar esos trapos chapuceros, cuando puedo tejerte maravillas.

—Madre, no debieras sentarte al telar, es muy fatigoso. Y yo obedezco a mis ritos de rigor y de frugalidad.

Salieron a la calle polvorienta tomados de la mano.

—¿Cuántos días hace que no comes? —preguntó ahora más seria.

—Siete comidas en veinte días —contestó orgulloso de haber alcanzado el rigor requerido para meditar con mejor concentración.

—Puedo entenderlo, pero si te muestras vanidoso, no servirá de nada. No habrás aprendido lo esencial: olvidarte de ti mismo —aconsejó con sorna—. Olvidar e incluso olvidar que has olvidado. No veo gran cosa en que un sabio deje de comer. Debes vivir en tu época, aceptar la naturaleza y sobre todo respetarla. Conserva tu independencia, despréndete de las cosas materiales sólo cuando estés listo para hacerlo; pero deshacerte de lo material no significa que el sabio se vuelva indiferente a los sentimientos, a la libertad, a la felicidad. Un sabio sin emociones no vale nada. Ya tú conoces la tristeza, ahora te toca disfrutar de la alegría. A ver, chico desobediente, ¿qué comiste la última vez que te alimentaste?

—Devoré tubérculos salvajes y legumbres acuáticas —bromeó y añadió—: podridos.

Ella hizo una mueca de asco y ambos rieron a mandíbula batiente.

Daba gusto ver a su madre feliz de nuevo. Sentía un placer insólito al escuchar cada una de sus palabras, por muy simples que sonaran. Y se dijo que, de seguro, lo más hermoso que le ocurriría en su vida sería esto, que ahora ella paseara cogida de su mano, como cuando él era pequeño e iba agarrado de la suya, y recorrer juntos el trayecto hacia la *boutique* de la señora Ziu Zhang. No lo olvidaría jamás. O lo olvidaría de inmediato, así recordaría en el futuro este paseo con mayor gozo. Porque, como afirmaba Mei Ying, sólo queda profunda y provechosamente sembrado en nuestra memoria aquello que con conciencia y lirismo hemos protegido con el dulce olvido.

Se consideró dichoso de aprender tanto de su madre, de compartir con ella una conversación prodigiosa. Esa tarde compraron abrigos y zapatillas de fieltro. Y en especial para ella, él escogió un gracioso sombrero de paja a juego con unas cómodas sandalias, también de paja muy amarilla.

TRECE

La sinfonía del ritual

En la charada chino-cubana: pavo real

Cuando el sastre Zhong Ni despertó aquella mañana glacial no podía imaginar que ese mismo día moriría y también sería resucitado. Zhong Ni había aprendido a coser trajes occidentales en Francia; allí dio los primeros pasos en un local para principiantes, donde estaría situado después un taller que con el tiempo devendría célebre gracias a un nombre relevante de la alta costura, la señorita Coco Chanel. Pero Zhong Ni prefirió regresar a su tierra natal y dedicarse a coser para extranjeros; repetía a cada instante:

—Es mejor ser cabeza de ratón que cola de león —refiriéndose a que en París siempre ocuparía la categoría de discípulo o de segundón, mientras que en su patria ya se había convertido en una personalidad, al menos en su barrio.

Hacia las seis de la mañana, a oscuras aún, el pretencioso sastre abrió los ojos. Su mujer roncaba plácidamente; él no podía comprender que la gente durmiera sumergida en semejante armonía interior. Padecía de insomnio desde niño y tenía pesadillas desde sus años parisinos. El exilio, aunque voluntario, le había convertido en un hombre sumamente tenso, de carácter irritable.

—Además del estilo, la elegancia y la alta costura, lo otro que traje de París ha sido la irritabilidad, el mal carácter —comentaba en voz alta consigo mismo.

121

Antes de que su esposa abriera totalmente los ojos ya él estaba prodigándole regaños por haber dejado la noche anterior abandonada una estera a la intemperie. La mujer comprendió que su esposo, como cualquier otra mañana, necesitaba pelear, e hizo lo que siempre hacía: alejarse lo más rápido posible de su lado. Después de cargar agua del pozo en viajes sucesivos, se dedicó a preparar un suculento desayuno.

La esposa sirvió el té hirviente a su marido y a su hija. El hombre gruñó prácticamente sobre el rostro indiferente de la chica; le reprochaba que deambulara a altas horas de la noche en compañía de esa desvergonzada de Xue Ying.

—En otros tiempos no hubieras hablado así de ella. —La muchacha mordisqueó un trozo de pan y enseguida lo dejó a un lado de la cantinilla—. En otros tiempos hubieras matado con tal de ser aceptado por su padre en calidad de amigo y hubieras pagado por que te recibieran en sus salones, los más cultos y brillantes de Yaan.

—¡Calla, necia! Aprecio a su familia, pero no han sabido adaptarse a los nuevos tiempos. Y de hecho esa chiquilla es la peste, una desalmada que finge ser ciega para confundir a la gente. —Al hombre se le apretujó el lado izquierdo del pecho, pero sólo hizo el gesto de llevarse la mano al corazón.

—¿Cuál será tu itinerario hoy, marido? —preguntó la esposa con el único propósito de cambiar el sentido de la conversación.

—¿Cómo, te interesas ahora por mi itinerario? ¿Cuál va a ser? ¡El de siempre! ¿Serás idiota? Abriré la sastrería, dejaré al tonto de Lu Da a cargo del negocio y saldré con la carretilla a entregar los trajes acabados a los clientes. La señora Ziu Zhang enloquece por ver algunas de mis camisas, quizá adquiera algunas para venderlas en su *boutique*. No soy bobo, claro, le entregaré un modelo antiguo, nada espectacular. No vendrá ahora a conquistar a mis clientes con sus tacitas inglesas de té y sus desabridas galletitas zocatas.

—¿Y luego? —La esposa sirvió a cada uno un huevo cocido de perdiz.

—¿Luego qué? ¿De dónde has sacado estos malditos huevos? —Engrifó las manos.

—Me los ha regalado la señora Ying; su hija Xue Ying es amiga de todas las aves, parece que intenta volar como ellas. La chica es hábil, inteligente y muy sensible. —La mujer hizo como que no había escuchado nada de las opiniones de su marido sobre la amiga de su hija—. ¿Adónde irás después que hagas todo lo que haces a diario? A eso me refería.

—A los baños, como de costumbre. ¿Por qué? ¿Molesta a alguien de esta casa que vaya a las duchas? —apuntó severo con los palillos de porcelana y escupió a ambos lados.

—En lo absoluto, sólo quería estar segura de tu destino. —La mujer abandonó la mesa y se instaló en una mesita redonda situada en una esquina a dar puntadas en el ojal de la portañuela de un pantalón de dril cien.

—Te ordeno terminar rápido ese pantalón. Su dueño será un señor inglés muy pintiparado —reparó el marido.

—Lo terminaré a tiempo, no te preocupes. —La esposa bajó los ojos y mordió el hilo con los dientes, ensalivó otra hebra de color azul, la ensartó en la aguja y remató el hilo en un nudo.

La joven fregó la vajilla en un cubo de madera. Se despidió de los padres y fingió que se marchaba al colegio, medio europeo medio chino, que su padre pagaba muy caro. En realidad, la chica se había dado cita con Xue Ying en un tejado cercano de la muralla.

—Aquí todo el mundo anda muy raro hoy —masculló el sastre. Su mujer suspiró resignada.

—Es el tiempo, hace cada vez más frío.

—No me esperes temprano. Cenaremos juntos, eso sí. Mira que no tengo ningún deseo de arruinarme el estómago con esos menús de porquería que se inventan los cocineros actuales, salsa de esto, salsa de lo otro, salsa por doquier, sin ton ni son —refunfuñó.

—Ya sé, jugarás al mahjong con tus amigos, te irás al fumadero de opio, pagarás una fortuna por una prostituta que, según dices, te hará sentir por las nubes, y más tarde, bien tarde, volverás hambriento y arrepentido a casa. Tragarás como un condenado, no faltará la usual crítica a mi marmita de carne perfumada al cilantro, al orégano, a la menta, al jengibre, al nardo, revuelta con mijo; y finalmente caerás como un tronco en la cama con los ojos redondos y enrojecidos. No pegarás una pestaña en toda la noche, y para colmo me envidiarás el sueño. No sé cómo todavía no me lleno de valor, y en lugar de coser ojales, te rajo el cráneo con un hacha —murmuró en una letanía.

Pero su marido, el cascarrabias Zhong Ni, no podía escucharla, pues había cerrado la puerta detrás de sí de un tirón, farfullando mil maldiciones contra su familia y de paso contra el mundo.

Hacia el atardecer Mo Ying se hallaba en su habitual sesión de masajes. El vapor de los baños le facilitaba la tarea, los hombres dormitaban acostados en unos camastros de madera, abandonados al placer hipnótico de los masajes, cubiertos sólo con la intención de tapar el sexo con un paño blanco amarrado a la cintura y cruzado entre las piernas, al descubierto los torsos y las nalgas brillantes de aceite.

Un anciano esmirriado se acercó asustado y gesticulante al joven masajista.

—¡El sastre cayó como un trozo de plomo en el suelo! ¡Se golpeó la cabeza! ¡Venga, señor Mo Ying, es urgente!

El joven limpió el aceite de sus dedos en una toalla blanca.

—¿Sangra? —averiguó mientras corría junto al anciano hacia las duchas frías.

—¡Ni siquiera sé si respira! ¡No, no vi sangre por ningún sitio! —Quien apenas podía respirar era el viejo.

Por fin llegaron junto al señor Zhong Ni. Al médico no le agradó ni un poquito el color verdoso de la tez. Olió el cuerpo; aquel olor agrio ofrecía un terrible augurio. En efecto, tal como sospechaba, el pulso del sastre no daba señales de vida. El rostro, petrificado en un rictus, transparentaba rencor. Mo Ying lamentó que el hombre muriera con ese puñado de rabia acumulado en su interior. Entonces se ajetreó apresurado; se dijo que no había un minuto que perder y puso manos a la obra.

Estiró los brazos de Zhong Ni y observó debajo de los sobacos, aligeró sus vestimentas. Sus manos certeras masajearon desde los pies hasta la nuca, nervio a nervio, músculo a músculo del malogrado cuerpo. Mo Ying, arrodillado, resoplaba encima del tibio cadáver. Sofocado, su frente se empapaba con una capa de sudor, tal parecía que iría a desvanecerse. Se detuvo en la columna vertebral, después ascendió y realizó círculos en la nuca, bajó a la espina dorsal. Introdujo sus dedos en la zona del hígado y ablandó un nudo rígido, después estrujó el pecho, sopló en los pulmones, golpeó con

125

insistente compás en el corazón. Renovó el masaje desde el cuello a los calcañares, apretó los talones con la punta de los dedos, tamborileó en las uñas renegridas. Regresó al corazón, con sus puños reavivó la energía para que volviese a transitar entre la sangre y el aire acaparado y apeñuscado en la caja torácica. Sabía que aún el alma vibraba plena de energía y eternidad apresada en la carne, todavía no se había transformado en *apsara,* volátil melancolía.

Mo Ying levantó los ojos un segundo, más allá de los límites porosos de la piel; a través de un entreabierto ventanal supuso la dudosa presencia de un pavo real, con la cola magnífica abierta, cual un abanico de fulgurantes colores. Por su mente atravesó la figura de Li Ying, su padre. Y volvió a debatirse con la intención desesperada de devolver la vida.

Zhong Ni babeó una saliva espumeante. Las comisuras de los labios y el mentón parecían desdibujarse, derretirse y chorrear de la cara. El médico reinició los masajes de abajo hacia arriba y a la inversa, sin cesar. Mo Ying pegó su boca a la del sastre, insufló aire de sus pulmones. Al rato, el hombre movió los dedos, pestañeó imperceptiblemente, recuperó poco a poco el color natural de las mejillas.

—Zhong Ni, has renacido —murmuró el joven.

Limpió el sudor mezclado con las lágrimas. Otra vez la imagen de su padre se interpuso entre él y el sastre. Lo había conseguido. Comunicar un segundo con Li Ying, dondequiera que estuviese.

Los hombres acomodaron el cuerpo de Zhong Ni en un palanquín y lo trasladaron a su casa, adonde llegó temprano por primera en la vida.

Mo Ying se retiró a la cubeta; allí, pensativo, se sumergió desnudo en el agua hirviente. El sabio Meng Ting esperó con discreción un cierto tiempo y, más tarde, se reunió con su discípulo.

Mo Ying, sentado en el fondo de la poceta, consiguió fijar su respiración en una melodía, la sinfonía que le impuso el reposo del pensamiento, un silencio sin límites.

—Ahora sí puedes considerarte un verdadero sabio. Los sabios son los únicos capaces de semejante bondad, de estar dispuestos a morir para dar la vida. Te has convertido en el padre y la madre de Zhong Ni. Espero que él sea capaz de sacar una lección constructiva y de modificar su mal genio. —Meng Ting dictaminó despacio, complacido.

—Sólo soy un hombre ordinario. —Mo Ying flotó en el líquido humeante.

—No lo eres. Tú no sabes criticar ni envidiar, tampoco eres egoísta. Además, has aprendido que la vida y la muerte son lo mismo: un instante. Sólo nacer es diferente: eternidad.

—Hablas igual a mi madre, maestro. Me pones triste.

—Gracias, tu madre es una señora elegante, me honras comparándome con ella. —El sabio bajó la cabeza en gesto de humildad—. Ser triste te prepara para inesperadas alegrías. La perenne alegría atonta.

—La otra tarde mi madre me leyó una frase muy hermosa; dice algo parecido a lo siguiente: «La palabra es la elegancia del hombre». Y agregó que ella había decidido vivir retirada, ¿para qué necesitaría entonces ser elegante? —Frotó su cráneo con una servilleta perfumada con jazmín y vicaria blanca.

—Ya me enteré de que tu madre ha vuelto a hablar, y eso me estimula a aconsejarte que te vayas lo más pronto posible a explorar otros mundos. Ella ha mejorado y tú debes aprovechar esa mejoría y viajar, yo me encargaré de estar junto a Mei Ying y tus hermanas. Debes asumir los años venideros como años errantes, complementarios de tu educación.

Mo Ying evitó llorar; la imagen de su padre se hizo más nítida.

—No soy un sabio, pues me avergüenza el llanto —rezongó.

—Hace poco llorabas, cuando luchabas por salvar al señor Zhong Ni. Es probable que ni siquiera lo hayas advertido o te cueste admitirlo. Hoy han vuelto a nacer dos hombres, Zhong Ni y tú. La vida espera por ustedes. No rechaces la belleza y la valentía de vivir. Aunque para marcharte deberás aguardar a que acabe el invierno.

CATORCE

Una emoción pensada

En la charada chino-cubana: gato tigre triste

Decidió que se dejaría guiar por sentimientos comunes como el amor y la lealtad a la familia; su madre y el sabio llevaban razón: poco o nada resolvería con empantanarse inutilizado, en espera día y noche del padre, más que ausente, desaparecido.

Su madre, encorvada sobre papeles frágiles, delineaba figuras diminutas en abanicos o caligrafiaba cartas y versos dedicados al amor de su vida con la esperanza de hacérselos llegar; pero ¿adónde?

Imitar a Xue en las peripecias nocturnas había perdido todo misterio para él. Le aburría volar de un tejado a otro y, aunque no deseaba confesárselo ni a sí mismo, su hermana había optado por expresarse en una jerga plena de jeroglíficos o en absurdas abstracciones que no sólo él no entendía, sino que además no ambicionaba comprender.

Acompañar a Irma Cuba al río se había convertido en pura rutina, y se percató, porque la hermanita no hacía ningún esfuerzo por disimularlo, de que a ella le incomodaba la presencia del hermano mayor, ya que no se sentía en confianza con él para desatar su imaginación y manifestar sus dudas e inquietudes al perro, a los peces, al río, a las piedras, a los arbustos, a las cosas que ella afirmaba que poseían un alma y que le respondían con señales sólo traducibles por ella.

129

Por otro lado, ayudar a los enfermos, leer cuentos interminables a los niños del burgo, escuchar las quejas de los ancianos a quienes ya nadie tenía tiempo de escuchar, aguardar agazapado toda una noche para a la mañana siguiente ser el primero en una larga cola y así conseguir ser contratado en tareas pobremente remuneradas, ninguna de estas acciones representaba un apoyo consistente para los suyos.

—Algún día el pueblo te quedará chico —había pronosticado su madre. No se equivocaba.

De súbito advirtió que había caminado varios kilómetros a paso rápido, sin resuello, y de este modo se había alejado demasiado del caserío, distanciado más de lo deseado de la muralla. Detuvo sus pasos junto a un árbol descomunal; su mente quedó en blanco ante la majestuosidad de la ceiba, el árbol sagrado de Cuba que atraviesa el mundo con sus raíces y renace en China. Cerró los ojos, aspiró hondo el perfume floral. No tenía la menor idea de la ubicación del paraje y concluyó que se hallaba perdido. Titubeó antes de tomar una determinación, ni siquiera pudo elegir el camino de regreso, ignoraba cuál era. Y peor que cualquier otra conjetura que se le ocurría extraña, tampoco consiguió recordar de dónde venía; ni conocía quién era esa persona dentro de sí mismo que, según su imposición voluntariosa, pretendía ser él.

Escuchó pasos en la maleza y enseguida una respiración espesa. Frente a él observó unas pupilas incandescentes. A pocos metros, jadeante, la fabulosa presencia de un tigre. Un tigre con cara de gato triste.

Mientras tanto, en la residencia, el sabio y poeta Meng Ting intentaba tranquilizar a la madre con definiciones exactas de la personalidad de Mo Ying. Alejó de sus labios la taza humeante de té y musitó:

—Confío en el destino de Mo Ying.

Hizo hincapié en el hecho de que Mo Ying sólo había nacido, ahora le tocaba vivir por su cuenta. Ella estuvo de acuerdo. El maestro profetizó que su discípulo sería un gran defensor de la justicia y de los nobles valores de la sociedad. Insistió en su altruismo, elogió su carácter extravertido, aunque demasiado enérgico y a veces testarudo. No capitularía fácilmente ante la adversidad.

En medio de la selva, Mo Ying no lograba concentrarse en sí mismo, tan atractiva e hipnotizante resultaba la mirada de la fiera. Avanzó unos pasos, todavía desmemoriado de su propia persona. El tigre avanzó a su vez hacia él.

—Es un chico corajudo y de firmes convicciones —sorbió el té el poeta Meng Ting en la taza fileteada en dorado—, no despreciemos su alto sentido del honor. Cuando se sacrifica lo hace de manera voluntaria y por el bien de la mayoría; eso es un rasgo encomiable.

Agachó la cabeza y contempló los trazos que la señora delineaba en la tela.

—Es magnífico ese dibujo, señora Ying, quedan pocas personas como usted, tan constante. Sin embargo…

—Sé lo que irá a decirme; sin embargo, debería pensar en buscar trabajo en otra cosa. En la agricultura, por ejemplo… —interrumpió Mei Ying sin inmutarse—. Lo he pensado y lo haré. Me agrada trabajar la tierra porque amo la tierra, no me falta disposición.

—Yo, en fin, no quería influenciarla, pero… —balbuceó confuso el sabio—. Creo que no errará el camino si se dedica usted al

131

campo. No son tiempos para el arte. Lo habrá adivinado. Los monjes se mudan, ¿está al tanto?

—Jamás abandonaré mi arte, puedo realizar ambos trabajos. Estoy al corriente de la partida de los monjes, es una lástima que se marchen, quedarán pocos en el monasterio. ¿Usted partirá también? Resistirán pocas personas respetuosas en este pueblo.

—No, señora Mei Ying, le prometí a su marido en una ocasión, y ahora a su hijo, que cuidaría de ustedes. Ya soy viejo para andar por caminos desconocidos. Mis pies y mi espíritu están fatigados. Sólo me quedan fuerzas para velar por Mei, Xue e Irma Cuba Ying. —Sonrió, y Mei Ying reparó con lástima en que el sabio había perdido dos dientes.

—Sigamos con el chico. No debemos preocuparnos, es honesto, abierto, optimista. De vibrante personalidad, carismático. Las mujeres lo amarán por su artística elocuencia. Cautivará a doncellas de otras latitudes porque, aunque es apasionado, su carácter reservado es una de sus mejores cartas de presentación. De otro lado, no teme colocarse al borde del abismo.

Mo Ying había olvidado quién era. Se dijo que con toda probabilidad sería ese hombre intrincado en un bosque salvaje, pero seguía sin recordar su nombre. Para él no existía el pasado, tampoco perseguía ningún objetivo. Sólo escuchaba el latido de su corazón en ese presente escaso, tan exiguo como el ojo de una aguja, por el que debía atravesar y escapar del peligro. El tigre rugió y su aliento oloroso a sangre fresca humedeció su rostro.

Hurgó en su interior, investigó en la voz oculta de la sabiduría, pero el silencio apagaba cualquier eco. Entonces aguzó aún más el oído y oyó caer un segundo como cae una gota aceitosa, como si el tiempo licuara el instante y el roce de su esencia brotara de una diminuta semilla. Experimentó la sensación de que su caída tardaba siglos, similar a una cortina lluviosa en el desierto, desprendida de las nubes, demorada en la angustia del sediento que esperanzado delira con el agua.

Comprendió que no importaba quién podía ser. Confió en la rapidez de sus reflejos, en el calor del entusiasmo, en un apacible sentimiento de dulzura que bullía en sus venas.

—No dudo de que podrá ser un romántico incurable —subrayó satisfecho el poeta—. Aunque jamás pierde la cabeza cuando las circunstancias no le son favorables. Para seguridad nuestra y suya, por supuesto, es un ser vasto y tierno. Su defecto, no tendré ningún reparo en señalarlo, querida señora, es que reacciona y después reflexiona. Ahí, por supuesto, palpamos su agudo sentido del dramatismo. No tolerará la mediocridad, señora mía. Expresará claramente sus deseos, aunque no se siente seducido en absoluto por lo material. Es, por excelencia, un abarcador de presentimientos.

—Lo que más ansío es que sus palabras se cumplan, señor Meng Ting. —Mei Ying abandonó el pincel—. Sé que mi hijo es de noble madera. No quisiera que ningún percance quebrara su entereza. Por mi parte, comparto con usted que debería partir lo más pronto posible. Ahora es libre de escoger su camino.

Un cono de luz solar jugueteó entre las arboledas y distinguió la espléndida pelambre del tigre. Mo Ying vaciló, los ojos encandilados, y el animal interpretó el gesto de retroceso como una señal de miedo proveniente del contrario. Cambió la postura de acecho, y aprovechó para echarse sobre sus patas posteriores. El muchacho respondió con idéntica posición; sentado encima de sus talo-

133

nes, clavó la mirada en la cabeza del esbelto felino. El tigre colocó lentamente la garra derecha encima de una piedra. El muchacho lo imitó, tomó una piedra con la misma mano y aguardó. Entonces sucedió algo insólito: la bestia entrecerró los ojos, bostezó, tirado de medio lado, pestañeó varias veces y se durmió profundamente.

La pesada humedad, el bochornoso calor, la tupida y desigual espesura del monte, también habían contagiado al joven de un sopor incontrolable. Perdió el conocimiento y tumbado en las irregularidades del suelo se sumergió, él también, en un sueño muy cósmico. Pleno de lunas y estrellas, rebosante de símbolos.

Despertó casi al caer la noche. El tigre ahora vigilaba sus movimientos aún más cerca, pero ya no se hallaban ambos solitarios. La hembra se había juntado al felino; recién parida, lamía al último de los vástagos. Al percatarse de que Mo Ying los observaba embelesado, desconfió, atrapó por el pellejo del lomo al pequeño ayudándose con sus colmillos y tomó distancia. Los demás tigrecillos correteaban despreocupados entre los montículos de hierba.

El tigre, erguido, avanzó y olfateó un atajo; la hembra hundió sus patas en sus huellas; también los pequeños brincaban detrás de sus padres. El joven intuyó que el animal deseaba mostrarle el camino de regreso. No se detuvieron en todo el largo recorrido; muy pronto se hizo noche cerrada, apenas podía distinguir sus manos. Las arboledas habían entretejido aún más sus ramajes y formaron un falso techo oscuro.

Hasta que alrededor de una hora más tarde, allá al final, rutilaron diminutas las lucecitas de una villa bordeada por un ancho y elevado cinturón de piedra.

Antes de separarse de sus compañeros de ruta quiso despedirse a su manera del tigre. Dio unos pasos, enlazó con sus brazos el cuello de la fiera. El otro levantó la pata y colocó su garra suavemente, en gesto amistoso, en la espalda del muchacho, luego pegó el hocico a su oreja.

—Tu nombre es Mo Ying. Nunca lo olvides. Aunque tengas que renunciar algún día a tu identidad. Nunca olvides que te llamas Mo Ying, y que naciste en una próspera y privilegiada aldea de Yaan, en Sichuán.

Mo Ying se retiró asustado. Se hallaba solitario de nuevo. El eco de su propia voz vibraba desde su interior, la grave resonancia huía hacia la noche y resonaba, fugada, en las entrañas del monte.

Postrado, pegó temeroso el oído a la tierra: un caballo galopaba en su dirección; primero se mantuvo quieto, atento al repiquetear de los cascos, después el resoplido anunció la cercanía de la bestia. Al rato, cual un fantasmal lucero, tuvo delante a un hermoso corcel blanco. Reconoció al punto al caballo, a su Zafiro, que volvía ensillado y visiblemente extenuado; sangraba por unos arañazos en el cuello y en las ancas. Advirtió que de un lateral le colgaba una bolsa mugrienta y las herraduras, que le debían pesar más de lo ordinario, eran mazacotes de lodo endurecido.

Dentro del saquillo encontró la trenza de Li Ying, su padre, anudada en la punta por una cinta de terciopelo cobrizo. Nada más. Por más que revisó en el fondo, se hizo añicos la esperanza de toparse con una carta.

Acarició de principio a fin el cabello del hombre lejano, ansioso de adivinar aunque fuese un mínimo indicio de su paradero; entonces sus dedos palparon una especie de acartonamiento en la raíz:

la trenza había sido arrancada de cuajo. Lloroso descubrió en la otra punta un coágulo de sangre seca. Quizá ésa era la razón por la que su padre no había escrito la tan anhelada carta.

Mo Ying llegó de madrugada a su hogar. Mei, la madre, esperaba en el mayor de los desasosiegos. Al verlo entrar en el patio, las riendas de Zafiro en una mano, la trenza de su esposo en la otra, cerró los ojos y acarició el medallón de jade que Li Ying le había obsequiado hacía muchos años atrás en prueba de su gran amor. Lo arrancó de un tirón de su cuello y, aproximándose a Mo Ying, rodeó con el cordón el de su hijo.

Sus delgados dedos anudaron el colgante en la nuca del apesadumbrado muchacho.

—El arma del hombre honesto es la generosidad. Sé generoso, hijo querido.

QUINCE

Una silueta dentro del triángulo

En la charada chino-cubana: perro

El capitán del barco se apresuró en cerciorarse, a partir de las vacilantes opiniones del médico, de que el pasajero, aunque muy levemente, todavía respiraba. El doctor tanteó con la punta de los dedos las venas del cuello. Afirmó que el hombre estaba vivo con toda certeza, pero sin embargo no cabía duda de que el golpe que había recibido en la cabeza era de suma gravedad.

—Presenta síntomas de haber caído en coma. Si, por el contrario, sólo se tratara de un desmayo, no deberíamos permitir que durmiera tanto tiempo —murmuró mientras halaba el ojo hacia abajo—. Para no aventurarme con conjeturas debería pasar la noche en vela a su lado; mañana sabremos algo más de su estado.

El médico era francés; sin embargo residía en la mayor de las Antillas, más exactamente en la ciudad de Santiago de Cuba. Regresaba allí después de una estancia de tres meses en su país con el propósito de visitar a su anciana madre. Su nombre era Pierre Vignamille.

Del hombre al que atendía sabía muy poco, aunque por sus rasgos físicos provenía de Asia. Lo habían descubierto herido e inconsciente tirado en la bodega de su barco después de que éste hubiera atracado en dos ocasiones, en el puerto de Venecia y en el de Marsella; en este último el médico había subido al barco.

137

—La gloria indiscutible pertenece a mi perro, El Tuerto, quien lo descubrió; si no hubiera sido por él, de seguro lo hubiéramos encontrado de todos modos, pero por la peste, o sea muerto y bien podrido —ironizó el cocinero—. Este aposento del barco es una vieja bodega en donde apenas tiramos utensilios desechables. —Se rascó la calva—. Junto al chino encontramos este cofre.

—Vamos a ver, pudo ocurrir de la siguiente manera: alguien escondió al herido en la bodega, con la esperanza, claro está, de que fuera hallado. Este hombre no ha sido golpeado en alta mar, fue atacado en tierra, y un alma generosa lo montó a hurtadillas en este barco. Esa persona debió de estar al corriente, antes de que hirieran al hombre, de su deseo de viajar a América. —El médico calló unos minutos—. En fin, son suposiciones mías, igual me equivoco.

—Si así ha sido, no podemos negar que ha viajado con suerte el chino. —El capitán mascó el cabo del tabaco y soltó varias bocanadas de humo sin cambiar la vista del pálido semblante—. Esperemos, para nuestra seguridad y para la suya, que se recupere lo más pronto posible.

—Pondré todo mi empeño en curarle, si está en mi poder. Por su complexión, por sus facciones, por sus manos, no tiene tipo de ser un delincuente. Vamos, que no es un maleante. Duerme con la serenidad de un príncipe.

El médico registró entre los cabellos enmarañados y ensangrentados del desconocido, comprobó que de un tirón de pelo le habían dejado una tonsura, desde la cual se había delineado hacia la frente una supurante cicatriz.

—De un desgarrón le privaron de una gruesa trenza o de un rabo de mula. Tenía los cabellos abundantes y largos, muy sedosos.

138

Sí, no cabe duda, es un hombre de buena familia —concluyó el doctor—. ¿Algún documento de identidad en el cofre?

—Dibujos, anotaciones en chino y una trenza, que no debe de ser la suya, envuelta en un chal de fino tejido. —Mostró el cocinero.

El médico pegó su nariz al trozo de cabello y meditó embelesado mientras olisqueaba.

—Pelo de mujer perfumado con galán de noche, gardenia, azucenas blancas. De una mujer culta y hermosa —precisó *monsieur* Vignamille.

El cocinero guardó las pertenencias en el cofre.

—Esta noche prepararé sopa de caguama, adobaré la carne con bastante ajo y cebolla. ¡Ya verán qué clase de rosbif! —salivó sus palabras.

—Por favor, le ruego me traiga usted la cena. No abandonaré al enfermo —suplicó el doctor.

—Lo que usted mande. Desde luego, si mi capitán está de acuerdo —se limitó a replicar el cocinero.

El capitán aceptó la decisión del médico con un quejido ronco.

Ambos desaparecieron por la puerta oval del camarote.

Después de cenar, el doctor se tumbó en una hamaca y cayó en un sopor que lo adormiló. Los días y las noches siguientes fueron todas idénticas. No parecía que el hombre mejorara, pero tampoco empeoraba.

Una semana más tarde, por la madrugada, el enfermo entreabrió los párpados. Entre tinieblas percibió a una mujer de negros cabellos recogidos en un moño alto, la nariz aguileña, los ojos avellanados y verdes, la boca grande y sensual. Sonreía, sentada en un sillón de mimbre, la pierna derecha recogida, apoyada la barbilla en su rodilla y el calcañar en el borde de madera. Con una mano se sujetaba un pie y con la otra sostenía un largo y delgado cigarrillo de maíz del que a cada rato chupaba la boquilla con deleite. El humo se esparcía por la habitación.

La mujer se llamaba Rafaela Archimboldini, llevaba el nombre y el apellido inscrito en un medallón que colgaba en el generoso entreseno.

La imagen se disolvió emborronada como por una mancha de té en un mantel bordado de hilo, pespunteado con enormes girasoles.

Una segunda imagen sobrevino. Esta vez se trataba de una mujer rubia, cabellos crespos abundantes cuyos rizos caían copiosos sobre su desnuda espalda, los ojos de un azul intenso, las cejas y las pestañas cobrizas, la nariz pequeña, la boca carnosa pintada de rojo morado, los dientes como perlas. Se hallaba sentada delante de un clavicémbalo, fuera de foco; detrás de ella, llamaba la atención un hermoso jarrón de un cristal anaranjado veteado en azul verdoso, con rosas amarillas.

La mujer pronunció el nombre del enfermo, reclamaba su presencia excesivamente mimosa. Él apenas alcanzaba a leer algunas sílabas, la insonoridad era total, y el ambiente se deformaba por los reflejos de un espejo cuyo azogue gastado distorsionaba la visión exacta del episodio.

Esta mujer se llamaba Catherine Jeopardi, su nombre destacaba en las tapas del libro que yacía al pie del instrumento musical. El título del libro, escrito en mandarín, tenía algo que ver con los astros, las ballestas y los sables, pero él apenas entendió nada.

En el preciso segundo en que sus pestañas se movieron, doce lunas y diez soles recorrieron el abanico de su memoria.

Su pasado acababa de ser completamente borrado.

—Ha vivido doce lunas —escuchó lamentar a una voz cavernosa.

—Vivirá doce lunas y diez soles más —añadió apresurada otra voz impertinente como un pito de carnaval.

Frente a frente respiraba hinchado un enorme sapo toro, soñoliento, cubierto de una gelatina asquerosa.

Hizo un esfuerzo mental e intentó arbolar un círculo, después un triángulo. En la esquina alta del triángulo una bellísima muchacha volaba atada por la cintura a una cinta que le tendía una nube.

En la esquina inferior izquierda un joven armonioso, de modales discretos y expresión perfecta, levantaba del suelo, rodeándola con ambos brazos, una descomunal bola de amatista, semejante a un sol de melcocha.

En la tercera esquina, abajo a la derecha, una niña introducía peces en su ombligo. Encaramadas encima de su cabeza, tres jicoteas, una encima de la otra, tomaban los rayos del sol.

En el centro del triángulo resplandecía una silueta femenina de jade puro, untada con una jalea nacarada, como la nieve o el azúcar. Una reina moribunda.

Saboreó con su lengua un líquido muy amargo: un aliento glacial, proveniente de la boca de esa figura sombría en la penumbra, enfrió sus mejillas.

Su ángulo visual fue acaparado de repente por una especie de brochazos de colores vivos, en movimiento circular, como de vaivén. Un extraño lo observó muy de cerca. Tan de cerca que asustaba su nariz porrona, reventada en varices finas y ahuecada la piel por un puñado de espinillas negras.

El extraño sonrió ampliamente, con todas sus caries. Preguntó su nombre en cuatro idiomas: francés, inglés, italiano, español.

—¿Por qué no le hablas en chino? —Oyó preguntar al capitán del barco.

—Por la sencilla razón que no sé una palabra de chino —respondió el médico incómodo.

—Un médico debería conocer el chino… —criticó el capitán—. En fin, tenemos registrados a muchos chinos en el barco, pediré a alguno de ellos que nos traduzca… Veremos si acepta, ¡son tan insoportablemente desconfiados!

Los ojos prendidos del enfermo se desbordaron de lágrimas.

—Mire, *monsieur* Vignamille, el chino se ha puesto a llorar. Nos escucha, quizá entiende nuestros disparates —reparó el cocinero.

El doctor Pierre Vignamille despegó los flequillos largos de las sudorosas sienes. El enfermo clavó por primera vez sus pupilas en las suyas, aunque su mirada volvió a extraviarse poco tiempo después.

El enfermo balbuceó frases entrecortadas en perfecto veneciano; enseguida cayó en un mutismo lloroso.

—Ahora sí estamos arreglados. No recuerda su nombre, mucho menos su apellido. No tiene idea de dónde viene ni cuál es su destino. Desconoce si habla chino. En resumen, nos encontramos en posesión de un hombre desmemoriado.

—¿Mencionó dos nombres de mujeres o yo deliro? —dudó el capitán.

—Sí, tiene usted razón, habló de una veneciana y de otra veronesa, dijo que sueña con ellas, pero tampoco puede hacer la conexión real con estas damas. ¿Son verdaderas o sólo forman parte de sus fantasmas? Nadie podrá saberlo porque ni él mismo lo sabe. A menos que…

—A menos que averigüemos entre la tripulación si alguien mantuvo contactos con estas señoras… —reflexionó el capitán.

De súbito, el enfermo ensalivó sus resecos labios con la punta de la lengua, abrió la boca y de su garganta surgió un canto sublime. La maravillosa voz se apoderó del aposento, de los corredores, del resto de los camarotes, de las bodegas, del más mínimo recoveco de la embarcación. Su voz subió a cubierta. Marineros y viajeros hicieron el más absoluto silencio, hechizados con el grandioso trazo vocal. La melodía duró unos minutos; cuando el desconocido calló, todos lloraban emocionados.

—Es un hermosísimo canto tanovar, originario y tradicional de Uzbekistán, se titula «El Implorante»… —musitó el cocinero a punto del desmayo—. No olviden que soy nieto de uzbecos. Esto es increíble, miren, señores, me puso la piel de gallina.

—¿Podrías explicar qué quiso decir? —El médico interrogó con las palabras húmedas.

—«Esta noche debió venir / Mi amado con las mejillas de rosas / Y el torso como un ciprés / Pero no vino…»

—¿Sólo eso dijo? —inquirió insatisfecho el capitán.

—En mi tierra cantamos al amor de manera sencilla, solemos ser discretos, no como algunos… —precisó el cocinero y bromeó—: franceses. Bien, regreso al horno; si necesitan de mí ya saben dónde encontrarme chamuscado.

El enfermo estiró las piernas y apartó la sábana. El capitán y el médico observaron que no le quedaba ni una sola marca de las contusiones que había sufrido. Su cuerpo desnudo vibró al contacto con la brisa que se colaba por una escotilla abierta.

Segunda parte

VIVIR

DIECISÉIS

La cerbatana y el dulce corazón

En la charada chino-cubana: toro

Morir es abandonarse al último de los cansancios, claudicar ante la penosa fatiga; eso era algo que Maximiliano Megía había leído e interpretado no sólo en varias novelas románticas; además era lo que había aprendido en toda su vida. Aquel día el anciano cumplía cien años postrado en un camastro desvencijado; su cuerpo parecía levitar consumido por la flaqueza, la piel transparente cubierta de verrugas como terracotas y lunares rojos, el rostro desencajado, los ojos hundidos, los pómulos sobresalientes y afilados, la boca desdentada, aunque la sonrisa cariñosa. Brazos y piernas nervudos; arrugas como ríos, montañas, llanuras, paisajes de una geografía vivida, olvidada y vuelta a recordar. Pese a su lamentable estado físico, Maximiliano no concebía la idea de que su cuerpo, y menos su mente, abordaran la última fatiga. Aún caminaba, con extrema lentitud, y en las casuales salidas a la calle solía desplazarse acompañado. Se sentía muy lejos de convertirse en un vegetal, como había ocurrido con tantos de sus viejos compatriotas, los que todavía vivían. Podía comer y bañarse sin ayuda, siempre con mucho cuidado y sin excesos. Había días en que sus manos temblaban visiblemente, pero de ansiedad, de impotencia, al no conseguir realizar lo que anhelaba con mayor rapidez.

Pulcras sábanas y fundas vestían la delgada colchoneta y las

147

almohadas. El cuarto, sumamente pequeño, atesoraba estantes repletos de expedientes de abogado, libros y discos, adornos diminutos, una mesa redonda, sobre la que había un portasable con un magnífico sable antiguo, barnizado en negro y rojo, con un cordón dorado también dos taburetes cuyos fondos y respaldares estaban forrados en piel de chivo, un laúd sumamente viejo y usado, y una pipa de opio sobre la mesita de noche, junto a un montoncito de libros. Un fogoncito de queroseno encima de una mesa de cocina forrada con una plancha de aluminio recalentaba agua hervida encima de azulencas llamaradas.

Al pie de la columbina, una palangana blanca de estaño fileteada en azul. Debajo del bastidor, el tibor de esmalte abollado. Junto a la tina, las viejas chancletas de madera.

Al fondo del recinto un humilde altar budista. Y un tocadiscos de los años cincuenta encima de una coqueta *art déco*.

A la entrada, encima del dintel, un cartel en rojo con letras doradas en chino:

AL PIE DE LA MONTAÑA SURGE UN MANANTIAL:

LA JUVENTUD

Al nivel del suelo, una cazuelita rebosante de cenizas con tres varillas de incienso humeante, y en la otra esquina un caldero con una herradura y toda suerte de hierros: una ofrenda a Elegguá, el dios niño africano que abre los caminos.

El cuarto donde vivía Maximiliano colindaba con un ojo de patio. Situado en el sótano. Encima había un edificio de seis pisos, un apartamento por piso. Cada apartamento poseía un balconcito en la cocina que daba al hueco del patio. Él podía acceder al patio por una estrecha puerta, de hecho el angosto traspatio le pertenecía. Pero solía salir poco desde que sus imprudentes vecinos empezaron a lanzarle desperdicios a la cabeza cada vez que él se asomaba. De todos modos, a través de la ventana podía contemplar el cielo. El inmueble se hallaba situado en la calle Dragones del Barrio Chino habanero.

El anciano sacó un cuaderno de tapas azules de debajo de la almohada perfumada con alcanfor, con un mocho de lápiz de punta roma garabateó unas palabras:

«Gina, hoy saldremos, hacia el atardecer.»

Volvió a esconder la libreta. Desde hacía cincuenta y cinco años Maximiliano había adoptado el silencio, renunciado a hablar. Eso ocurrió tras una larga depresión sufrida a los cuarenta años, cuando su esposa prefirió largarse a hacer teatro antes que dedicarse a criar a sus cinco hijos. Maximiliano asumió el cuidado y la educación de los niños sin hacer de ello un drama. Su verdadero sufrimiento constituía en la pérdida de su esposa, que por otro lado tampoco había conseguido llegar a hacer carrera en el mundo del teatro. Pese a que jamás su boca emitió palabra alguna y que Maximiliano no volvió a casarse, tuvo otros hijos con una mulata enfermera. A esos los veía de vez en cuando; vivían en provincia y no siempre tenían el tiempo para visitarlo. De sus primeros vástagos no deseó saber nunca más, después que entendió que cada uno se hallaba en condiciones de afrontar individualmente la vida. Sin embargo, la menor de sus primeros cinco hijos no paraba de asediarlo, e incluso había contratado a una señora para que se ocupara de él, ya que él había prohibido que ella lo hiciera directamente.

149

Una persona tocó discretamente con los nudillos en la puerta. Hubo un largo silencio; del otro lado la persona aguardó impaciente su respuesta. Al rato, Maximiliano agitó unos cascabeles amarrados a su tobillo derecho: la sonoglúscula o campanilla que había usado en el pasado para que se le escuchara cuando aún podía correr. La mano obró en el picaporte y apareció una mulata entrada en carnes. Contaría unos cincuenta años y su rostro aún se veía bonito, no la afeaba ningún rictus amargo y sus arrugas eran de reírse a carcajadas; se adivinaba que la mayoría de las veces intentaba ser alegre y contagiar de su alegría a los demás. Como decía ella, pensó el viejo, los problemas se los tiraba a la espalda, porque la vida era una sola, mi niño, qué va, al que Dios se lo dio que san Pedro se lo bendiga.

En la mano izquierda llevaba una cantinita tapada con una servilleta; la colocó junto al fogón y apagó la hornilla.

—Buenos días, Maximiliano, ¿qué tal? Felicidades por su cumpleaños, ¿cien, verdad? —Carraspeó acentuado, se le acercó y lo besó en la mejilla—. ¡Santísima Virgen, por fin conozco a alguien que cumple cien años! ¡Que cumpla muchos más, mi viejito lindo! ¿Todavía lo agobian los temblores de anoche?

El anciano negó con la cabeza y también agitó el dedo índice de un lado a otro. Ella sirvió agua caliente en la taza con una bolsita de té.

—Menos mal que se siente mejor. Vea qué rico el arroz con pollo que ha cocinado su hija para usted. Y debajo hay una sopita de apio, de las que a usted le privan. También le envía esto, un regalo que le ha costado una fortuna. ¡Mire, qué clase de guayabera tan preciosa! De hilo blanco, me dijo: «Como le gusta a papá».

—La mujer desdobló la prenda para que el señor la admirara, luego tomó un perchero del chiforrover y la guardó entre las escasas vestimentas, con cuidado de que no se estrujara—. Y estas zapatillas de fieltro.

El anciano cerró los ojos y volvió a sonreír enternecido muy a su pesar. Extendió el cuaderno a la señora. Ella puso en una mesita auxiliar, al alcance de Maximiliano, una bandejita con la taza de té.

—¿Quiere usted salir de paseo? Hoy le daré una sorpresa, mi marido puede llevarnos en el taxi hasta la Alameda de Paula. El fresquito de la tarde le asentará, ya verá. Además podrá ver jugar a la niña. Todas las tardes su abuela materna la lleva… ¿Qué hace, Maximiliano, se ha vuelto loco?

La taza de té voló por los aires. El viejo había estirado las piernas como un gato engrifado, los sonajeros que llevaba en los tobillos no cesaban de agitarse, sentado en la cama se desgarró la camisa del pijama encima de su magro cuerpo, luego se atacó con las uñas, arañó su piel y ripió la camiseta; también embistió varias veces con su cráneo la descascarada y húmeda pared, con la ira y la fuerza de un toro mal rejoneado.

Gina consiguió sujetarle las manos. Trató de calmarlo acunando la huesuda cabeza contra su abultada pechuguera, acarició los lacios y grises cabellos, prendió un cabo de tabaco y se lo colocó en los labios.

—Ella no sabrá quién es usted, no lo reconocerá, se lo prometo. Hace tanto tiempo que no se ven que ella no podrá ni adivinar que se trata de usted. —Se mantuvo unida a él hasta que recobró la paz—. Ahora, fíjese, escúcheme bien, y no se me altere: tengo que darle una noticia. Su hija Yoya le ha hablado de usted a la niña. Su nieta Lola ya está al tanto de que usted existe. Y a ella es probable que la vea aquí, o sea no muy lejos… Mejor me callo.

El anciano suspiró hondo y viró los ojos en blanco, descontento.

—Usted y la madre de Yoya no han hecho más que hacer padecer a sus seres queridos. Ellos, Yoya, sus hermanos, y los nietos, ninguna culpa tienen de los errores que ambos cometieron: la abuela, porque se desentendió de todo y usted, que una vez que los crió, rechazó a sus hijos. Yoya no hace más que pedirme que hable con usted para que consienta en que Lola pueda visitarlo… Por otro lado, no me satisface ni un poquito la influencia de la abuela paterna sobre Lola, pero de eso hablaremos en otro momento… Usted dirá que yo soy muy metida en lo que no me incumbe, pero…

Al anciano le entró un segundo arrebato, tanto se golpeó contra la pared que el clavo de donde colgaba el palanganón de tomar el baño se partió, y la tina de zinc se derrumbó encima del enclenque abuelo, atrapándolo por completo.

—Ay, chico, un día de éstos me voy a arrepentir de hacer caso de sus majaderías… —Gina levantó el palanganón y lo colocó en el suelo—. ¿Está bien, no se hizo daño? El día menos pensado voy a obedecer a su hija, aunque usted me grite, me patee y se pelee conmigo. Al fin y al cabo es ella quien me paga para que yo lo atienda.

La mujer recogió los fragmentos de la taza rota y limpió el enlosado con agua y una bayeta; antes había comprobado que el anciano se encontraba ileso. Después se dedicó a planchar un pantalón y lustró las sandalias de piel del anciano.

—¿Quiere que le sirva el almuerzo o antes le preparo el baño? —preguntó después de hacerse la brava un buen rato.

El hombre señaló para el palanganón. Ella vertió agua caliente y agua fría, tocaba de tiempo en tiempo con las yemas de los dedos para corroborar que el agua entibiaba.

—Ya está, daré una vuelta por la bodega, para darle un chance de que se lave con calma. ¿Necesitará ayuda?

Ella conocía la respuesta. Maximiliano negó violentamente con la cabeza. En una ocasión Gina había desconfiado, no creía que el viejo tomara de verdad el baño; sin embargo, bastó colocar su mano debajo de los sobacos para confirmar, a notar por la frescura, que se había dado agua y jabón; de verdad se había aseado.

Dio una vuelta; a su regreso ya Maximiliano, limpio y vestido con la guayabera, calzado con las zapatillas de fieltro que su hija le había enviado, aguardaba nervioso.

—Se ha emperifollado demasiado temprano. Lo vendremos a buscar hacia las cuatro y media. Y nada más son las doce en punto.

El hombre almorzó con ganas, lustró el fondo de la cazuelita de sopa con un trozo de pan y no dejó un solo grano de arroz en el plato.

—Estaba partí'o del hambre. —La mujer fregó la loza.

Coló café y lo sirvió en dos tacitas. Ambos bebieron en silencio.

—No voy a insistir, pero ¿qué hay de malo en que usted vea a su nieta?

Maximiliano apretó los ojos y las mandíbulas mordieron duro.

—Podemos hacer una cosa. Ella no lo verá. Nos quedaremos dentro del auto hasta que ellas se vayan de la Alameda, después daremos el paseo. Así podrá conocer a Lola, por favor, no deje de verla, es sólo una niña. Y usted es su abuelo.

El anciano fijó las pupilas en un cofre polvoriento, encima de unos cartapacios de papeles. Asintió, con un gesto de la mano pidió otro poquito de café.

Como había anunciado Gina, ahí estaban la anciana y una niña de nueve años en el paseo de la Alameda de Paula. Había llovido el día anterior y el mar olía muy sabroso, a marisco fresco. La abuela se hallaba sentada en un banco, mientras la niña patinaba de un lado a otro, sin parar de vocear entusiasmada:

—¡Mírame, abuela, mira qué bien lo hago! —Empeñada en realizar piruetas que sólo profesionales del patinaje artístico podían ejecutar.

Maximiliano trató de atrapar sus rasgos físicos con la vista, para no olvidarlos nunca, pues se dijo que ésta sería la primera y última vez que la vería: pelo lacio chino de color castaño, ojos achinados aunque claros, boca pequeña como un botón de rosa a punto de abrirse, nariz ñata, piel mate, cuerpo delgado pero armonioso, caderas estrechas, brazos y piernas fuertes, muslos largos, pies pequeños. Pensó que su ex mujer continuaba siendo muy irresponsable al autorizar a la niña a realizar malabarismos de suma peligrosidad. Tuvo el instinto de bajarse del automóvil e ir a reprender a la señora que rayaba los ochenta, pero prefirió contenerse y guardar la compostura hasta el final.

Una vez que la niña obedeció los reclamos de la abuela, decidieron marcharse; al poco rato se perdieron como dos puntos apenas visibles en el otro cabo de la Alameda. Entonces fue cuando Maximiliano consintió en dar el paseo. Asensio, el marido de Gina, deseaba quedarse: debía terminar de ajustar unas piezas que recién había comprado para sustituir otras demasiado gastadas de la maquinaria del carro.

154

El anciano desentumeció las piernas, dio pasitos por el lugar reguindado del brazo a Gina, y empuñó con la otra mano un elegante, aunque modesto, bastón de bambú. Hicieron el recorrido de la Alameda, ida y vuelta. El anciano corroboró con satisfacción que sus extremidades inferiores aún respondían, aunque no de modo tan ligero como antes. Tenía la impresión de perder elasticidad, no sólo por días, por segundos; presentía que sus músculos se trancaban y los huesos, oxidados igual que los goznes de una puerta de hacía un siglo, chirriaban ruidosos.

De pronto se detuvo a observar el mar, avanzó hacia la barandilla y se apoyó en ella, cerró los ojos y recordó los caminos transitados por sus piernas. Pero antes, ¡cuánto había viajado su padre! ¡Cuánto había viajado también él detrás de su padre, en su búsqueda, para llegar hoy aquí! Sólo para atesorar un único objetivo, el de dar un corto paseo y contemplar el ingenuo rostro de Lola, el vivo retrato de Mei Ying, su madre. Abrió los ojos, apretó la mano de Gina, sonrió. Había valido la pena.

Se dijo que Buda poseía una cerbatana muy certera y que en algunos casos los seres humanos eran soplados por Buda y disparados como flechitas, de un lado a otro del planeta, para vivir y aprender de la belleza del mundo. Y que semejante periplo perduraba lo que la eternidad de un instante.

Allá, al fondo del paseo, divisó un árbol, la reaparición de la ceiba.

DIECISIETE

La mutación de la memoria

En la charada chino-cubana: luna

El escándalo en el piso de arriba despertó a Maximiliano. Tardó en entender lo que sucedía. En apariencia, y debido al derroche de maldiciones de la vecina, los zumbidos que hacían las cacerolas y los jarros al volar por los aires y los estruendos al dar contra las paredes y caer en el suelo, pudo sacar en conclusión que: uno, la mujer acababa de descubrir que el marido la traicionaba, o sea que desperdiciaba dinero en la manutención de la querida. Volvió sobre sus pensamientos mientras el barullo continuaba; era imposible que fuera eso, ella estaba ya muy vieja para espectáculos de celos y más bien le importaba menos que un comino el marido borracho. Dos: su hijo le había traído una nueva piruja a la casa, otra pelandruja con ínfulas de señorona, y ya estaba harta de hacer de alcahueta. Tres: se le había roto el televisor o peor, descompuesto el refrigerador.

—Y ahora, ¿cómo destrabo yo la cabeza de esta mataperra chiquita de ahí? —voceó alarmada—. ¡Por eso nunca quise que viniera a la parte de atrás de la casa!

El anciano oyó un brusco tirón de la puerta.

—Tendrás que llamar a los bomberos. —Con toda evidencia el hijo acudía, más temeroso que respetuoso, al reclamo de su madre, la vieja endemoniada que tenía por vecina desde hacía dos años.

En eso lo sacudió un espantoso llanto de un niño, como si estuviese siendo torturado, unos auténticos berridos de chivo. Maximiliano entreabrió la ventana ayudándose con la manita, un artefacto de madera que utilizaba para rascarse la espalda y para acercarse objetos.

No se trataba de un varón. Pudo diferenciar las piernas colgadas, el dobladillo descosido del vestido, las manos aferradas a la reja del balcón, la carita sudorosa; una flema espumosa unía la nariz con la boca y goteaba de la barbilla. El llanto ahogaba a la pequeña, a quien reconoció enseguida: Lola, su nieta.

La niña reparó en la ventana recién abierta; entonces se soltó de la baranda, estiró la mano, y reclamó a gritos al abuelo:

—¡Abuelito, sácame de aquí, abuelito! ¡Yo sé que tú vives ahí abajo, abuelito! —Tosió y escupió mayor cantidad de flema.

—¿Pero quién tuvo la brillante idea de decirle a la zarrapastrosa esta que el puñetero abuelo chino vivía debajo de mi casa? —vociferó la bruja—. ¡Cada vez desprecio más a esta gentuza! ¡Unos anormales!

—Debe de haber sido Yoya, la madre. Ya sabes cómo es de testaruda —acotó el hombre, harto de soportar los encaprichamientos de su ex mujer.

Maximiliano se enteraba en ese preciso momento de que su vecina era, al igual que él, la abuela de su nieta, aunque por la rama paterna, y que el hijo, no era otro que su yerno, el padre de Lola. Entonces, cayó en la cuenta de que los tambuches de intersticios lanzados a su cabeza cada vez que él se asomaba al traspatio tenían que ser a propósito. No cabía duda, adrede.

Sus elucubraciones, nada desacertadas, fueron interrumpidas

por el terremoto de cacharros lanzados contra la pared, ira provocada a causa de la perreta de Lola. Como quiera que fuese, era su nieta, y si no hacía algo la vieja envidiosa sería capaz de decapitarla, a juzgar por los tirones que daba al frágil cuerpo de la niña, después que agotó todos los trastos para lanzar a ciegas.

—¡Qué barbaridad, qué manera de ser cabezona esta chiquita! ¿Pero cómo carajo has podido meter el morrocollón de esa manera, so cabrona?

—¡Abuelito! —exclamó la pequeña a punto de desmayarse.

—¡Deja de llamar al chino caga'o ese! ¡Ese chino mata a los perros y a los gatos, después los cocina y se los come! ¡Es un puerco! —La vieja tiraba y tiraba por los pelos y se quedó con un mechón en la garra.

La niña arreció el llanto. La vieja halaba cada vez con más ímpetu. El padre vio el verdugón en el cuello, trató de interponerse, pero la vieja le metió un empellón.

—¡Quítate, necio!

—¡Mamá, vas a matar a la chiquilla! ¡Te digo que llames a los bomberos! ¡Para ya, por favor! —Por fin plantó cara y ahora era él quien tiraba de su madre, y ella de la niña.

Sonó de nuevo el timbre de la puerta. La vieja soltó la cabeza y chancleteó a lo largo del pasillo, presurosa, dispuesta a abrir. Dio un aullido de terror. Frente a ella, en carne y hueso, más en hueso que en carne, se hallaba Maximiliano, jadeante, apoyado en su bastón de bambú.

De un empujoncito, apartó a la corpulenta mujer, que había quedado como petrificada. Atravesó con calma el pasillo y acudió a auxiliar a la pequeña.

159

Tomó entre sus manos esqueléticas la cabeza ardiente y con cuidado la volteó de un lado, luego del otro. Lola cesó de berrinchear. El anciano, agachado junto a su nieta, dio vueltas a un lado y a otro, pidió a la niña que pensara en algo muy agradable para ella, que cerrara los ojos y se volteara hacia el lado derecho; así consiguió liberarle la cabeza atrabancada entre los hierros mohosos. Una vez fuera, la pequeña enlazó el cuello del anciano y buscó una muestra de cariño en la cara de quien hasta ahora había sido sólo una imagen inventada.

Había sucedido algo que desde hacía más de medio siglo no ocurría: el chino había hablado. Maximiliano se acercó a la oreja de la pequeña y depositó un secreto en el oído de Lola, advirtiéndole bien que se trataba de un preciado secreto, un misterio que los unía desde ahora y para toda la vida, incluso más allá de la vida. Lola respiró hondo; aliviada, besó las mejillas amarillas de su abuelo y presintió que a partir de ese instante estaría protegida doblemente.

El anciano, los ojos aguados, extrajo del bolsillo de su amplio pantalón un chal de hilo blanco fileteado en plata, secó el rostro de su nieta con la prenda y lo anudó a su cuello de cisne. La carita se transformó en una apacible luna llena.

El hombre se percató, extremadamente pudoroso, de que con el apuro había olvidado vestirse con una camisa. Andaba en camiseta, el pantalón batahola sostenido por gruesos tirantes. La niña se fijó en que calzaba las zapatillas chinas de fieltro que su madre le había comprado.

Juntos se encaminaron a la puerta de entrada, Lola hundió su mano en la del abuelo, inmensa, honda y alargada. Maximiliano apreció la saludable fibra del cuerpo de la niña. La nieta quedó arrobada con la elegancia risueña y silenciosa del abuelo.

La puerta se cerró. Enclenque, tembloroso, esperó unos instantes del lado de afuera; la niña, desde adentro, aguardaba a que todo recomenzara. Entonces recordó las palabras musitadas en su oído.

Ambos cerraron los ojos, él envió un mensaje que ella captó con todos los nervios hipersensibilizados de su veloz mente.

Aquella tarde la abuela paterna se puso a freír carne de puerco; sacaba los chicharrones del caldero y los pasaba chorreantes de manteca por delante de los ojos de la chiquilla, haciéndole la boca agua.

—¡No te embulles, esto no es para ti! ¡A ti, a partir de hoy, te haremos albóndigas de tripas de perro y gato estofado, lo que comen los chinos!

La abuela se hizo la ilusión de que Lola bajaría la vista avergonzada, como en varias ocasiones cuando ella le tiraba de las orejas, pero la niña ni siquiera pestañeó. Conservó el torso firme, la cabeza erguida, acogió el regaño como una prueba que debía rebasar en la vida. Lo pagará, se dijo, porque la vida no perdona. Pero no sería ella quien le pondría el castigo en bandeja de plata.

—Por eso nunca te había dejado pasar a la parte trasera de la casa. Por esa razón tu visita se limitaba al recibidor, yo intuía que lo peor ocurriría cuando supieras que tenías un abuelo chino… —La lamentable vieja babeó roñosa—. Aunque es preferible que no te enorgullezcas demasiado de él. No es fácil tener a un chino en el árbol genealógico. ¡Sola vaya, p'allá, p'allá! Que los chinos traen mala suerte.

El olor a carne de cerdo asado inundó el apartamento, invadió las escaleras y el edificio desde el sótano hasta la azotea.

En el tercer piso, una chismosa chilló:

—¡Caballero, a ponerse p'al cartón, alguien está friendo carne de puerco, robado seguro! ¡Alaba'o, ya se me había olvidado el olor del lechón!

La vieja cerró puertas y ventanas.

—¡La gente de este sala'o país es más entrometida! —Agitó la espumadera como si blandiera un látigo.

El padre de la niña se escabulló discretamente en dirección al rojizo atardecer, al barrio fogoso de San Isidro, entre la Aduana y Los Elevados.

Aquella noche Lola se negó a cenar con la boca apretada. A las diez menos cuarto descendió los peldaños de la penumbrosa escalera y corrió a los brazos de su madre, sentada en el contén de la acera.

Lola no cenó con su abuela, pero tampoco aceptó el bocadillo de mortadela que su madre traía envuelto en la cartera. La vieja había vaciado una lata de leche condensada y ella había puesto sobras del lechón: chicharrones tiesos nadando en manteca.

Tampoco contó nada, y no pegó un ojo en toda la noche ni en muchas noches venideras. Sabía que para conversar con su centenario abuelo sólo tenía que desearlo muy fuerte con el pensamiento, con todo su espíritu.

De este modo supo que, en la tradición china la mujer es agua, y el hombre es tierra. Que China había mutado innumerables veces y que en esas mutaciones asimiló culturas y creencias, sabidurías artísticas y literarias, que ésa era la razón por la cual la civilización china había sido la más grande. El mundo árabe debía a China el papel, la brújula marina y la pólvora de cañón. Su abuelo provenía del Imperio del Medio, del Centro del Universo. Donde podía hacer un frío siberiano y un calor húmedo tropical al mismo tiempo.

Para llegar hasta ella, su abuelo había viajado encima de un hermoso caballo blanco, también en el lomo de un camello y en el de un mulo; además, subido a una piragua, a nado, en barco de vapor, a pie. Sobre todo a pie, había caminado por el lodo, bajo la lluvia, por encima del fuego, había cruzado montañas, desiertos, ríos y océanos. Ésa era la explicación de la que el anciano siempre tuviera algo que contar, porque aquel que no camina no tendrá nada que decir, le inculcaba el abuelo.

—El Tao es caminar y decir. —La pequeña Lola repetía la frase de Maximiliano.

A una hora determinada del día o de la madrugada, ambos sentían la imperiosa necesidad de apartarse, de buscar un sitio apropiado para la concentración y la meditación. Maximiliano en una esquina del cuarto, encima de la estera. Lola al fondo del aula o debajo de la cama.

Él creía en la trasmigración de las almas, en la reencarnación. Y anunció a la niña que no se acongojara si él moría de repente, pues ya su hora estaba cercana. Y él volvería una y otra vez. Le gustaría irse con unas sandalias tejidas en paja y un sombrero de henequén. Y que lo enterraran en el cementerio chino, con la cabeza apuntando al este, de pie y con una piedra de rayo en la boca.

El abuelo detestaba a las personas impulsivas y le aconsejó que evitara imitarlas. La ira no llevaba a ninguna parte, rompía la armonía interior. Todavía no sabía cómo había podido enamorarse de esa muchacha mucho más joven que él, la irlandesa malgeniosa. En fin, cambió el tema. ¿Sabía ella que su madre había padecido de fiebres tifoideas? Sí, Yoya, por nada se muere cuando tenía su misma edad. Su hija (paladeó *hija*), Yoya, era una sobreviviente del tifus. Emilio, el hermano mayor de Yoya, se había contagiado con la poliomielitis, por eso cojeaba. El Nene, el segundo, siempre fue muy, pero que muy trastornado. Mae fue operada de un tumor cerebral y padecía de epilepsia. Yoya se salvó en un tilín del tifus. El pequeño Yuan, cuyo nombre significaba *causa predestinada* falleció de apenas cinco meses, atacado por un virus desconocido por los galenos. Eso dijeron, pero él sabía que el bebé no aguantaba nada en el estómago porque simplemente nació indefenso.

Lola ralentizó los latidos de su corazón. El eco devolvía dos palabras: Lola Ying. No olvidaría su nuevo nombre.

Su abuelo, al llegar a México, tuvo que cambiarse el nombre y el apellido; fue inscrito como Maximiliano Megía.

Pero su verdadero nombre era Mo Ying. «Recuérdalo», susurró el eco.

«Ya te contaré por qué tuve que variar mi identidad, no nos apresuremos», el oleaje marino inscribió la frase en la arena de una playa desierta.

Su abuelo, Mo Ying, había partido del hogar de sus padres y de sus hermanas, en un burgo de Yaan, en Sichuán, el mismo día en que murió el presidente provisional Sun Yat Sen, un doce de marzo del año 1923, o 1925. Quizá fue antes, en 1922, y no sabría por qué se había inventado lo de la muerte de Sun Yat Sen. El dato resultaba inexacto porque su memoria a veces mutaba avasallada por la cronología huracanada de los acontecimientos o por idiomas que de repente amueblaban su cabeza, como el Miao, o el Yao, las doce lenguas del Sur. Agazapado, acechaba los sucesos o aguardaba a que se insinuaran; y entonces hacía como podía para cazarlos, aferrado a las alas, como quien atrapa una mariposa en pleno vuelo hacia el sol.

DIECIOCHO

El dédalo de miel

En la charada chino-cubana: pescado chico

De las colinas descollaban umbrías gargantas de acantilados; de ellas, cascadas de agua desembocaban en el torbellino de los ríos: el Mekong, el Yang-tse-Kiang y el Saluen. A vuelo de pájaro se podían apreciar en toda su magnificencia las cúpulas de los templos, con sus agujas que apuntalaban un plomizo cielo bordado por alas de gorriones; los campanarios de monasterios relampagueaban lustrados por la lluvia, todos construidos en oro, tal como lo había visto y escrito Marco Polo.

Mo Ying había decidido cargar con pequeños recuerdos familiares y algunos de sus libros preferidos, entre ellos el de los viajes del veneciano por el Oriente.

Después de galopar encima de Zafiro decenas de kilómetros, se había remontado a aquella región desconocida para él, pero aventurada en las travesías que realizaba con la imaginación a partir de sus lecturas, y descubría asombrado los enormes campos sembrados de té verde, una laguna inmensa y transparente. Lanzó una piedra y cientos de gerifaltes emprendieron vuelo. Encontró un riachuelo y de sus claras aguas bebieron sedientos el caballo y él. También refrescó la cara y los brazos, luego se zambulló; estaba muy tenso y el baño le relajó.

Al poco rato se sintió observado; a pocos pasos una mujer de

167

duro semblante no le quitaba la vista de encima. Mo Ying sabía que se trataba de una *h'mong*, una etnia de las colinas. Llevaba un aparatoso turbante negro y de los dientes le sobresalía una placa de oro con colmillos descomunalmente grandes, que le servían para comer carne cruda.

—Si no descansa, le aseguro que enfermará de gravedad —pronosticó ella—. Puedo invitarle mañana a una boda, pero si no duerme esta noche, mañana se hallará usted inconsciente. Adivino que su hígado se ha inflamado demasiado… De montar a caballo. Lleva muchos días al trote…

—Lo sé, señora, soy médico. —No obstante el joven se sorprendió de la presteza de la campesina para adivinar sus malestares.

—No se ofenda, caballero. La ciudad que más cerca puedo recomendarle es Pagán, la ciudad budista por excelencia, la más vasta del universo. Antes tropezará con una aldea sin interés alguno, ahí sólo hallará atractivas a sus mujeres, de pies minúsculos. Es donde se agrupa la Compañía de danza de pequeños pies. Son gente hospitalaria y excelentes anfitriones. Pero antes se topará usted con una choza solitaria; en ella pernoctan una mujer y un niño. No se detenga, si le brindan comida y albergue rechácelos. En realidad son brujos, es lo que se comenta; al menos se ha probado que traen mala suerte. —La mujer observó fijamente a Zafiro—. A este caballo lo he visto hace algún tiempo, ya ha cabalgado por estos lares.

—¿Conoció al jinete? —preguntó Mo Ying ansioso de obtener una respuesta positiva.

—No, señor, sólo distinguí al caballo. Lo siento, soy muy miope —se excusó, más bien con el objetivo de evitar ofrecer más informaciones.

Mo Ying agradeció, tomó de las riendas a Zafiro e hizo el ademán de seguir su camino.

—No olvide ni una palabra de lo que le he dicho. Y además, recuerde, mañana celebro la boda de mi hija. No falte, podrá venir acompañado, si lo desea o lo encuentra oportuno. —La mujer extrajo unas hojas de su bolso y las masticó sin mucho apetito, desganada, como quien toma un medicamento.

—No tengo compañía, señora, sólo mi caballo —apuntó el joven Mo Ying.

—Oh, ya lo sé, soy miope, no ciega, claro que tiene usted a su caballo. Más temprano de lo que se imagina conocerá a una persona muy simpática. Pero para poder apreciarla como ella se merece, necesitará usted descansar.

—¿Cómo puedo guiarme hacia el lugar de la boda? —Apenas puso atención a la profecía.

—No se inquiete por esa nimiedad, la persona de la que hablo se ocupará de ello, ella lo conducirá, será una buena protección. Esta noche beberá usted un caldo de pollo y té verde. El té de la región es el mejor del universo.

Mo Ying sonrió. Todo lo originario de ese territorio constituía «lo mejor del universo» para la misteriosa señora.

—No me ha preguntado cómo me llamo: Trebisonda San Fan Cong, mucho gusto. En una vida anterior fui una ceiba, nací y crecí en una isla lejana, del Caribe, todo por azar… ¿Se da cuenta? Fui un árbol muy poderoso.

—Encantado, Trebisonda San Fan Cong. Yo soy Mo Ying, sólo nací en un burgo de Yaan. Pero mis padres son grandes artistas, y mis abuelos lo eran.

—Lo supuse. Eres un joven afortunado, de buena familia, y viajarás a un mundo cautivante, ya verás, te lo prometo. Hasta mañana, Mo Ying, te queda aún un largo trayecto. —Su voz se apagó poco a poco.

La mujer desapareció intrincada en la maleza; corrió un viento del sudeste y no quedaron trazos de ella, ni las huellas en la tierra de sus enormes y anchos pies.

Mo Ying intentó distraerse de la presencia de Trebisonda San Fan Cong, lo que no fue nada fácil, además de olvidar el agudo dolor en el costado; decidido, avanzó delante de su caballo tomando el camino más florecido. A Zafiro apenas se le oía resoplar; cabizbajo, hundía sus cascos en las pisadas de su dueño.

—Señor, ¿se ha extraviado usted? —La voz cantarina venía de los arbustos del lado derecho.

Mo Ying volteó el torso y se halló delante de una muchacha con el pelo tan largo que se confundía con la hierba, de un color azuloso de tan oscuro, la tez muy blanca, los ojos cual dos bolas de azabache, la boca pequeña y rosada, las manos también diminutas y sobre todo delicadas, el cuerpo envuelto en un vestido de seda azul celeste, cerrado del cuello a los tobillos, adornado con perlitas cristalinas. Intentó averiguar sobre qué estaba parada, pues se le ocurrió que era muy alta, casi alcanzaba la estatura de Mo Ying; sin embargo, no alcanzó a distinguir sus pies. Por fin dio dos pasos, y el muchacho reparó en unos pies minúsculos, igual que los de un recién nacido, calzados en unas zapatillas del mismo tejido que el vestido.

—¿Cómo puedes mantenerte parada? ¡Si apenas posees pies! —exclamó admirado.

170

—Como sabes es una costumbre abolida desde mil novecientos once, sólo en este pueblecito conservamos la tradición, porque aquí todas las mujeres danzamos sobre la punta de los pies.

—¿Todas danzan en lugar de caminar? ¿Qué hacen los varones?

—Absolutamente todas danzamos en vez de desplazarnos. Desde que nacemos nos oprimen los pies en unos vendajes en extremo apretados, y así jamás nos crecen. Ah, los varones caminan de modo vulgar.

—¡Es una costumbre bárbara! A mi madre también le vendaron los pies, pero no a semejante nivel de suplicio.

—No, te equivocas, para nosotras no representa sufrimiento alguno, al contrario, es símbolo de honorable distinción. Poseer pies invisibles significa que hemos sido elegidas para notables tareas de superioridad. Te ves agotado, ¿puedo invitarte a mi casa?

—¿Tiene usted un hijo? —recordó las palabras de la señora Trebisonda San Fan Cong, y prefirió precaver antes que lamentar, aunque podía poner su mano en un picador al afirmar que la joven de los pies de hormiga aún no había experimentado la maternidad.

La muchacha comprendió enseguida que la había confundido con Los Turulatos, como les apodaban en el caserío.

—Por suerte te has apartado del camino de la choza embrujada. ¿Cómo voy a tener hijos, si ni siquiera me he enamorado? Acabo de cumplir dieciséis años. Mi nombre te sorprenderá, es Sueño Azul, así, en castellano. No nací en España, no; pero quiso el azar que pasara un extranjero por la zona, un sevillano. Y cuando mi madre se puso de parto, pues fue él quien atendió y obró en mi nacimiento; entonces mi padre, en gesto agradecido, rogó a don José del Mar que me pusiera el nombre de su elección.

—Es muy, ¿cómo diría? Poético. Eso, muy poético —tartamudeó sonrojado—. Acepto tu invitación, ya que nada te relaciona con las personas que debo evitar. Mi nombre es…

—Ya lo conozco, Mo Ying, me lo sopló la arboleda —coqueteó la chica—. Te lo juro, me lo ha dicho Trebisonda San Fan Cong, la ceiba.

—No bromees. Así que conoces a esa mujer.

—¿Cuál mujer?

—La de los dientes de oro y el turbante negro.

—No he visto a nadie así en largo tiempo —aseguró la adolescente.

Mo Ying la dejó por incorregible; prefirió disfrutar del espectáculo que se erguía a pocos metros.

La entrada de la pequeña localidad de Hexi, en Yunán, había sido adornada con gajos florecidos de gladiolos, margaritas, azucenas, orquídeas, rosas, acacias, claveles, tulipanes y todo tipo de flores provenientes de los sitios más inimaginables del mundo.

—¿Cómo han conseguido tal variedad de flores? —quiso averiguar el joven.

—Hexi es visitada cada primavera por millones de aves migratorias; cada una de ellas trae en su pico, a modo de ofrenda, una flor. Y las colocan entretejidas en forma de arco iris. Nos agasajan porque constituimos su punto de llegada y su punto de partida. ¿No es cierto que resulta muy generoso por parte de las aves?

Parecía que Sueño Azul flotaba a su lado, pensó el joven contemplándola admirado. Entonces comprobó que las otras chicas y mujeres del pueblo, en lugar de avanzar de la manera común danzaban sobre las puntas de sus casi invisibles pies. Observó las reacciones a su alrededor: nadie se hallaba perturbado frente a semejante realidad.

Mo Ying no pudo controlar su curiosidad e interrogó a Sueño Azul acerca del origen de esa tradición.

—No es sólo tradición, para nosotros es el resultado de siglos de respeto estético al pasado de la naturaleza. Aquí, las mujeres somos consideradas flores o nubes, y además chamanas. Invocamos la lluvia con nuestra danza infinita, para que no se malogre la cosecha de arroz, una de las mejores de la región. —Sonrió con las manos juntas después de saludar a un conocido.

—Esta costumbre, sin duda alguna, debe provocar un conflicto entre hombres y mujeres. No deben ustedes ver el tiempo de la misma manera —analizó Mo Ying.

—Aun en puntas de pies, las mujeres solemos ir más deprisa, somos mucho más decididas. ¿Qué es eso de ver el tiempo, querido Mo Ying? El tiempo nadie lo puede ver.

Sueño Azul abrió la puerta del establo e invitó a Zafiro con un gesto gracioso de la mano a que descansara en el pajar; después, Mo Ying y ella se dirigieron al interior de la casa de piedra y techo de yagua por la puerta trasera. Una vez dentro, la adolescente se viró hacia Mo Ying y de improviso acarició con la yema de sus dedos los labios resecos, tomó un odre de cuero colgado de una viga de madera y le ofreció para que bebiera. El joven reculó dos pasos.

—No bebo vino.

—Mo Ying, no temas. Es el líquido que sacia la sed de los viajeros a lo largo de todos sus periplos. Es hidromiel con durazno y oro en polvo. Si lo bebes, nunca más padecerás la aridez del trayecto. Aprécialo.

Bebió con los ojos cerrados; sintió el líquido aliviar sus labios, recorrer la lengua y refrescar su garganta, ya no le sudaba la hirviente cabeza, ni la piel se le adhería a la asquerosa ropa. Pidió permiso a la muchacha para asearse.

—También te daré vestimentas nuevas. Mañana se casa mi hermana mayor...

—Tu madre es... —vaciló—. ¿Tu mamá es Trebisonda San Fan Cong?

—¡No, mi madre es una de las más célebres bailarinas, heredera de las más fabulosas del antiguo Catai! Cuando mis padres hablan de China, se refieren a Catai, viven en su mundo lleno de pasado y fantasías.

Diciendo esto aparecieron sus padres, que volvían de trabajar en la recogida de las hojas del té. El señor Wong se quitó el sombrero ancho de paja y un trapo blanco que cubría su boca y de ahí, subiendo, se enroscaba en la cabeza. La señora Sian Wong también se descubrió, sumamente hermosa; cuando miraba de medio lado las pupilas se perdían maliciosas en los rabillos de los ojos, el pelo brillaba trenzado alrededor de la sien. Mo Ying admiró sus orejas, también delicadas, como bizcochos horneados por el sol. La dama giraba graciosamente sobre las puntas de sus pies, más pequeños todavía que los de su hija, similares a pececitos chirriquiticos, casi guajacones.

—Bienvenido a casa, señor...

—Mo Ying. —El joven se postró en la estera.

El padre encendió un ramillete de inciensos.

—Haré un caldo de pollo y lo acompañaremos con té verde. Podrá dormir en este mismo salón. Nuestra hija mayor vendrá en unos minutos, se ha quedado rezagada con algunas amigas. Mañana se casa, ya le habrá contado Sueño Azul. Y aunque tenemos todo listo para la gran ceremonia, ella deseaba confirmar la asistencia de todos los invitados.

Cenaron silenciosos. Mo Ying contemplaba embelesado a Sueño Azul; la chica presentía su insistente mirada y, avergonzada, no se atrevía a levantar los ojos de la cazuelilla de porcelana.

DIECINUEVE

Los parajes colgantes

En la charada chino-cubana: lombriz

En el sueño de Maximiliano existían dos polos de un mismo mundo: en un extremo, uno muy viejo y destartalado; en el otro, uno muy moderno y recién inventado, aunque saltaba a la vista que este último de ninguna manera podía pertenecer al presente. Semejante escenografía respondía a los requerimientos del futuro más lejano e inalcanzable; al menos a la idea que él se hacía de cómo se desarrollaría ese futuro.

Subió a las torres de unas pagodas; sólo divisó escombros, y gente muy pobre, hambrienta, tirada en lomas de basura. Las torres amenazaban con derrumbarse de un momento a otro, pero desde allí se podía observar, a través de los huecos de los pisos, la tremenda altura a la que se hallaban.

El estómago se le hizo un nudo ante la visión insoportable de una cantidad enorme de niños muertos, amontonados en fosas, y por doquier cadáveres de adultos calcinados. Se dio cuenta de que él representaba el único sobreviviente de aquel desolado y extraño planeta.

Ambos polos comunicaban por una especie de puentes colgantes, más parecidos, por su disposición, a parajes sitiados de una guerra o del Apocalipsis, fragmentos de vidas trágicamente contadas, petrificadas en el abismo de sus frustraciones. Letras y palabras desordenadas formaban las redes de los costados, en idiomas que se mezclaban entre sí, hasta que no podía entender nada de lo que pretendía leer mientras avanzaba.

Acudió titubeante al otro extremo, no tenía otra opción. Ansioso, luchaba por abandonar aquella parte vieja y desagradable, destruida por culpa de la absurda maldad humana. Batalló por hallarse en el lado opuesto, en el tranquilo polo del porvenir, del cual ignoraba todo.

Estuvo a punto de rodar por las paredes del acantilado en múltiples ocasiones por culpa de los escollos del camino. Uno de estos caminos lo impresionó profundamente, tanto que estuvo varios días sin poder borrárselo de la mente. Había abierto una puerta en medio del paraje colgante. Entonces se halló en una habitación donde reinaba la oscuridad; la luz que podía entrar por un ojo de buey había sido ahogada por un cojín. Sacó el cojín y un rayo potente alumbró a un ahorcado. Se trataba de un muchacho de diecinueve años, amigo suyo, hijo de un vecino del burgo. Con aquel joven lleno de vida, ahora de tez gris y presencia maloliente, había jugado de niño.

Sentado delante del cadáver lloró ruidosamente durante días y noches. Finalmente cortó con un sable la soga y el joven voló, transformado en paloma. Atravesó el ojo de buey y fue tragado por el cono luminoso que inundaba el recinto.

Al llegar al lado contrario en el sueño, según el imaginario futuro, se encontró con que todo, absolutamente todo, estaba ideado y fabricado con elementos de la naturaleza, aunque desde lejos daba la impresión de cristal, de acero, de plástico, en fin, de duros y fríos materiales. Nada más engañoso: las puertas líquidas, de un color azul intenso y un agua muy pura, fulguraban translúcidas, y cuando alguien cruzaba el umbral evitaban todas las enfermedades que amenazaban con brotar en el cuerpo de la persona; por esa razón se llamaban puertas preventivas. Los ascensores, él no podía suponerlos de otro modo, no eran más que nubes que subían y bajaban según el antojo de quien los ocupaba, bastaba con desear el piso… Pero en eso radicaba el verdadero problema de la parte esplendorosa del porvenir: apenas deambulaban seres humanos que fuesen capaces de desear por sus callejuelas con flores esparcidas, ya nadie deseaba nada. Entonces advirtió sobrecogido que él tampoco deseaba subir o bajar, le daba lo mismo ver a su familia, a sus amigos… Su espíritu se hallaba vacío de anhelos, carecía incluso de las más puras ambiciones. Se había transformado en un hombre muy viejo. Cien años, una eternidad. Cada noche representaba para él la última. Cada amanecer, una insólita aventura.

Oyó un tambor repiquetear lejano; luego sintió un golpe muy fuerte en la sien. Maximiliano despertó: un grueso volumen había caído en su cráneo desde uno de los abarrotados libreros. En la azotea, los hijos de la negra Domitila Milagros de la Caridad, iniciaban un escandaloso bembé en honor de Changó, o sea de Santa Bárbara, y al mismo tiempo ofrendaban unos violines en honor de Cachita, la Virgen de la Caridad del Cobre. Concluyó, después de echar una ojeada al almanaque, que el tiempo había transcurrido como siempre, contrario a sus expectativas, veloz cuando él no lo deseaba, lento cuando necesitaba que fuera raudo. Así que, por lo visto y oído, ya estaban a siete de septiembre, vísperas de los festejos de Oshún, la diosa mulata de los ríos. Y ese día, además, se celebraba a la Virgen de Regla, Yemayá, la diosa negra de los mares.

Maximiliano volvió a entrecerrar los párpados y evocó el sueño que había vivido hacía unos segundos. En uno de los parajes colgantes, los guerreros de Xi'an se confundían mezclados con los soldados de la primera y la segunda guerras mundiales. Las estatuas de piedra sangraban por los orificios de la nariz.

«¡Qué ingratitud la de este mundo, vaya por Dios!», pensó acongojado.

Quedó nuevamente embelesado. Su espíritu voló muy lejos, a su primera noche en un hogar ajeno al de su familia. Los padres de Sueño Azul habían ido a acostarse. La hermana apenas le había saludado con una hermosa sonrisa de mujer colmada, y también se dirigió a la cama, en el último cuarto. Sueño Azul, por el contrario, se ofreció a acompañarlo toda la noche.

—¿Cómo te gusta el cuerpo femenino? ¿Exuberante o delgado? —preguntó de improviso la joven mientras servía más té en la taza pintada en anaranjado intenso.

Mo Ying no supo qué responder a semejante pregunta, demasiado osada para una adolescente.

—Piensa, no te quedes sin palabras, y no me dejes a mí en vilo —incitó la chica.

—Creo que… pues mira, no sé, me pudiera parecer que demasiada carne malograría la elegancia en el vestir. De otro modo, muchos huesos echarían a perder la estética del desnudo. Preferiría un cuerpo esbelto, sano, ni muy gordo, ni muy flaco —carraspeó nervioso.

La joven había cambiado sus vestimentas por unas de estar cómoda en casa, una bata de crepé que, como por azar, rodó de sus hombros blancos como la nieve.

Mo Ying desvió la mirada, pero no pudo impedir el delicioso escozor entre sus muslos, un cosquilleo como si una lombriz bajara de la ingle, y se ensanchara poco a poco, en dirección a la rodilla.

—¿Sabes, Mo Ying? Mi hermana se casa mañana, enamorada de su novio, por supuesto. Es lo correcto, supongo que sí. Yo no me casaré nunca, prefiero ser concubina o cortesana, como Hong-fu, quien en el año seiscientos se escapó con el general Li Jing, o como Zhuo Wenjuin, quien se casó en contra de la voluntad de sus padres con el poeta Sima Xiangru, eso ocurrió entre los años ciento setenta y nueve y ciento dieciséis. Hoy, desde que te vi, supe que serías mi primer amor. Seguramente no el más grande, tampoco el único, pero sí el primero.

Mo Ying se sintió muy atraído por la belleza de la joven, pero estaba convencido de que no sería ella el gran amor de su vida. Sueño Azul pareció adivinarle el pensamiento.

—Si no experimentas lo mismo tú por mí no tienes que preocuparte. Cuando mi padre se casó con mi madre ella era pura, recia y extremadamente prudente. Cada noche, el aplicado de mi padre se dio a la ardua tarea de perfeccionar el arte de la seducción. A tal punto consiguió dulcificar a mi madre que ella se puso blanda y penetrante, como cera encima de la llama del carbón. Hoy en día, según las conversaciones que escucho entre ellos, todavía mi madre es una mujer muy sensual...

—¿Espías a tus padres? —reprobó el muchacho.

—Claro que sí. Quiero ser una mujer libre. Y si no fuera así, no veo de qué modo podría aprender a serlo.

La joven tendió una cestita a Mo Ying. Dentro había colocado macitos de hojas de betel, un afrodisíaco potente. Y un frasco con un ungüento a base de éter, canela y miel, para untarlo en el pene y que de este modo las sensaciones de la verga disminuyeran y aumentaran las de la mujer en la vagina.

—Esta noche seré tu concubina, tu sirviente. Jamás seré la esposa de nadie.

Sueño Azul lo condujo detrás del establo, a una especie de alquería. Mo Ying se hallaba muy excitado y curioso. De todos los caminos del conocimiento que había emprendido, por el que menos se había preocupado, y jamás transitado, era por el del encuentro entre los sexos.

—Nunca, nunca antes estuve con una mujer —balbuceó avergonzado.

—Yo tampoco con ningún hombre. ¿Qué impide que ésta sea una ocasión para que lo hagamos? —Sueño Azul acomodó la estera en una loma de paja.

—No estamos enamorados —confesó apenado.

—Tú no lo estás aún; yo sí de ti.

—Yo no, Sueño Azul, prefiero ser sincero, siento unas ganas inmensas de poseerte, sería una experiencia novedosa para mí, pero mi corazón no late alocado por el amor.

Sueño Azul avanzó hacia él. Desanudó la cinta que ataba los largos cabellos de Mo Ying y las mechas del pelo cayeron sobre su rostro. Se hallaban tan pegados uno al otro que podían intercambiar sus alientos. Mo Ying zafó el gancho del moño de Sueño Azul. Se besaron en los labios largo tiempo, despacio, sin apuros; situados de cara al norte, como indican que deben iniciarse los ritos más importantes.

Ella levantó el vestido del hombre y lo trabó en el cinturón de origen persa heredado de un antepasado del maestro Meng Ting. Tiró del cordón del pantalón. La chica observó un pene erecto de suculentas dimensiones, piel satinada, el glande hinchado y de un rosado muy vivo; la verga aterciopelada como un raro vegetal, con filamentos azulosos que delineaban ríos de venas apenas visibles. Abrió su bata, y el tejido resbaló por el cuerpo de la joven, ni grueso ni excesivamente delgado.

Atrapó el pene y lo deslizó entre sus muslos. Volvieron a besarse, ahora con un ardor insaciable. Toda la noche hicieron el amor, la luz de la luna llena se colaba por los ventanales. Y los grillos cantaban en libertad, fugados de las competencias a que eran sometidos en las duchas.

Al día siguiente, muy temprano, Mo Ying, rendido en la estera del salón, fue sacudido por el señor Wong.

—¡Despierte, por favor, no debemos tardar! ¡El camino es largo! ¡Hoy es el gran día, el día en que se casa nuestra hija mayor!

Sueño Azul reapareció en la entrada del salón, fastuosamente ataviada. Tal parecía que la novia fuera ella. En sus brazos llevaba un traje nuevo para Mo Ying. Un vestido y un pantalón blanco bordados en plateado.

En el trayecto hacia el lugar de la ceremonia, se formó una larga procesión de invitados, Sueño Azul y Mo Ying sonreían como príncipes. Un hermoso árbol en medio del camino llamó la atención del muchacho, una majestuosa ceiba de saludable tronco, lo cual indicaba que llevaba siglos allí plantada; quiso creer que sus ramajes lo saludaban con un vaivén soleado y que el árbol, similar a una madre, aprobaba lo sucedido entre él y Sueño Azul la noche precedente.

Entonces contempló el nacarado rostro de su acompañante, y evocó el perfume de coco de su sexo, las gotas saladas de sangre en la estera, los pequeños senos almibarados, justos a la medida para las copas que formaban sus manos, y los minúsculos pies en puntas, que solamente para él danzaron sin descanso durante toda la madrugada. Al rayar la alborada, regresaron cada uno a la alcoba correspondiente en la residencia del señor y la señora Wong.

VEINTE

Paulina la Grande en el teatro Shangai

En la charada chino-cubana: gato fino

Allá por los años veintipico, rayanos a los treinta, existió una tal Paulina Montes de Oca, que era adinerada viuda madura, de mucho copete que no paraba de aumentar de tamaño. Era famosa porque las malas lenguas contaban que a la temba le encantaba lavarse la papaya en bidés de porcelana con grifos de oro.

Pero, en realidad, Paulina padecía de esquizofrenia, paranoia y psicosis o doble personalidad. De día actuaba como lo que era: una acaudalada dama de gran clase, respetada y enjoyada; y de noche se fugaba a las Fiestas del Dragón o del León de Oro, en el Barrio Chino, disfrazada de *geisha*, porque ella confundía al chino con el japonés. Cualquiera que tuviera los ojos rasgados y la piel amarilla era un chino y sanseacabó. Luego de dar cintura en el carnaval que bajaba desde la calle Rayo —aunque ella era la única, pues en las fiestas chinas no se bailaba, sino que eran más o menos reuniones familiares en las que se implicaba a ajenos—, se escabullía al teatro pornográfico más famoso del mundo (ni tan pornográfico ni tan célebre), el Shangai, a juntarse con su amante Lou Tang, el asiático de la pinga de mármol y los huevos de marfil, quien se paraba horizontal sobre su morronga maciza, en punta (vestido con un taparrabos) contra el suelo de madera del escenario y giraba y giraba a la velocidad de las aspas de un helicóptero.

185

Disfrutaba de la Danza del León como nadie, aunque a duras penas entendía todos esos movimientos malabares del atlético danzarín vestido con un pantalón negro de corte batahola, una camiseta blanca y unas zapatillas de tafetán negro, ni las exageradas cabriolas, mezclados con los trastazos de *kong fu* que impartía a diestro y siniestro.

Pero aquella noche Lou Tang no hizo su entrada en escena, y Paulina, acicalada con traje masculino, el pelo engominado hacia atrás, un bigote postizo, se dirigió antes de que terminara la función al camerino de su portentoso amante. Allí encontró al macizo Lou Tang metiéndosela hasta las cejas a la actriz y contorsionista china Won Sin Fon.

Paulina Montes de Oca escapó furibunda del camerino del engaño, no sin antes romperle en el moroco a Lou Tang unos cuantos jarrones y elefantes de la época Ming, según creía ella en su desafortunada ignorancia.

A la mañana siguiente, metida de lleno en la personalidad de señora de su casa, se vistió de sobrio traje oscuro confeccionado por un modisto parisino, tomó una bolsa y rogó a la criada que la acompañara al Mercado Único, pues andaba antojada desde hacía días de unas tajadas de mameyes bien rojos y la criada gallega era un poco torpe para escoger ese tipo de fruta, no daba pie con bola, y cuando no se aparecía con melones de Castilla sacaba con cara de idiota mangos de la cesta. No había andado mucho cuando una mujer se interpuso en su camino; era una asiática, llevaba el rostro recién lavado y perfumado con agua de opio; resultaba elegante y excesivamente hermosa. Se parecía a la chinita de la suerte, aquella que se le quitaba la mano de porcelana y se le

186

pedía algo con fervor. No se le devolvía la mano hasta que no cumpliera el deseo.

—Anoche le sentaba bien el tlaje de valón —dijo Won Sin Fon con su acento cantonés, *tlaje* por traje y *valón* por varón.

Los ojos rasgados sonrieron húmedos y misteriosamente anhelantes. Paulina Montes de Oca no atinó a reaccionar, aturrullada ante el piropo de aquella desconocida. Pidió permiso, y fingió hallarse muy ocupada en escoger frutas de calidad.

Aprovechó que el mulato sacristán de la iglesia del Espíritu Santo armó un barullo detrás de dos ladrones que pretendían robar el cáliz del altar mayor y se escabulló entre los clientes, hacia donde la esperaba la criada con dos calabazas espléndidas —por mameyes— en cada mano.

Esa misma noche, Paulina Montes de Oca volvió a vestirse de señorito de postín, pero en lugar de ir a reclamar al chino Lou Tang, fue directo al camerino de Won Sin Fon. La actriz acababa de culminar su número, y se deshizo en agradecimientos, complacida al ver entrar al falso joven con un ramo de tulipanes, destinados a ella.

Won Sin Fon untó su cuello con esencia oriental. Paulina deslizó sus manos ceñidas en piel de cabritilla en el escote de Won Sin Fon, abrió el quimono de seda e introdujo su nariz entre los pechos nacarados de la contorsionista. Ahí, en esa posición, Paulina creció dos pulgadas más de lo previsto en apenas dos segundos.

—Escúchame bien —la acróbata detuvo la mano enguantada con la suya y mutó su cómico acento cantonés por una perfecta pronunciación del castellano—, me han encargado a un muchacho chino que llegó hace algún tiempo de México y ha dado muchos traspiés. Su historia es fabulosa. Viajó desde Yaan, en Sichuán, detrás

187

de la pista de su padre. Por motivos que desconozco fue a parar a Campeche y allí dicen que vivió dos años. Es un familiar directo de José Bo, o sea, nos concierne, a ti como cubana, a mí como china. Según me han contado de su padre, es muy probable que éste no sea otro que Mario Fong, el tenor, que llegó a La Habana desmemoriado.

—¿En qué puedo ser útil? No veo la relación entre tu chino y mi posición social —espetó la burguesa.

—Vamos a negociar tú y yo. Sabrás que la mujer de Mario Fong, una de tu clase, no permite que ningún chino se acerque a su marido. Pues tú deberás solucionar ese pequeño problema. Entretendrás a la arpía un día entero, la invitas a almorzar, a las tiendas, al teatro, al zoológico, no sé, ya se te ocurrirá algo, eres más que bicha para eso. Y yo me ocupo de que «mi chino», como tú lo llamas, se entreviste con el tenor.

—La mujer de Mario Fong, mi amiga Rosario Piedad, no es una arpía, todo lo contrario, es muy amable y servicial. Y todo ese embrollo, ¿a cambio de qué? —secreteó con sus labios rojos en la fina oreja de Won Sin Fon.

—A cambio de muchas noches divinas conmigo y… con Lou Tang —contestó sin vacilar la contorsionista—. Juntos los tres.

—¿Cómo se llama el chino de marras?

—Su nombre es Mo Ying. En México se vio obligado a cambiárselo por Maximiliano Megía. Y está dispuesto a lo que sea por hallar a su padre.

—Cuenta conmigo. —Untó de saliva el buscanovio, crespo enlacado en la frente que se había puesto otra vez de moda.

La acróbata soltó el brazo de la mujer. Paulina Montes de Oca

188

recorrió con sus dedos el busto ceñido de Won Sin Fon y su mano descendió hasta el pubis mojado. Tanteó; Paulina suspiró, en puntas de pie.

—¿Sabes cómo le dicen los franceses al sexo femenino? —inquirió con los ojos volteados en blanco, derretida de placer.

—Claro que lo sé —susurró vanidosa la china—. Le dicen *la chatte.*

—¿No resulta bonito, y además fino, llamarle «la gata» a la papaya? —Paulina Montes de Oca podía ser muy vulgar cuando se lo proponía.

La china asintió, mientras Paulina se sentaba en un cojín en el suelo, delante de las piernas abiertas de Won Sin Fon. Su boca muy cerca del clítoris. Dio el primer lengüetazo, y la otra gimió en éxtasis.

—¿Qué te hizo pensar que puedo ser patriótica? —preguntó Paulina Montes de Oca entre lamida y chupada de la vulva.

—¿Acaso ignoras quién es José Bo? —Won Sin Fon fingió molestarse.

—No, amiga mía, no lo ignoro, ay, qué rico —saboreó los fluidos—. José Bo es José Bu Tah, uno de los héroes de la guerra de independencia. Máximo Gómez lo nombró comandante y estuvo a punto de nombrarlo presidente de este inconsciente y frívolo país. Dicen que para eso cambió, y deberá seguir cambiando, la constitución. Sin duda alguna, un chino ilustre, un gran hombre. Brindemos por él.

—Inconsciencia no, es mucho más grave que eso. Inhumanidad. José Bo, un héroe, nadie sabe dónde se encuentra en este momento. A lo mejor hundido en la pobreza, medio muerto o ya cadáver. Hasta hace poco trabajaba como portero del teatro Shangai. ¡Una vergüenza! ¡Qué volubilidad, qué poca piedad la de los isleños!

Paulina regresó con dos copas que había cogido en un mostradorcito estrecho que servía de bar, las llenó de champán, y brindó con Won Sin Fon, quien apuró la bebida y sin pensarlo dos veces entregó sus labios espumosos a los de Paulina.

—¿Por qué no te mudas conmigo? —Paulina se embalaba en su ansiedad posesiva.

—¿No temes al qué dirán en tu ambiente? Ustedes son de tanto tiquitiqui que no quiero jodienda —advirtió la china.

—Contigo no temo nada ni a nadie, y me importarían un bledo las críticas. La gente es muy envidiosa, ya lo sé. No se puede hacer nada contra eso, como no sea vivir.

—¿Y Lou Tang? ¿Dónde lo pondríamos? —Se rascó el cuello con gracia.

—Si él quisiera, podría visitarnos cada noche. Poseo un apartamento aledaño a la residencia. Lo esconderíamos, nadie se enterará. —Paulina mordía emocionada los pezones liberados del corpiño.

—Además de ser muy posesivo, Lou Tang es muy libre. Vivirá incómodo el encierro, se sentirá prisionero, lo perderíamos —profetizó Won Sin Fon.

—Que elija él, según sus gustos y conveniencias: vivir a tiempo completo contigo y conmigo o acompañarnos de vez en cuando.

—Y entre tú y yo, ¿a quién preferirá, según tu criterio? —La china encendió un pitillo.

—Lo enloqueceremos con elixires y brujerías. Será nuestro,

para toda la vida. —Paulina hundió el dedo del medio en el agujero baboso.

—Muéstrame tus tetas, trigueña linda —reclamó la contorsionista, los labios pálidos de placer.

Paulina Montes de Oca poseía los senos más abundantes de toda La Habana, con los pezones redondos, grandes y rosados. Won Sin Fon tomó uno de ellos y moldeándolo cilíndricamente lo introdujo en su *chatte*.

—¡Hace un calor del coño de la madre que parió al chimpancé del zoológico! —se quejó Paulina que sudaba a mares y que en semejante ajetreo se estiraba igual a un caucho.

Won Sin Fon dio dos palmadas y al punto apareció por una segunda puerta disimulada detrás de un biombo una chinita de ojos risueños, vestida con un bobito de tul verde transparente y unas zapatillas de pompones turquesa.

—¿La señora necesita algo? —Hizo una reverencia con las manos unidas, como si se dispusiera a rezar—. No olvide su cita en el Águila de Oro. ¡El espectáculo es divino! ¡Ah, cuentan que la ópera de títeres de El Pacífico será reemplazada por un cine!

—Por favor, querida, abanícanos. Estamos extenuadas —rogó la contorsionista.

La chinita, armada con un inmenso abanico coloreado en violeta, abanicó a la pareja de mujeres que no cesaron de prodigarse caricias y de sucumbir en un vertiginoso oleaje de orgasmos.

Al rato, mientras descansaban encima de almohadones regados por el suelo, percibieron que alguien intentaba maniobrar el picaporte de la puerta. Won Sin Fon había pasado doble pestillo. Ambas se miraron interrogantes. Paulina tuvo el tiempo justo de recoger su ropa y de escabullirse detrás del biombo. Won Sin Fon envolvió su flamante desnudez en el quimono y se dispuso a descorrer los cerrojos.

—¿Olvidaste la ópera? Es imposible, mujer distraída, habíamos sido invitados por el representante del propio Mario Fong. —Lou Tang vestía frac y su pelo abrillantinado aceitaba las abultadas sienes; llevaba enrollado el periódico *Kuvang Wah Po*—. Podríamos acercarnos y hablarle, será una oportunidad única.

—No nos permitirán ni saludarlo siquiera desde menos de dos metros; digan lo que digan de que es un pan con guayaba, para mí la mujer es una carcelera. Me visto en un segundo. Por favor, espérame afuera. Tengo una sorpresa agradable que darte. En fin, creo que será soberbia, conociendo tus gustos no me puedo equivocar.

Paulina Montes de Oca hundió el rostro en un refajo perfumado al alcanfor, mordió el tejido de *georgette,* y aprobó el coraje de Won Sin Fon.

Antes de que Lou Tang desapareciera de nuevo, la china lo detuvo:

—Ah, agénciate otra invitación. Esta noche, en vez de dos, seremos tres. —Acomodó sus senos en el ajustador.

Lou Tang mojó sus labios con la punta de la lengua, contestó con un guiño pícaro, advirtió que se daría una vuelta por el casino y cerró la puerta detrás de sí.

—Gracias, Bambú del Sur, puedes retirarte —se dirigió a la discreta joven que todavía refrescaba el camerino con la penca gigante.

Cuando Paulina Montes de Oca surgió de detrás del biombo vestía también traje de levita oscura y ya se había calado el bombín.

Eso sí, los pantalones le quedaban bastante cortos y se notaban demasiado grandes sus escarpines charolados.

—No olvides tu promesa, mira que el gobierno anuncia nuevas leyes migratorias en contra de los asiáticos. No vaya a ser que les dé la locura por deportar a los clandestinos. —Won Sin Fon refrescó la memoria de la señorona, apuntándole a la frente con el dedo amenazador.

VEINTIUNO

El té de los monjes

En la charada chino-cubana: majá

Maximiliano Megía, cuyo nombre de origen —como se ha aclarado con anterioridad— era Mo Ying, había madrugado más que de costumbre; casi podía afirmar, no que despertaba, sino que no había dormido nada, o apenas unos momentos inasibles. Toda la noche batalló contra el insomnio, en vigilia; las imágenes de su infancia se agolpaban unas tras otras en un remolino apabullante que le trastocaba los laberintos de la mente, y cuando lograba reconciliarse con el sueño, fragmentos dolorosos de su madurez enturbiaban su inconsciente. A las seis de la mañana se hallaba sentado en el borde de la cama, encorvado sobre sus enclenques rodillas; una toalla cubría sus hombros, los pies hundidos en una jofaina abollada que contenía agua tibia mezclada con pomada mentolada. Chupaba la pipa con los ojos entrecerrados, virados en blanco, halando hondo; las costillas se le marcaban por encima de la camiseta de algodón y a través de su boca entumecida se inoculaba el sabor del éxtasis. Seleccionaba sus recuerdos y gozaba de ellos, manipulaba los recovecos de su memoria, invadida por amplísimos aposentos, cada uno de los cuales representaba un trozo extraviado de su larga vida. De este modo, evocó cuando salió al aire la primera señal mundial de televisión, en La Habana, allá a finales de los años cuarenta; él se encontraba en la Sociedad Kit Yi Ton (La Unión). ¡Aquello fue tremendo!

Pensó en Lola, su nieta, que a esa hora aún estaría dormida. Y en su hija Yoya, ¿por qué decidió parir tan tarde? Achacó el resquemor de su hija ante el hecho de tener hijos al sufrimiento que le provocaron su ex mujer y él mismo; sí, ambos eran culpables de que Yoya no hubiera experimentado antes el deseo de concebir.

En ocasiones ansiaba poseer más tiempo y poder conducir a Lola por los caminos que le habían traído a él hasta La Habana. Nadarían juntos en las aguas heladas del Bósforo. Mostraría a la niña lo más intrincado de sus orígenes, le hablaría de la antigua China, cuando todavía se llamaba Catai, y de Xi'an, de Cantón, de las catedrales de arena, cundidas de palomares, del desierto, de la dorada Estambul, de la Venecia de los comerciantes y los bandoleros. Hubiera cambiado lo más preciado de su existencia, la sonrisa de su madre, una mirada de la bienamada, palabras de reconocimiento de su padre, por la posibilidad de que Lola aprendiera de sus habilidades y astucias de viejo caminante a abrir su espíritu a los misterios ajenos, sin discriminación de culturas, sin traumas raciales.

Sus párpados bajaron, apenas rozaron la apergaminada piel de las violáceas ojeras, quedaron suspendidos en el trazo imperfecto del delirio: Lola correteaba por la plaza de San Marcos llevando en la mano un paquete de granos de maíz; hundió el dedo índice en el nailon y rajó el paquete, que estalló en el empedrado. Cientos de granos desparramados en el suelo atrajeron a las palomas. Acudieron las aves, más viciosas que hambrientas; se batían entre ellas, afanadas por posarse en la cabeza de la asustada chiquilla. Ahí terminó la quimera, o ilusión, el ensueño de Maximiliano con su nieta.

«No ha sido más que un embeleso. Una fantasía en colores.»
Aspiró complacido y anotó en el cuadernillo.

Otra carita se interpuso entre la suya y la de Lola: las facciones satisfechas de aquella adolescente terriblemente inteligente y libre, su primera relación amorosa, Sueño Azul.

Después de la ceremonia matrimonial de la hermana de Sueño Azul, todos los invitados asistieron a la gran fiesta que la ciudad les había preparado.

La muchacha se le acercó en una ocasión en que él se hallaba distraído: pensaba en su padre, en el hogar doblemente abandonado por los hombres de su familia. Sueño Azul pespunteó la tierra con los dedos apelluncados de sus minúsculos pies, de modo que sus bocas se hallaran muy próximas, y él no pudo impedir tocar con sus labios los pulposos y encarnados labios de la grácil Sueño Azul.

—No quisiera irme y dejarte así… Deshonrada tu virginidad… —susurró Mo Ying—. Juro que vendré a buscarte, nos casaremos.

Ella lo acalló, cortó su aliento con la palma de la mano:

—No te sientas en deuda conmigo. Yo te amaré siempre, porque has sido el primero. Pero, no lo olvides, quizá te espera tu padre en cualquier sitio donde esté, y tu familia necesita noticias recientes. Debes cumplir tu destino. —La joven tomó su mano y lo haló al proscenio.

En el escenario representaban a unos recién casados en una ópera muy extensa, escrita precisamente para la ocasión. Mo Ying y Sueño Azul bailaron inspirados por la soberbia voz atiplada de la cantante.

Al día siguiente, mientras el pueblo aún reposaba del cansancio como consecuencia de sus excesos, el señor Wong reclamó a Mo Ying al salón de música.

—Permíteme tutearte, hijo —lo llamaba «hijo»—. La situación a la cual me voy a referir nos brinda la oportunidad de tratarnos en confianza. Mi mujer y yo estamos al tanto de lo ocurrido, nos lo ha contado la propia Sueño Azul; anoche, antes de acostarnos, lo soltó todo. Y aunque no estoy de acuerdo con sus puntos de vista, quiero agradecer el cariño y el respeto con que te has dirigido a ella. Sé que no desea casarse contigo y que tampoco guarda demasiadas expectativas con relación a ti. Y sin embargo te ama, pero, ¿quién entiende a mi pequeña? Siempre diferente a su hermana, con ese carácter impulsivo, rebelde, herencia de su bisabuela. Detesta las ataduras convencionales y no acepta nada que se imponga con carácter obligado. Por mi parte no quiero presionarte, pero necesito que sepas que si algún día te propones regresar, aquí nos tendrás. Tal vez ella te esté esperando.

Mo Ying evocó a su hermana Xue Ying, una chica igual de impetuosa que Sueño Azul.

Ambos hombres se hallaban sentados encima de sus talones. Mo Ying se postró ante las amables palabras del señor Wong; con su frente tocó el tapiz y así se mantuvo un buen rato.

—Levántate, hijo. Pongo en tus manos una carreta; no es el más eficaz de los medios de transporte, pero en ella podrás cargar víveres. Y sin duda te desplazarás con mayor comodidad. En el futuro deberás tener en cuenta que aquí tienes a un clan que te aprecia, que está a tu disposición. —El hombre hizo un gesto y autorizó a Mo Ying a erguir su cabeza.

El joven conservó la postura reverente porque había querido esconder sus hermosos ojos bañados en lágrimas y ahora no se atrevía a emitir palabra. Apreciaba la generosidad del padre de Sueño

Azul, que tanto le recordaba al suyo. El señor Wong interpretó aquel silencio como una de las respuestas más preciadas: la esperanza.

Esa misma tarde, Mo Ying partió en dirección al lago Shouxi. Ensilló a Zafiro y enganchó la carreta al arnés de la silla nueva de montar. Reparó en que las manos gélidas de la muchacha temblaban; sin embargo su mirada destilaba seguridad. La despedida fue sencilla, un beso tierno en los labios. Los padres presenciaron la escena, aferrados con fe a un posible regreso.

La chica se empecinó en acompañar a Mo Ying hasta el monasterio, barrera y verdadera entrada de Hexi. Descargaron de la carreta las cantinas de comida destinadas a los monjes. Antes de separarse definitivamente, entraron en el santuario. Tomaron un puñado de varillas de incienso y las quemaron en señal de devoción por la paz de la humanidad, y de amor por sus seres elegidos, ante un Buda de madera pintado en oro y coronado con diamantes y esmeraldas.

Un bonzo acudió hasta ellos. Saludó ceremonioso y recogió su vestido; cuidaba así de no enlodar el dobladillo.

—Buenos días, su sagrada señoría. Mañana volveremos mi hermana y yo, puntuales, a entregarles la comida —confirmó Sueño Azul.

La férrea disciplina de los monjes exigía la privación de posesiones materiales; sólo tenían derecho a poseer siete objetos y en esa cuenta entraban tres vestidos; hacían una sola comida diaria, justo a las once de la mañana, y los alimentos se los proporcionaban los habitantes de Hexi. Esa ofrenda les garantizaba la calma perpetua y la inmortalidad de sus almas.

El bonzo agradeció, el semblante pálido y muy serio. Después se dirigió a Mo Ying y le tendió una bolsa pesada, como de cinco kilos.

—Es té, cultivado por nosotros; proviene de los sembradíos del monasterio. Usted ha sido un grato visitante, merece una prueba de nuestro afecto —musitó el hombre de los dientes picados.

Mo Ying dudó, no podía permitirse quitar a los monjes el único elemento que ellos estaban autorizados a producir, además juraban uno de los más arduos votos de pobreza, y su riqueza sólo era su trabajo y sus cantos, entonados cada vez más ensimismados en el idilio espiritual con Buda. Sueño Azul lo apartó, y habló bajito:

—Acéptalo, es un regalo que nunca antes hicieron a extraño alguno. El té de los monjes de Hexi ha alcanzado una cierta celebridad, se vende caro en Occidente, aunque sólo sea para privilegiados; el dinero lo emplean en construir casas, escuelas, y también lo reparten entre los enfermos, ancianos y huérfanos. Los orfelinatos les están muy agradecidos de su buena obra. De otro lado, los que han probado el brebaje cuentan que provoca alucinaciones maravillosas y elimina el dolor. Jamás lo he degustado, pero no tardaré en hacerlo, aunque será cuando ellos me elijan. No todo el mundo está en condiciones intelectuales de beberlo.

El muchacho agradeció al monje, dirigió sus ojos al fango, en muestra de reconocimiento, y descubrió unos pies tan pequeños como los de las mujeres de Hexi.

Besó de nuevo a Sueño Azul, entrelazados como dos hermanos siameses.

—Adiós, niña mía.

—Adiós, hermano mío.

Mo Ying arreó a Zafiro y cabalgó toda la noche. Al alba se hallaban frente al lago rojizo. En la orilla pastaban caballos árabes. Un grupo de pescadores se encontraban sumergidos hasta las rodillas en las aguas heladas, los pantalones remangados, pinzados a los cinturones, los fondillos brillantes al aire. Tiraban las redes muy lejos y a través de ellas el sol goteaba resplandores.

Prefirió observarlos alejado; aprovechó para encender una pequeña llama y se preparó un té. Sorbió y saboreó pausado mientras admiraba las maniobras de los pescadores. El líquido se colaba en sus entrañas, turbaba cada porción de su sangre, de sus huesos, de sus músculos, con la sinuosidad de un majá hechizado por el silbido oscilatorio de la flauta travesera de un encantador de serpientes.

Algunas mujeres bailaban junto a la ribera la danza de las antorchas para ahuyentar a los malos espíritus.

VEINTIDÓS

Las brumas de la serenidad

En la charada chino-cubana: sapo

Después de una pesada soñolencia, surtida por los efectos del cocimiento creado por los monjes, la segunda sensación que le sobrevino fue de una inmensa liviandad, y sus sentidos más agudizados presentían y multiplicaban sus impresiones. En tal dimensión de sobrenaturalidad avanzó hasta donde se encontraban los pescadores. El sol le daba directo en la cara y le impedía abrir los ojos, marchó a tientas, inundado de luz. Las mujeres habían desaparecido.

El propietario de los caballos árabes montó a la bestia menos fiera y azuzó a las otras a emprender loca carrera.

—Ésos se largan al desierto. Venden los caballos, pero demasiado caros. ¿Eres el hijo de Li Ying? —preguntó el más jovial de los hombres.

El muchacho llevó una mano a la frente e hizo una visera con ella para protegerse del sol.

—Anjá. ¿Lo conoció? ¿Sabe dónde puedo encontrarlo?

—Tu padre fue asaltado por unos bribones en Samarcanda. Aún te queda mucho para llegar allí. —El hombre emergió del agua, con las piernas moradas del frío; arrastraba con él una red llena de peces de un plateado intenso.

—¿Cómo pudo saber que se trataba de mi padre? ¿Cómo adivinó que soy el hijo de Li Ying? —desconfió el muchacho.

—Ya me has dicho que eres su hijo. —Se encogió de hombros.

—Sí, ahora sí, pero ¿por qué supuso que yo era su hijo antes de que yo le contestara que lo era?

—Tus cinco sentidos están abiertos a mi misterio, y mi misterio a tus cinco sentidos. Mi capacidad de presentimiento se ha centuplicado y consigo adivinar absolutamente todo en referencia a lo que me rodea con sólo oler la brisa que compartimos. —Alardeó el pescador.

—Quiero hallar a mi padre. ¿Vive? —Temió Mo Ying una respuesta nefasta.

—Tu padre fue gravemente herido. Pero, después de la desgracia, como no pudieron robarle nada pues poco poseía, lo dejaron abandonado en un puerto. Un buen samaritano, testigo de la pelea que sostuvo con los malhechores, esperó a que éstos huyeran, y montó a tu padre en un barco con destino a América; obedecía de este modo a lo que Li Ying sin cesar suplicaba en medio de su desvarío. Al subir al barco, en medio de la oscuridad, el hombre que le ayudó tuvo miedo de ser descubierto, no se atrevió a descender a la bodega, y dejó caer a Li Ying desde lo alto. Tu padre se golpeó nuevamente en la cabeza, sangró en abundancia…

—¿Por favor, cómo puede conocer todo eso? —suplicó torturado por los espantosos acontecimientos que se amontonaban en su imaginación.

—Después se cercioró de que el barco partiera con Li Ying adentro, y para eso esperó hasta el amanecer, sin pegar ojo… —prosiguió el pescador—. ¿Que cómo lo adivino? No es tal adivinación. Yo fui el buen samaritano que ayudó a Li Ying…

—¿Cómo supo que se llamaba Li Ying? —insistió con los puños apretados.

—Leí algunos documentos que llevaba. Y guardaba varios dibujos, uno de tu rostro, el de tu madre y los de tus hermanas. Destruí los papeles comprometedores que atesoraba el cofre, sólo dejé unos garabatos y la trenza de tu madre. Corté la trenza de tu padre y la envolví en un chal blanco, que coloqué en el bolso que llevaba su caballo blanco en un costado, el mismo caballo que ahora te acompaña. Recé para que mi mensaje, o el de tu padre, fuera recibido por ustedes. Hace muchos años que conozco a Li Ying, un gran artista a quien fui desde muy lejos a oír cantar, un hombre proveniente de una gran familia. Es la razón por la que quemé los datos que pudieran identificarlo: por un lado para salvar su honor, para que nadie supiera que Li Ying huía de su país, y por otro, en caso de que algún malhechor lo hallara, para que no se sirviera de su identidad con el objetivo de hacerse pasar por tu padre y así engañar a otros. Quise mantener intacta la reputación del gran Li Ying.

Mo Ying no pudo aguantar más y se echó en los brazos del pescador llorando con desconsuelo.

—Entonces no hay nada seguro, no sabemos si está vivo o muerto —lamentó el muchacho.

—Estará vivo, me informé bien. El médico que iba en ese barco tiene fama de ser de los mejores de Europa y del mundo. Obviamente no debió de fallar si se propuso curarlo. De seguro lo encontraron, una bodega es visitada a diario por el cocinero y el personal de servicio. Encargué a un enganchador, de los que trafican con los campesinos y los venden luego como esclavos, que se ocupara de tu padre en cuanto éste se recuperara. En Cuba se necesitan braceros y los terratenientes ya no quieren más esclavitud negra, quieren blanquear, en este caso amarillear, la población. No, no te inquietes, me aseguré de que no lo revendieran como esclavo. No sólo le informé de quién se trataba, también le pagué para que lo tratara como lo que es, un príncipe del arte. Vamos, muchacho, debes reponerte. ¿Quieres almorzar pescado frito y muelas de cangrejo hervidas y aliñadas con limón? Acabados de pescar son muy sustanciosos.

Mo Ying aceptó la invitación. Pescaron durante toda la mañana. Hicieron un alto cuando el sol coronaba sus cabezas, comieron, luego descansaron una media hora. El joven, más animado, consiguió divertirse con las bromas que le hacían los otros pescadores a su nuevo amigo. Introdujeron un sapo en la bandejilla de Zhongkong cuando éste volteó el torso para agarrar una naranja agria, fingieron mirar al cielo, a la transparencia de las aguas, al horizonte. El susto que se dio al intentar morder una muela de cangrejo, la mueca de espanto ante el enorme sapo que le saltó en plena cara, provocaron una carcajada hilarante en el resto de sus compañeros.

—Continuaré rumbo a América, no debo perder tiempo —comentó el muchacho a Zhongkong—. ¿Recuerda el nombre del barco?

Los pescadores se disponían a reanudar la faena.

—El buque *Cleveland* ya hizo muchos viajes de este tipo. Tienes razón, debes reunirte con Li Ying. Pero no camines al tuntún; en lugar de tres años y medio tardarás el doble. Entre los dos itinerarios, el del norte y el del sur, el del norte resultará el más largo, pero también el más fácil, aunque cruces los Montes Tianshan. Por el momento te encuentras en el itinerario sur, en el del estanque de Tarim, que es más directo, pero más arduo. Deberás atravesar los oasis de Loulan, Hetian y Yarkand. Los dos itinerarios se unirán, no podrás impedirlo. Pero trata de evitar el desierto de Takla Makan. —El pescador hurgó en su morral—. Soy un hombre sencillo, no poseo riquezas. La única riqueza que poseo es este libro que me acompaña a todos los sitios. Admiro mucho el talento de tu padre. Soy un estudioso de la época Tang, como él, como tus abuelos, de quienes también oí hablar. Y aunque mis manos callosas dirán lo contrario, aprecio el refinamiento intelectual y artístico. Leo y releo este hermoso ejemplar de la edad de oro de la poesía clásica china.

Y extendió un volumen donde aparecían hermosos paisajes y poemas caligrafiados por el gran pintor Wang Wei, del período comprendido entre el 699 y el 759 antes de Jesucristo.

—No puedo tomar el libro, es usted muy generoso, pero no puedo privarlo… —renunció Mo Ying.

—Yo poseo un don divino, hablo con los peces y los peces me responden, les pido permiso antes de pescarlos, y me consideran un buen pescador, me conformo con eso. Amo lo que hago cada jornada, mi tesoro es mi trabajo diario. A ti te esperan fatigosos días de soledad. Yo ya me conozco la obra de Wang Wei de memoria; por favor, llévatelo.

—Pero releer sus versos te hará sabio, tu vida será más dulce —protestó el muchacho.

—Tengo familia y amigos que endulzan mi vida. ¿De qué me serviría ser sabio si ninguno de ellos puede reconocer mi sabiduría?

Guardó el libro en un saco rústico y obligó al muchacho a que lo aceptara.

—Encontrarás a tu padre, se lo darás de mi parte en prueba de mi aprecio. Le dices que un pescador, a quien encontraste en un lago lejano, jamás olvidará su hermosa voz; tampoco ninguno de los aquí presentes podrá borrar de su recuerdo semejante notoriedad.

Los demás aprobaron, y evocaron con agudos chillidos un canto que Li Ying había hecho célebre. Mo Ying aceptó el obsequio, no sin un visible embarazo, aunque al mismo tiempo regocijado por la delicada reminiscencia que los pescadores conservaban de sus ancestros, como imperecedero tesoro de una tradición casi extinta.

El joven escuchó los cascos impacientes de Zafiro; acudió a calmar a su caballo, que descansaba a la sombra de la arboleda. Susurró unas palabras a la oreja del animal. Zafiro resopló, relinchó, parecía que la bestia daba su acuerdo a la secreta proposición de su dueño.

—¡Eh, pescador! —voceó Mo Ying, y se aproximó a la orilla del lago—. Ahora soy yo quien te ofrece mi más preciado tesoro, mi caballo Zafiro, y la carreta. He visto que no tienes transporte terrestre para cargar el pescado a los burgos, de este modo te sentirás aliviado.

—Tu caballo es magnífico. No lo condenes a tareas humildes. En alguna parte leí que un caballo sólo puede demostrar lo que vale por el camino recorrido...

—Justamente, Zafiro ha galopado cientos y cientos de kilómetros, acompañó a mi padre y ahora a mí. Se merece un descanso, y tengo la certeza de que tú lo cuidarás mejor que yo. Su utilidad será más digna de tu elegancia y amor por los humanos si lo conviertes en el distribuidor principal de pescado de la zona.

El pescador abrazó al muchacho, y acarició la crin brillante del caballo. Entonces decidió que, a cambio, pagaría su generosidad regalándole una piragua de las nuevas, pues pensó que Mo Ying llegaría más rápido al lado opuesto a través del lago, allí donde el aire carecía de nubes, como había descrito el poeta Ovidio a la seda. A la ciudad de Sugiu, donde se levantaban más de seis mil puentes de piedra, los más majestuosos de Oriente, donde la alborada reinaba más armoniosa que en ninguna parte del mundo, salvaguardada desde hacía siglos por la energía y la práctica del tai-chi-chuan, encadenamiento preciso y lento de los gestos, códigos ejecutados con exactitud de movimientos, obtenidos a través de una larga educación en la meditación y en la ciencia del combate, mucho antes de que se impusiera el budismo.

—Te resultará extraño, pero verás cómo cambia la temperatura de una orilla a otra. Aquí es invierno, allá no es propiamente verano, es el infierno. Un detalle importante: América es inmensa. Creo que el barco en el que puse a Li Ying se dirigía a Cuba. —Fueron las últimas palabras del pescador Zhongkong.

Mo Ying bogó en absoluto silencio hacia una sombra gigantesca velada por la niebla. A considerable distancia, arqueado como una pantera, pudo distinguir el más vetusto puente, bautizado como puente Marco Polo. Detrás quedaba el lago Shouxi, las aguas rutilantes, y unos hombres con las piernas moradas aguijoneadas por los picos de agua congelada.

VEINTITRÉS

El círculo flotante

En la charada chino-cubana: vapor

Maximiliano se enteró dos días después de haber cumplido cien años de que el tren de lavado chino de Jesús María, entre las calles Cuba y San Ignacio, había cerrado hacía décadas. Fue Gina quien se lo comunicó, no sin cierta pena. Los chinos eran los únicos que sabían blanquear y almidonar la ropa como a ella y a Asensio, su marido, les gustaba, impecable como la masa del coco y bien tiesa.

«Yo tuve un buen amigo ahí. Se llamaba Eduardo Wong, y su mujer Lili Cheng. Tenían una hija preciosa, Mae Wong Cheng. Recuerdo a Eduardo Wong como si lo tuviera delante, un pelo precioso, era un chino esbelto, ojos azules, una rareza. No cesaba de hablarle a la pequeña Mae de la transmigración de las almas, de la reencarnación, de que si él se moría vendría una y otra vez... —Maximiliano Megía escribió mientras reía—. La niña lo miraba como diciendo "mi padre se volvió loco", los ojos como monedas de a peso.»

Eduardo Wong, tan emperifollado siempre; el anciano evocó la silueta del lavandero: llevaba sombrero de pajilla y bastón, traje blanco impoluto, de dril cien, una gruesa cadena de oro al pecho de donde colgaba la cabeza de un indio labrada con diamantes, una manilla también exagerada con su nombre grabado. Sin embargo, algo no macheaba con su vestimenta; eran los zapatos, no había

211

quien le quitara de los pies unas sandalias tejidas en paja de henequén. «No quiero olvidar a mis ancestros», subrayaba Eduardo
Wong. Era la razón por la que jamás calzaba zapatos finos de cuero. Su calzado lo mantenía conectado con su pasado, con sus orígenes. Maximiliano admiraba el carácter del lavandero. El hombre
detestaba a las personas impulsivas; siempre que se topaba con un
picapleitos en pleno ataque de ira, doblaba la esquina por el lado
contrario a donde se hallaba el individuo en cuestión. Eduardo
Wong precisaba que prefería oír a hablar, como todo hombre paciente y sabio. Así habían sido los padres y los abuelos de Maximiliano. Igual disciplina rigió la juventud de Maximiliano: la de escuchar y callar; pero su vida había cambiado demasiado. Muchas
tardes, Eduardo Wong lo invitó junto a su mujer a beber té de cri-
santemos y a tomar helados de mantecado. La inventora de este
helado había sido Clara Davis, una matancera de origen alemán,
nacida en Hamburgo.

Cuando el anciano quiso averiguar más del paradero de Eduardo Wong, Gina le contestó, mientras se sonaba la nariz con un pañuelito bordeado en encaje, que el pobre había muerto de cáncer,
y de eso hacía más de veinte años.

«¡Veinte años, fíjese usted! —escribió Maximiliano entre signos
de exclamación, y continuó—: Yo diría que me despedí de él ayer,
en la puerta de la lavandería. Las manos sudorosas, pegajosas y heladas. ¿Y su mujer, Lili Cheng, y su hija Mae?»

La mujer se ajustó los espejuelos en la nariz con la punta del
dedo índice y leyó.

—Ambas muertas también, de lo mismo, cáncer. Todo el mundo se muere de esa maldita enfermedad —se quejó Gina.

«Oh, Gina, no exageres, hay muchos infartos también en este país. La gente anda muy resentida, y eso es malo para el corazón —comentó el anciano a través de la escritura—. Raro que Eduardo Wong y su familia hayan muerto de cáncer. En mi época la gente moría de paludismo, de fiebre tifoidea, de tuberculosis. Mi padre murió de amor, mi madre de lo mismo. Mi hermana Xue, para que veas, no se estrelló en uno de sus estrambóticos vuelos, se cayó justo de un banquito, expiró de un golpe fatal en el sentido. Mi otra hermana Irma Cuba falleció de una picada de un insecto, la mosca tsé-tsé; no ocurrió instantáneo, padeció de una somnolencia incontenible, después se durmió quince años, hasta que el parásito alojado en el cerebro, la mató.»

—¡Ah, Maximiliano, qué terrible, su época era otra! ¡Qué época tremenda, al menos existían tipos de enfermedades! Ahora, cada vez que alguien se muere es de cáncer o de sida —suspiró exageradamente la mujer.

«Bah, todo igual», acotó el viejo, y se recostó en el almohadón.

Verás a todos los chinos,
cuando vienen de Cantón,
comer arroz con palitos
y vivir en reunión…

Gina dio giro a sus sentimientos, cambió de palo para rumba, y entonó la canción a todo pecho, con un galillo que metía miedo, mientras enjuagaba los utensilios de cocina, platos y jarros esmaltados, dentro de un cubo de aluminio.

Aquí canto esta guaracha,
mi vida, por divertirte:
contesta con la mulata,
que me consuela al oírte,
¿casita p'al chino no hay...?
¡Capitán, capitán, capitán!

Cogió la escoba y se puso a barrer y a menear las caderas.

El pobre chino se va.
Si te casas con un chino
has de comer cundiamor,
y tu rostro peregrino
amarillo se pondrá.

Bailaba más de lo que barría. Maximiliano creyó que estaba medio borracha, no sería la primera vez.

Muchas quieren a los chinos,
y se dejan camelar,
porque dan mucho dinero
y se dejan engañar.
Pero no tiene amor propio
la que a un chino quiere amar,
porque el chino fuma opio
y molesta a los demás.

La mujer canturreó sin resuello y selló la canción con un *parapapán* y una carcajada escandalosa.

214

Era cierto, se dijo Maximiliano, que a él le decían «capitán» cuando llegó a esa isla. A todos los chinos los llamaban «capitán». También los cantoneses preferían a las mulatas, eran manisueltos con el dinero, y desde luego, los tarreaban como locos, o sea les ponían los cuernos. «Búscate un chino que te monte un cuarto», decía el refrán, cuando una mujer se hallaba en la calle y sin llavín. Aunque también era conocido el dicho de que «tener a un chino detrás» atraía la mala suerte.

De súbito, sintió deseos de comer pescado frito. Pero no dijo ni media palabra con tal de que Gina no pusiera a su hija en el trajín de buscar quién podría vender pescado fresco en la bolsa negra. Lili Cheng, la esposa de Eduardo Wong, vendía pescado frito en el Mercado Único y en la Placita, frente a la iglesia del Espíritu Santo. Eso había ocurrido hacía ya años de años. La niña Mae Wong Cheng devoraba pescado apurruñadito, amasado en aceite de oliva, revuelto en arroz aliñado con ajo y limón.

Maximiliano Megía recordó cuando todavía él era el joven Mo Ying, en aquella hermosa ciudad de Hangzhou, donde Marco Polo fue gobernador durante tres años, en tiempos del Gran Khan.

Había tenido que dejar la piragua y el té de los monjes a un comerciante a cambio de que aceptara intercalarlo entre los pescados congelados. Acostado en la loma formada por la red repleta de atunes y anguilas, concilió el sueño apenas unos instantes; respiraba con dificultad, el intenso frío laceraba sus pulmones como si el vaho se introdujera en sus entrañas transformado en alambre afilado. Además, estaba hambriento, había dejado la carreta al pescador con todas sus provisiones en el interior. Se atrevió a comer atún congelado, los ojos del pescado se asemejaban a los suyos, fijos y duros.

Finalmente, en un horizonte rojizo, delante de sus fatigadas pupilas, surgió una de las ciudades más hermosas; próspera y con un embarcadero muy animado, con miles de chalupas, botes, lanchas de vapor anclados. Un auténtico mercado flotante donde se compraba, se vendía y se revendía de una embarcación a otra cualquier tipo de producto, sobre todo comestible: carnes, pescados, arroz, verduras y frutas, mangos, melones, guayabas, mandarinas, naranjas, cocos, tamarindos, plátanos, melocotones, duraznos, fresas, uvas, peras. Frutas enormes, con sus vivos y límpidos colores, restallantes bajo la espléndida luminosidad dorada que envolvía al Gran Canal de Hangzhou. Se meó las manos para descongelarlas.

Desde dentro de una lancha de vapor, un chico más joven que él hizo señas con la mano a Mo Ying para que se acercara.

—Te compro tu cabello —soltó el mozo admirado ante la abundante melena que rozaba la mitad de la espalda.

Mo Ying negó con la cabeza.

—Te pagaré bien. No es para mí, es para un peluquero veronés, confecciona pelucas, y tiene buena clientela entre las señoras y las señoritas de la clase alta de Toscana.

—No vendo mi pelo, no vendo nada. Busco la manera de llegar a América, ando detrás de la pista de mi padre, el gran artista Li Ying.

—¿Posees bastante dinero?

Mo Ying respondió que muy poco, apenas unas monedas.

—Pues la vía para llegar a América es a través del océano, por barco, y debes comprar el boleto, no es barato. También podrías conseguir un contrato de cocinero o lavandero en el barco. Creo que has pillado a la persona indicada, la que te salvará el pellejo. O sea, yo, que te compro tu cabello.

El muchacho negó una vez más.

—Entonces, te aconsejo, vete a Venecia y prostitúyete. Entre los occidentales los chinos tenemos fama de ser excelentes amantes. Eres muy bello, conozco a uno que se las da de marqués, fui su sirviente durante un año. Pagaba bien; con el dinero que gané, compré esta lancha. Destruida, un verdadero trasto, pero la reparé y aquí estoy, de negociante. Me llamo Xuan Lai.

Apretó la mano de Mo Ying. Su piel fina, aterciopelada, hizo estremecer al muchacho.

—Sólo necesitaré tu ayuda por esta noche —pidió con la voz entrecortada, y confiado—. Me siento extenuado, ¿puedo quedarme aquí contigo? Mi nombre es Mo Ying.

—Claro que sí, Mo. Haces bien en confiar en mí, en este mercado abundan los bandoleros. Podrían asaltarte si por casualidad te confundieran con algún ricachón pues, aunque casi andas en harapos, tu fisonomía te delata, tienes pinta de pertenecer a una familia acomodada. ¿Me equivoco?

—No tanto, sólo éramos un clan de poetas, pintores. Mi padre, Li Ying, es el célebre cantante. No vivíamos mal, ahora las cosas han cambiado. —Evitó echarse a llorar y cortó sus frases.

—Eh, no te entristezcas, comprendo. China cambia, para bien o para mal, aún es temprano para saberlo.

—Necesito papel y tinta, debo escribir cartas a mi madre, a mis hermanas, a mi mentor.

—Tendrás lo necesario. —Xuan Lai lo atrajo por la muñeca, y condujo a su visitante hasta una mesita instalada en un diminuto camarote.

Brindó tinta, pincel y papel de arroz. Encendió incienso, rezó e hirvió agua para el té.

—Esta noche cenaremos en la chalupa de unos amigos. Nada de pescado. —Se tapó la nariz, fingió asco—. Sopa de la Emperatriz, con pollo, bolitas de cerdo, jengibre…

—El plato preferido de mamá —murmuró nostálgico.

—Ah, claro, querido mío, es el plato preferido de millares de chinos. Sólo que corren tiempos difíciles. Al menos por esta zona tenemos pescado. —Reprimió una arcada—. Es una lástima que no vendas tu pelo, aunque, a decir verdad, yo tampoco lo hubiera vendido si estuviera en tu caso. Tu pelo es tu fuerza, tu fortuna. Y todavía observas a la gente con pureza. No mucho, pero endurecerte un poco no estaría nada mal, mejor conmigo que con otros. Ya oirás esta noche anécdotas que te dejarán insomne por un buen tiempo.

Mo Ying apenas escuchaba a su nuevo anfitrión, quien muy pronto se convertiría en guía. Apartado, delineó los trazos caligráficos que más amaba: «Mamá, hermanas, maestro, queridos míos…».

Salieron bajo un crepúsculo azulado saltaban de lancha a bote, de bote a piragua, de piragua a chalupa. El muchacho conoció a una familia de nómadas, recién estrenados en el mercado, igual que su nuevo amigo Xuan Lai. Las aventuras que oyó le pusieron los nervios de punta. Los padres habían sido asesinados, la niña de siete años violada, los hermanos mostraban cicatrices por todo el cuerpo, a dos hermanas doncellas les habían quemado los rostros. La violencia y el odio invadían el mundo.

Mo Ying volvió anonadado; en el trayecto su compañero lo invitó a conocer a unas chicas en una embarcación vecina. Iban vestidas con trasparencias y vendían hojas de betel.

—Mastícalas; no sólo son afrodisíacas, su poder curativo es inigualable. Sanan, digamos, el espíritu.

—Dirás que atiborran el espíritu. Sé lo que es sanarlo.

Mo Ying rumió el betel, la lengua se le adormeció, los ojos humedecidos voltearon sus pupilas, entreabrió la boca reseca, un cosquilleo se apoderó de su sexo. Xuan Lai depositó un beso en cada párpado.

—Necesitas relajarte, chico valiente. —Tomó su barbilla y juntó su boca a la de Mo Ying—. Mañana seguirás tu camino, hoy yo cambiaré tu ruta.

Soñó que se hallaba en un círculo flotante de agua, de dimensiones irreales, similares a las del océano; de un lado, en una canoa, un viejo de cejas peludas y cabeza calva se apoyaba en un trozo de roca. Se le veía ajado y vestía andrajoso, sus ojos empañados vidriaban, la sequedad salina cuarteaba sus labios. De aspecto irónico, acariciaba una larga barbilla blanca.

—Soy el Arahat, represento tu ideal, pero ya ha pasado mucho tiempo y has abarcado demasiados espacios; soy tú, atrapado por el peso de la historia. No creo que debas perder las horas en pasiones inútiles, ya apenas te queda tiempo. Contrario a lo que pueda aconsejarte ese ser generoso que tengo enfrente, no pienso que tanta gente merezca tu iluminación. Regodéate en tus ilusiones, aunque sean las perdidas.

En el otro extremo, sentado encima de una frágil flor de loto, un joven de tierna complexión, frágil, semejante a una muchacha de lo hermoso que lucía; su pelo levitaba y su cuerpo brillaba con finos ornamentos. Ojos avellanados y chispeantes, mejillas lisas, níveas como de porcelana, boca de fresa, mentón partido, signo del elegido.

—Soy el Bodhisattva, la parte consciente de tu luminoso crecimiento, el hacedor de tu despertar a la humanidad. El escultor de tu *prajna*, de tu sabiduría. Debes conducir tus pasos hasta todos los seres que suplican tu ayuda, ellos te necesitan, a ellos llevarás la luz. Soy tu futuro, en evolución creadora. Muchas personas padecen en este mundo, inseguros como tú, jóvenes de incierto rumbo. No los abandones, te toca ser dador de la verdad, ser paciente, enérgico y vigoroso. Nunca olvides enseñar lo que has aprendido. No te quedes sentado, en aburrida espera, ¡ve, corre a la búsqueda!

Xuan Lai colocó un billete mojado en cinabrio junto al almohadón.

VEINTICUATRO

La caravana de nómadas

En la charada chino-cubana: paloma

El encadenamiento de recuerdos sobrevino cuando Maximiliano Megía advirtió una paloma blanca que zureaba atemorizada en el alero del tejado de zinc del traspatio; de ahí su mente partió a la caza de aquella otra paloma que luchaba contra el vendaval de un ciclón, en una huracanada mañana de octubre, cuando él se dirigía ensimismado al consulado chino en La Habana. Había visitado la sede diplomática en dos ocasiones, la primera para averiguar por su padre, el gran artista emigrado Li Ying, la segunda, unos cuantos años más tarde, con el objetivo de conseguir unos viajes para su madre y sus dos hermanas gestionados por el propio consulado y costeados por una señora de alcurnia.

Sin embargo, la memoria le tendía trampas terribles y situaba encima del tablero jugarretas en lugar de estrategias. Maximiliano no conseguía reordenar los años, confundido en un para atrás y para delante que lo ofuscaba todavía más y lo sacaba de sus casillas. Irritado, se abandonó a la pipa de opio; la placidez que la droga proporcionaba ubicaba su pasado en un terreno neutro, donde no importaba para nada la cronología; lo realmente imprescindible era atrapar el acontecimiento, revivir el suceso, disfrutarlo en la distancia hasta su máxima sensación. Luego trasmitiría todo eso a Lola; el poder de la imaginación y de la escritura añadirían lo suyo.

Se vio entrar en la facultad de medicina y después en la facultad de derecho. Graduado de médico, consultaba en la clínica Reina. Además consiguió el título de abogado y no paraba de defender a los miembros de su comunidad, aunque ejerció bastante poco en el bufete situado en las calles Tejadillo y Aguacate. Se inclinó por la medicina y la literatura. Escribía relatos y versos hasta altas horas de la madrugada.

—Muchos buenos escritores han sido abogados antes… —aseguró un compañero de universidad después de leer algunos de sus relatos—. Describes aventuras insólitas con un estilo envidiable.

Como no recordó el nombre de ningún abogado que hubiera sido escritor, no le cabía la menor duda de que su amigo lo había leído en alguna frívola revista de variedades.

—Bueno, también algunos juristas han estropeado, no sólo la literatura, sino la vida de muchas gentes… —continuó otro compañero, menos impresionado por la evidencia del talento literario de Maximiliano—. Ahora, lo que no entiendo es tu pasión desmedida por la medicina, por el derecho, ¡y por la literatura! Son contradictorios, parecería que supones lograr todo lo que te propones.

—La naturaleza humana, las leyes, la ficción que eso engendra, me apasionan desde adolescente. Mi inagotable capacidad de comprometerme se la debo a mi primer maestro, que con sus enseñanzas me dio una fuerza única —explicó Maximiliano—. Además, he tenido la suerte de ganarme bien la vida.

—La gente se ríe de ti, te llaman el chino verdulero —recalcó el primer estudiante.

—El cubano es muy chota, es su signo de fragilidad, lo pagará caro. Soy un chino verdulero ¿y qué? A mucha honra. No sólo vendo verduras, también fabrico helado de coco, de anón, de guanábana, de mamey. ¿Qué hay con eso? —afirmó con orgullo—. Trabajo como una bestia, me quemo las pestañas de madrugada… Eso sí, que conste, jamás he robado.

—En un país donde todo el mundo roba, es un atributo; ser un hombre de semejante mérito resulta prestigioso. —El segundo estudiante palmeó su espalda en señal de respeto—. ¿Te embullas y vienes con nosotros al cine?

—No, debo ir a —titubeó— … a meditar.

Se arrepintió de haber revelado uno de sus secretos.

—¿A meditar? —Ambos quedaron rezagados, sin comprender ni pitoche.

Colocó los libros en el suelo, a la entrada de la casa. Prendió las varillas de incienso, resina desprendida de las nubes, la alianza fabulosa entre los reinos de lo visible y lo invisible, respiró el perfume telúrico del olibán, de la mirra, de la bergamota y del benjuí. Dedicó el rezo a su madre y a todos sus ancestros. El olibán, la linfa de la tierra, condujo su conciencia hacia el centro de su alma, desveló el carácter divino de su humanidad. La mirra, símbolo de vida infinita, prodigó sus sentidos de amor y de armonía. La bergamota despertó en él la voluntad de perseverancia, permitiéndole caminar por todas las rutas posibles hacia la abundancia ilimitada. El benjuí alejó los malos espíritus, la humareda refrescó la creatividad, vivificó y regeneró la fantasía y estimuló el poder de su pensamiento.

Sus pies ardían cuarteados; había atravesado la Gran Muralla desde hacía varias semanas en compañía de una columna de personas casi tan larga como la muralla misma. Comenzaba a sospechar del consejo de Xuan Lai, quien le había dicho que viajar acompañado, aunque fuera de bandidos o de fugados sin rumbo, sería menos peligroso que viajar solo; al menos tendría con quien conversar y, confundido entre ellos, nadie trataría de atacarle.

A esas alturas preguntó a una mujer que llevaba la cabeza cubierta con un trapo empercudido; observó sus manos y supo que era muy vieja. Ella le dijo que, por lo que había escuchado, lo que se regaba desde la punta de la caravana y que llegó hasta ella, se hallaban desorientados, desviados de las estepas mongoles, y al parecer se dirigían al oasis de Mogao. La mujer pidió a cambio un alimento que llevarse a la boca y agua para calmar la sed. No quedaba en su morral ni una migaja de pan, ni una gota de agua en el odre. Pagó la información con un trozo de fósil de rayo que se había encontrado en el trayecto. Creyó que veía visiones al distinguir las grutas donde descansa un Buda descomunal reclinado de costado. A Mogao retornaría más adelante.

Percibió un fluido tibio que mojaba sus antebrazos. Su piel sangraba por los lados más inverosímiles allí donde ni siquiera había recibido un rasguño; temió reventar de calor, apenas sentía los dolores musculares, tal era el cansancio. No bien pisó los peldaños de una de las grutas cayó desmayado.

Abrió los ojos y ya era noche cerrada; el firmamento encapotado amenazaba tormenta. Hacía frío y la anciana cubrió a Mo Ying con una manta raída. El joven temblaba de fiebre, apenas podía tragar de lo inflamada que tenía la garganta. Junto a ellos pasaron unos hombres, acompañados de una mujer que ordenaba esto y lo otro en un idioma muy peculiar, tosco e impreciso. Llevaban mazos de hierba fresca en las manos y obligaban a los nómadas a chupar las raíces.

—Aquí hay un moribundo, o casi… —llamó la atención la anciana.

La mujer que dirigía al grupo acudió y tanteó el cuerpo exhausto. Mascó las raíces, reunió buches de saliva, escupió el mazacote en el cuenco de sus manos y lo introdujo en la boca del muchacho. Repitió la operación varias veces y después frotó la piel con otras hierbas; además le dio un brebaje compuesto de azufre y azogue para alargar la vida.

A pocos metros se formó una pelea: un tipo reñía a su mujer porque otro tipo la había mirado, y ella tenía la culpa de haber atraído la mirada de uno de los hombres de la caravana.

—Turcos, turcos celosos —anunció la anciana y se escondió detrás de un montículo de piedras carmelitas.

El marido apuñaló a la mujer, siete veces, la abandonó agonizante en el suelo y se fue a atacar a quien le había ensuciado —según él— su reputación con sólo mirar a su esposa. Ambos cayeron mortalmente heridos.

Alguien voceó desde lejos que había muerto otra niña. Nadie se inmutó. Tiraron el cadáver bien lejos de donde habían decidido pernoctar; mientras recuperaban fuerzas observaron cómo descendía la luna y velaba su rostro con el filo de una duna.

Los mismos que lanzaron el cadáver a una fosa pasaron revista a un fragmento de la caravana, descubrieron a Mo Ying inconsciente y se dispusieron a registrar sus vestimentas y su morral. La anciana se interpuso entre ellos y el enfermo.

—Ya intenté desplumarlo antes que ustedes, no lleva nada.

Y cuidado, ha dicho la curandera que es fatalmente contagioso —mintió la mujer, sin embargo los hombres dieron un paso adelante—. Ni se les ocurra tocarme, padezco el mismo mal, he sido yo quien se lo ha traspasado al inocente.

Los bandidos huyeron sin pronunciar palabra, espantados.

Al día siguiente el cielo brillaba de un azul límpido. Una paloma blanca se posó en el hombro de Mo Ying. El joven parpadeó, contempló la claridad del día, sonrió al aire.

—Buena señal, estás curado. La paloma te ha elegido como la cabeza de la caravana de nómadas —auguró la anciana—. Pero no te fíes, los signos de buen tiempo son a veces traicioneros.

Mo Ying y la anciana se desplazaron a la punta que guiaba la caravana. Antes de partir llenaron las cantinas de plantas comestibles y los recipientes de un agua turbia y maloliente, pero agua al fin. Avanzaron durante dos días; detrás quedaba el oasis.

Internados en la niebla del atardecer, volvieron a perder sus huellas.

—¡Otra vez en el maldito desierto de Takla Makan! —escandalizó la mujer que nunca quiso revelar su nombre: «Mi nombre no interesa a nadie. Soy muy vieja, qué importa cómo me llamo», adujo—. Vueltas y más vueltas y siempre caemos en el mismo lugar. La maldición nos sigue.

Las dunas iniciaron una melopeya estruendosa.

—¡Takla Makan, Takla Makan! —farfullaban los nómadas exaltados—. ¡Aquel que entra no saldrá jamás!

Mo Ying intentó calmarlos y señaló al cielo despejado, pero en ese mismo instante la brisa se transformó en borrasca granulosa. Una algarabía de vozarrones enloqueció a los trashumantes. El tro-

226

zo de tela que tapaba el rostro de la anciana voló y se perdió en el ojo de un ventarrón, Mo Ying descubrió una cara enjuta y apergaminada, con hondura y precisión; buscó una respuesta en la profundidad de aquel enigmático semblante.

—Las arenas cantan, muchacho, es el desierto. Imprevisible, ya decía yo que no me gustaba nada el presagio de buen tiempo.

—¿Hay esperanzas de salir con vida de aquí?

—Cierra los ojos, piensa sólo en la paloma blanca. Ella te eligió, por algo lo hizo. A partir de aquí, ¿para qué engañarte? Según la leyenda han sobrevivido pocos, no conozco ninguno que se haya salvado.

Entre la anciana y Mo Ying la tormenta tejió una cortina espesa.

No supo cuánto tiempo perduró; volvió en sí y se hallaba enterrado bajo una loma de arena. Excavó con las uñas, luchó a brazo partido, emergió como pudo, tosió y liberó los pulmones de una arenilla palpable que le subía y que escupió de la garganta, de la nariz, de los lagrimales. Corrió a desenterrar a los sobrevivientes, entre ellos la anciana.

—Soy hueso duro de roer, ya lo sabes. —Sacudió sus ropas y emprendió el camino, señaló a un punto—. ¡Mira, mira allá!

La mujer gesticuló hacia lo alto: otra caravana de hombres montados en camellos acudía en su auxilio. La paloma blanca aleteaba encima del sombrero del que parecía el jefe.

VEINTICINCO

El halcón y la mariposa

En la charada chino-cubana: piedra fina

En lo que el halcón descendió de lo alto del firmamento y cruzó en su vuelo con una mariposa acaecieron infinidad de sucesos, al menos en la mente del caminante. El domesticador de halcones de Xinjiang, en Hotan, le había asegurado que su madre recibiría la carta escrita con letra diminuta, hecha una bolita de papel y anudada en la garra del ave, en un tiempo aceptable. Dependería de los vientos, de la capacidad de concentración del halcón y, por encima de todo, de que ningún accidente desviara su trayecto.

Entretanto, Mei Ying había sido contratada en la fabricación artesanal de abanicos y almanaques cuyo destino era la exportación. No podía desarrollar demasiado su creatividad pictórica e ideográfica porque debía confeccionar un número importante de objetos en corto tiempo y, aunque cobraba una miseria, eso le permitía mantenerse honestamente ella y a sus hijas. A menudo entraba en crisis: ¡arte a destajo, qué barbaridad! Estrujaba los abanicos, pisoteaba los almanaques. Estallaba de rabia, contenida a duras penas, con tal de guardar las apariencias; lloraba acodada en la mesa del taller, pataleaba en el piso de madera, asqueada de tanta chapucería. Luego reflexionaba, arrepentida, y sobre todo agradecida de, por lo menos, poseer un digno trabajo. Más calmada, retomaba con resignación la ardua y mediocre tarea.

Una tarde soleada advirtió una mariposa posada en el marco de la ventana. Entonces pensó que enviaría un mensaje a sus seres queridos ausentes; cerró los ojos, y pronunció:

—Mariposa, no sé si entenderás mis palabras, te ruego que lleves este recado a mi marido y a mi hijo; a donde quiera que estén, diles que los queremos, que no los olvidamos y que estamos bien de salud.

En eso oyó pasos y su plegaria fue interrumpida por la más pequeña de las hijas:

—Mamá, el maestro me ha regalado un libro que habla de un sabio cubano que, mucho antes que yo, estudiaba las plantas, los insectos, los ríos. Su nombre es Tranquilino Sandalio de Nodas… —Irma Cuba corrió con el volumen debajo del brazo a estudiarlo, sentada en el muro bajo que dividía la casa del patio, seguida siempre del perro Wai Wai.

—Hija, no he visto salir a tu hermana. Sin embargo, hace un rato escuché ruidos en su cuarto. No tuve tiempo de subir a ver qué pasaba, porque si me paro no podré terminar la cantidad de abanicos y almanaques que me encargaron y que vendrán a buscar dentro de dos horas. ¿Sabes en qué trastada anda? —Mei Ying interrogó entre dientes.

—En ninguna, por el momento, al menos en nada raro que no haya hecho ya. Xue ha capturado a un águila en pleno vuelo, mamá, y la soltó en su habitación. Habrás escuchado al ave, porque mi hermana no está arriba. Xue iba a una cita, ha encontrado a una señora que le ha prometido llevarla a un país muy lejano, la pondrá a trabajar en un circo. Lo único que tendrá que hacer es lo que ya hace, volar más veloz que un águila. Pero ella está indecisa, dudosa, Xue quiere ser…

—Ya sé, aviadora o paracaidista… Una locura. —Mei Ying cortó a su hija—. En cuanto a lo del circo, que lo olvide. Ya tenemos bastante con la lejanía de los hombres de esta casa.

Esperó a que la tinta secara y dirigió su mirada a la mariposa que seguía pegada al canto de la ventana.

—Ve, ve a ellos… —Bajó los párpados.

La mariposa emprendió vuelo.

«Aun el viaje más largo empieza con un solo paso.» Maximiliano Megía deletreó el proverbio y luego añadió con su escritura temblorosa: «Hubo un momento en que me detuve en el camino, no sabía si avanzar al destino incierto donde imaginaba a mi padre, o sencillamente retornar a los brazos de mi madre. Ese momento duró un segundo de gran perturbación, pero también de inmenso coraje e intensidad. Y ese segundo me dura todavía en el alma, ha llegado hasta hoy. Es la eternidad de aquel instante la que me mantiene vivo».

Alzó los párpados; en el canto de madera de la ventana se había posado una libélula. Recordó que su madre, cuando consiguieron reunirse de nuevo, preguntó si había recibido la señal de amor que ella había enviado con una mariposa. Creyó que Mei Ying había perdido el juicio; entonces la mujer aclaró que no se refería a la misma mariposa, por supuesto, sino a una cualquiera, en la que él hubiera reparado con la esperanza de que con su simple presencia entregaría un pensamiento lejano de parte de sus amados parientes. Entonces se dio cuenta de que quien perdía los estribos era él: su madre conservaba el mismo sentido poético de la vida. Sí, evocó Mo Ying poco tiempo después de que el halcón portador de la carta volara rumbo al pueblo, una colorida mariposa llamó su atención, y se dijo que podía ser ella, su madre, una de sus hermanas o las tres al mismo tiempo. Ese día fue muy feliz, pues se sintió muy protegido con el recuerdo.

Maximiliano Megía fijó sus cansadas pupilas en la libélula y suplicó para sí que volara hacia sus hijos y sus nietos. Sin embargo, hizo una excepción: quienes más lo necesitaban eran Yoya y Lola. A Yoya la hallaría en la cancha de La Estrella Oriental; trabajaba como lunchera, si es que aún existía dicha cafetería, dudó. A esa hora Lola estaría en la escuela, pero ¿en cuál? No conocía la escuela a la que asistía su nieta.

De súbito ocurrió algo incontrolable y que él detestaba: su mente, encaminándose por innumerables laberintos, multiplicaba su presencia, le otorgaba el don de la ubicuidad.

No podía escoger un sitio, porque los sitios lo elegían a él y al mismo tiempo. Jugaba mahjong, o mayón, como decían los cubanos, en un tugurio de Guangzhou, o lo que es lo mismo, en Cantón, pero también se veía reunido con un grupo de nostálgicos compatriotas en La Unión, la sociedad Kit Yi Ton, que tenía como particularidad agrupar a todos los culíes habaneros. En la fonda de Chung Leng, más conocido como Luis Pérez, en la esquina de Rayo y Zanja, comía macarela ahumada, pelotas de arroz sazonadas con apio, jengibre, culantro y ajonjolí, legumbres hervidas, frituras de malanga o de frijoles caritas. O freía merluza empanada, que era el plato que más le gustaba a su hija Yoya de pequeña.

Los recuerdos sobrevenían a su mente como oleadas de una tempestad de arena que lo zarandeaban de un lado a otro; en el desierto de Gansu, o en el de Takla Makan, o rodeado de pirámides. Intentó tararear aquel corrido mexicano que había cantado junto a los mariachis, borracho de tequila, en un cabaretucho de Campeche:

> *Una piedra en el camino*
> *me enseñó que mi destino*
> *era rodar y rodar.*
> *Rodar y rodar.*
> *Después me dijo un arriero,*
> *que no hay que llegar primero,*
> *pero hay que saber llegar…*

¿O se trataba de aquella otra canción con la que había deseado aprender inglés? La que escuchaba una y otra vez interpretada por Los Platters cada vez que echaba una moneda en la vitrola del bar Two Brothers, en la avenida del puerto. Y con la que había conseguido repetir su primera frase anglo correcta: *Smoke gets in your eyes*.

Besaba los frescos labios de Sueño Azul, pero cuando se enfrentaba a ella no eran sus mejillas rosadas y redondas las que le sonreían con graciosos holluelos; la mexicana, hija de franceses, acariciaba su pecho liso y lampiño; era la que, con su peculiar voz de señoritinga consentida, animaba a las familias acomodadas campechanas a no comprar esclavos asiáticos y a los que ya los tenían, a liberarlos. Mo Ying entonces se viraba hacia el otro lado de la hamaca, y de buenas a primeras, se hallaba hundido en el camastro de una posada de la calle Campanario, junto a una mulata de ensueño cuya única ambición en la vida, qué original, era ganar un burujón de pesos en la bolita, o en la lotería, y que le exigía, con gemidos eróticos, «ay, Maximilianito, anda chico, no seas malito», que le revelase las interpretaciones de los animalejos y cosas que aparecían en los treinta y seis signos que colgaban del cuerpo del chino de la chiffá o charada; a cambio, juraba y perjuraba por San Fan Con y por Yemayá que ella le cocinaría el mejor bacalao con papas de toda la isla y, como obsequio de la casa, le bailaría un guaguancó en cueros a la pelota. Caía del camastro, encima de un colchón recién estrenado y entonces era una joven pelirroja quien observaba con los bellos ojos azules desorbitados su pene exageradamente largo y grueso: Bárbara Buttler, irlandesa emigrada con sus padres carniceros y hermanas solteras, no podía creer lo que veían sus ojos. Sin embargo, supo acostumbrarse muy pronto al fenómeno, pues con él se casó a pesar de la gran diferencia de edad (él le llevaba veintiún años) y tuvo cinco hijos, uno detrás del otro, como quien dice; hasta que la muchacha se enfrió; le dio por la vena del espectáculo y declamaba públicamente versos de insólita disparidad entre sus autores: José Ángel Buesa y Charles Baudelaire. Al segundo intentaba recitarlo en francés, pero de este idioma apenas tenía nociones, aprendía el texto tal como se escribía, y aunque la pronunciación resultaba peor que ridícula, un horror, el público hambriento de cursilerías, aplaudía eufórico, hipnotizado e impresionado por sus capacidades histriónicas; más tarde se empecinó en actuar en papeles de criada en el teatro Martí. Ahí fue la catástrofe, o la *cagástrofe,* como decía su padre: las criadas que interpretaba parecían princesas celtas, diosas blancas a lo Robert Graves, aunque filtradas por el colador de Rita Montaner y Candita Quintana, en sus meticulosos amaneramientos y sus perifollos de pacotilla. Alicia Rico, la directora de la compañía, encargó a Butifarra Pozo (el nombrete obedecía a que se divulgaba que por clítoris tenía

234

una especie de pellejuda butifarra) que se deshiciera de Bárbara Buttler como pudiera. Butifarra Pozo ostentaba el falso título de segunda al mando, era una tortillera de aspecto tísico, gesticulante y chantajista, dispuesta a armar un cabrón lío con tal de robar dinero al más pinto y fastidiar a la gente honesta, porque si algo no soportaba era la honradez; además, llevaba atravesada entre ceja y ceja a Bárbara Buttler; la cosa *nostra* venía desde cuando intentó meterle mano a la irlandesa y ésta le propinó una patada en la crica palúdica que le fracturó el hueso atravesado, que en cualquier mujer se denomina papaya, papo, tota, totinga o tantos de los adjetivos con los que el argot había bautizado las partes pudendas femeninas. Bastó la orden de Alicia Rico para que Butifarra Pozo reaccionara como era habitual en ella, con espíritu traicionero, y sacara a trompadas del camerino y del teatro a la madre de los hijos de Maximiliano Megía en un descuido de la despampanante mujer. No obstante, la pelirroja tuvo tiempo y destreza, y le arremetió un tortazo de *kong fu* que le había enseñado su ex marido en el pulmón podrido de la repugnante rata. Rata repugnante por chanchullera y mala entraña, de ninguna manera por lesbiana. La rata escupió un buche de sangre negra y pestilente; así quedó agonizante en la acera:

—A ti no te salva ni el médico chino —masculló la tremenda Bárbara Buttler en la oreja ceniza de Butifarra Pozo.

Con semejante frase antológica hacía referencia a la fama adquirida por el médico culí Cham Bombia, un sabio de la flora y de la fauna.

A fin de cuentas, aquella pareja dispareja, que primero ensalzaron y después tanto criticaban los envidiosos, la del chino con la irlandesa, pese a que tenían cinco hijos que criar, se hizo trizas. Ella se fugó en una carreta tirada por burros a hacer teatro de pueblo en pueblo, hasta llegar al escenario del Martí, y él quedó al cuidado de los hijos, pero se deprimió tanto que perdió el habla.

Hacía hoy exactamente sesenta años que de su boca no salía ni un solo vocablo exceptuando aquel secreto que sopló a su nieta. Anotaba todos sus pensamientos en cuadernos; ya llevaba montones de libretas de todos los colores y tamaños.

Maximiliano Megía pestañeó; la libélula había desaparecido del canto de la madera.

Muchos años antes, la misma acción de pestañear, de modo irremediablemente nostálgico, de una madre esperanzada y el destino casual de una mariposa que revoloteaba extraviada por el desierto, premiaron a Mei Ying, en el burgo de Yaan, a miles y miles de kilómetros de la calle Dragones, en el Barrio Chino habanero.

Mei Ying distinguió a su hija Xue a través de aquella ventana. Brincaba alegre y empuñaba como un cetro un imponente y altanero pájaro.

—¡Madre, madre, mire lo que atrapé, un halcón!

Cruzó el umbral en ardiente frenesí. Acuclillada delante de Mei Ying, besó al ave rapaz en el pico.

—Hallé esto —con la otra mano entregó un papel arrugado—, una carta de nuestro amado Mo, amarrada a una de sus garras.

Irma Cuba abandonó la lectura y corrió a reunirse con su hermana y su madre. Las tres lloraron abrazadas, después de releer la carta, una y cien veces, sentadas a la lumbre.

Xue posó el halcón en el respaldar de una silla; curiosamente, el pájaro no se movió.

—Madre, hay más: escondido en el plumaje de la cabeza del halcón, también descubrí otro tesoro. —Entregó a Mei Ying una piedra transparente, muy brillante, de quilates extraordinarios.

—¡Un diamante! —exclamó Irma Cuba.

Mei Ying apenas disfrutó de la visión de la fina piedra. Perdió el conocimiento y se derrumbó desmayada en la estera.

VEINTISÉIS

Los montes llameantes

En la charada chino-cubana: anguila

Gina había convencido a Asensio, su marido taxista, para que la llevara a ella y a Maximiliano al Parque Central; una vez allí, lo despidió melosa: «chao, papichuli», y le dijo que se quedarían un rato cogiendo fresco, entretenidos con el ir y venir de la gente, la mayoría habitantes del barrio y turistas. Guardó silencio unos minutos, cosa que a ella le costaba un enorme sacrificio; sin embargo, al rato, se decidió a opinar sobre un asunto que la carcomía. No pensó dos veces la respuesta que daría al anciano a propósito del encargo que éste le había encomendado aquella mañana.

—Maximiliano, no es por nada, yo entregaría con mucho gusto sus diarios a Yoya y a Lola, pero, ¿no será mejor que usted hable con ellas? —descascarilló con una moneda el esmalte de una uña limada en forma cuadrada.

El hombre aparentó no haber oído; miró hacia el lado opuesto; fingía perseguir con la mirada el descomunal trasero de una mulatica que podía ser su nieta, contaría con unos veinte años.

—Óigame, ya usted no está para esos culos. Y déjeme decirle algo, hace mucho rato que rebasó el trauma del abandono de Bárbara. Vuelvo a repetírselo, ya va siendo hora de que vuelva a hablar con aquellos que lo quieren. El médico dijo que clínicamente usted no padece ningún problema que le impida comunicar a través del habla. Todo depende de su propensión a arreglar los asuntos pendientes y que deje de ser tan terco. ¡Yo no sé cómo usted puede mantenerse callado tanto tiempo, yo no podría, qué va! ¡Primero muerta que parar de hablar!

Si algo tuvo siempre claro, desde que puso un pie en los muelles al descender del barco que lo condujo de México a La Habana, era precisamente eso, que los cubanos hablaban hasta por los codos; para colmo, altísimo: manoteaban, toqueteaban y la mayoría de las veces decían boberías; les fascinaba opinar de todo y si era de política mucho más. Solían ser muy volubles, incorregiblemente superficiales y, lo peor, vivían como si la muerte no existiera: no entraba en sus planes, no había página en la agenda para la pelona. Esa prepotencia, que en cierto sentido los hacía creerse inmortales, sacaba de quicio a Maximiliano. En vez de llorar, cuando sufrían alguna pena optaban por bailar y vociferar; en cambio, cualquier fiesta terminaba en borrachera, con su consabido y espeluznante lamento, provocado por la más simple de las situaciones, de discutible esencialidad. Después de todo había aprendido a soportarlos hasta se contaminó de sus defectos y asimiló las virtudes. Desde hacía infinidad de años Mo Ying se sentía un chino-cubano, dicho así en una sola palabra. Cuba era su segunda patria. A China no regresaría, estaba demasiado viejo, era demasiado pobre y demasiado cubano para morir tan lejos.

Señaló hacia el Capitolio, Gina preguntó si quería escribirle algo respecto al monumento. En efecto, aprobó con un pestañear. Gina extrajo el cuaderno y un bolígrafo de la jaba de los mandados.

«La primera foto que me hice en mi vida fue delante del Capitolio, como cualquier guajiro que por aquel entonces visitaba la capital.»

Gina leyó e hizo un guiño pícaro:

—¿Y dónde está esa foto? Me gustaría conservarla, enmarcarla, ponerla encima de la coqueta, y cuando usted no esté más, cada mañana la miraré, y le daré los buenos días, con besito incluido.

El anciano prometió que se la regalaría.

—¿Será verdad eso de que de la cúpula del Capitolio se perdió el brillante más grande del mundo? No se sabe si se perdió o se lo robó algún político de la época, no me extrañaría que hubiera sido lo segundo. ¡Qué falta nos haría encontrarnos ahora un diamante, Maximiliano! ¿Se imagina nosotros con un diamantón?

El anciano respondió por escrito que, por supuesto, podía imaginarlo muy bien; pensó en la suerte de Mei, Xue e Irma Cuba Ying, su madre y sus hermanas, pero prefirió contar esa anécdota más adelante.

Dedicó sus fuerzas a garabatear otra historia con aquellas letras gigantes con las que dibujaba oraciones cuando el idioma chino se interponía entre el castellano y su pensamiento.

—No entiendo ni pito ni pitoche de ese enredillo que está usted escribiendo. —Gina le llamó la atención.

Maximiliano Megía rectificó y recobró el trazo de la caligrafía Palmer, aprendida en el bachillerato del instituto de la calle Corrales.

Los montes llameantes de Turfán. Dibujó aquellas montañas que parecían llamaradas de fuego que abrasaban montones de piedras de colores, rojo, azul, turquesa, amarillo, azafrán. Si, en aquel día en que Mo Ying llegó frente a ellas a lomo de una mula y que jadeante admiró semejante belleza que sólo la naturaleza podía

241

esculpir, le hubiesen profetizado que jamás retornaría a su pueblo natal, que moriría en suelo extranjero, no habría parado de reír en tres días seguidos a pesar del cansancio.

Tan ensimismado estaba, absorto en el resplandor de los montes, que no se percató de la sinuosa presencia de unos cazadores, que no buscaban precisamente animales; las presas que les interesaban eran las humanas. El jefe de la pandilla, de origen mexicano, respondía al nombre de Cesáreo Plutarco, y su verdadero oficio, si se podía considerar como tal, era el de capataz de una familia francesa afincada en Campeche. Cesáreo Plutarco analizó que si se internaba en algunas zonas distantes, podía capturar asiáticos en aceptable estado de salud para venderlos a su propio amo, haciéndole creer que los había adquirido a precios altísimos por su inigualable valor, y embolsillarse el dinero ipso facto. Cuando el amo se desinteresaba de un esclavo, entonces él lo ofrecía a los traficantes, cuyo destino era Cuba, por el precio de ciento sesenta pesos, una ridiculez, se decía, si tomaba en cuenta el esfuerzo que le costaba capturar a un chino que no pareciera enclenque y enfermizo.

Para el mostachudo Cesáreo Plutarco no constituyó ningún problema engatusar a Mo Ying: hablaba perfectamente mandarín, y sabía que proponerle a un joven chino un viaje a América como bracero, en medio de aquellas desoladas montañas, podía hacer que lo viera como una reencarnación de Buda en su retacona y tosca figura, una aparición más que benefactora, salvadora. Por lo tanto no tuvo que dispararle, ni caerle detrás, ni golpearlo con el arcabuz; cazar a un chino con toda evidencia sería siempre menos complicado que atrapar con la mano aceitada a una resbaladiza anguila dentro de una red repleta de cangrejos. Ordenó al resto del séquito que se camuflara detrás de una roca y acometió con la engañifa.

—Muchacho, buenos días, soy Cesáreo Plutarco, mexicano, propietario de una de las más fantásticas fincas de Campeche; dime si te dice algo esto: ¿quieres venirte a México? —soltó, seguro de que el otro aceptaría sin vacilaciones.

—Busco el camino más corto que me conduzca a mi padre, el célebre Li Ying; según datos recientes puede que se halle en la isla de Cuba.

—Cuba está al ladito de Campeche, te repito, en México. Campeche puede ser una magnífica escuela para ti, en lo que al idioma se refiere. ¿Qué me dices? —Mascó un mocho de tabaco apagado, escupió y aguardó, cada vez más firme en sus convicciones.

Mo Ying titubeó, analizó su situación, solitario y extraviado. Este hombre sería un buen guía y acompañante, podía ayudarle en todos los sentidos. Cerró los ojos, meditó, agradeció a Buda que se apareciera en su camino en forma tan expedita.

—Bueno, ¿qué? ¿Te interesa la proposición o no? —Y se llevó la mano a la cartuchera de la pistola, pues el arcabuz lo colgaba de un cinturón atravesado en la espalda.

El muchacho movió los párpados, serenos, con la mirada límpida.

—Señor, mi nombre es Mo Ying. No poseo fortuna alguna, por el contrario, soy muy pobre… No podría pagar lo que valdría el viaje…

El mexicano le dejó hablar. Tarareó por lo bajo una ranchera.

—Te propongo un trato: ya me pagarás, no estoy apurado, trabajaremos juntos… ¿Tienes algún amigo que desee venir con nosotros?

Mo Ying negó.

—Me escabullí de una caravana de nómadas, estaba harto de la violencia, cada día morían niños y ancianos a puñados. Me dormí en un montículo y cuando desperté me hallaba solo y perdido.

—Ocurre con frecuencia por estos lugares… Mo Ying, Mo Ying, no está nada mal como nombre, pero veremos si te encontramos otro más comprensible para los campechanos… Ya nos encargaremos de bautizarte, no hay apuro.

Mo Ying vio los cielos abiertos, aunque ésa no haya sido la frase exacta que sobrevoló su mente, dado que su religión no era la católica y que el budismo es más creencia que religión.

Algún tiempo después, ya esclavo bajo las órdenes del capataz en la hacienda de los Dubosc y amante de la hija mediana de la familia de ricos franceses, rememoraría con placer esta escena: Cesáreo Plutarco con su bigotazo imponente, detrás las lenguas montañosas que parecían de fuego, y un sueño: llegar a América.

Acariciaba los pechos erectos e hirvientes de Eva e invariablemente evocaba los montes llameantes de Turfán. Con Eva había perfeccionado el español con que Cesáreo Plutarco le machacaba durante la travesía. Eva Dubosc también lo había bautizado con el nombre que escogió para su segundo nacimiento: Maximiliano Megía.

Todas las humillaciones que padeció en aquella casa en su condición de esclavo se desvanecían cuando conseguía borrar el martirio, con sólo evocar las caricias de su bella dama de tirabuzones rubios, ojos color aceituna y labios pálidos y delgados. Desde la noche en que arribaron a la hacienda la curiosa francesita se fijó en Mo Ying y se sintió atraída por el brillo azabache de su crecida cabellera, la profundidad de su mirada y una calma insólita, más bien un estado de paz de espíritu, que legaron al joven sus ancestros, un sosiego que la sedujo desde el inicio. Así describía ella la fabulosa impresión que le había producido su presencia, y repetía una y otra vez lo delicioso que había sido penetrar sus sabios sentimientos, mientras acariciaba el pecho lampiño de Mo Ying, ahora Maximiliano Megía, desde el cuello hasta el pene, mordía los labios entreabiertos del esclavo, serpenteaba con su lengua en la suya y se despojaba de todos aquellos vestidos de organdí y encaje sueltos de talle y ajustados a la cadera que hicieron furor en los años veinte.

Eva Dubosc se encaprichó con él, y si pajarito volando pedía la mediana de las hijas, pajarito volando su padre le compraba. Pero lo que comenzó como un juego terminó como tragedia. Eva Dubosc se enamoró hasta los tuétanos de Maximiliano y se atrevió a confesarlo. Su padre, rabioso, se arrancaba los pelos del pecho (que él sí tenía en abundancia). Esta vez no podía consentirlo: ¡su niña predilecta con un esclavo! Y la mandó muy lejos (para no correr el riesgo de que volviera a enamoriscarse de otro bracero), a un internado londinense; aunque su hermana Leopoldine juró a Maximiliano que, en realidad, se trataba de un severo convento avileño. Antes de separarse de quien fuera el único amor de su vida, Eva Dubosc liberó al asiático de la sola manera que podía hacerlo: entregándolo a escondidas a un amigo de la familia de toda confianza para ella, con la fe de que lo embarcaría en un buque carguero hacia Cuba. El hombre no dudó en traicionar a Eva, y revendió a Maximiliano a un enganchador inglés, cuyo proyecto no albergaba demasiadas esperanzas para el asiático: sería requetevendido a su vez por el inglés a un tejano o a cualquiera que diera un puñado de pesos por aquel saco de huesos, aunque fibroso.

En Campeche vivió dos años exactos. Eva Dubosc había sido para él, sin él proponérselo, sin ni siquiera imaginárselo cuando avanzaba con el pensamiento distraído en los caminos sorprendentes que Buda puso a su disposición, un destino que su rumbo aún no había previsto: el del deseo imperioso de recobrar su libertad.

Gina devoró aquellas páginas con un puchero dibujado en los labios, sacó el pañuelito bordado de encaje de entre sus enormes tetas, se sopló la nariz y, desplomada, gimoteó a moco tendido encima del anciano a quien por poco no ahogó, precisamente con la punta de un pezón que le taponó la nariz y la boca.

—¡Ay, Maximiliano, mire que su historia es triste! ¡Tan viejito que es usted, tan arrugadito que está ahora y tan fuerte que ha sido!

La mulatota pasaba una y otra vez sus manos por los brazos flacos del anciano, como si friccionara un morado en el cuerpo de un niño que se ha caído de un columpio. Un fotógrafo ambulante acudió a ellos; llevaba al hombro una antiquísima cámara de madera de tres patas.

—¡Eh, los tortolitos! ¿Quieren una foto? —preguntó todavía a dos metros de distancia.

—¡Qué fresco es usted! No somos para nada tortolitos. No me gustaron nunca los chinos, y menos uno tan viejo como éste —bromeó Gina.

—Pues a los chinos les privan las mulatas como tú, mi reinona. Bueno, qué, ¿foto o no foto?

—Si usted supiera, a este chino le ha gustado de todo habido y por haber, mejor me callo. ¿Qué usted cree Maximiliano? ¿Nos hacemos una fotico para la posteridad? —cuchicheó la mujer.

El anciano se encogió de hombros.

—¿Cómo? ¿Le da igual retratarse conmigo? Entonces, no me aprecia tanto. —Gina se cruzó de brazos y fingió enfado.

Garabateó en el papel:

—«No es eso, mi santa, es que no estoy bien vestido» —rezongó por escrito.

—¡Alabao, qué presumido me ha salido usted! ¡Se ve divinísimo, pareciera un rey, con su bastón y todo, como un cetro! ¡Métele mano, niño! —Gina abracó al viejo—. ¡Ríase, chino lindo, diga queso en inglés, chisss…!

El fotógrafo ambulante plantó la cámara en el piso, introdujo la placa en la ranura y la cabeza en la manga negra, apretó la pera de goma que a través de un cable conectaba su mano al aparato. Detrás de ellos, como fondo, aparecían las arboledas, el cine Payret y un trozo del Capitolio.

El viento balanceó las copas de los árboles y cayeron miles de boliches secos y cientos de gorriones invadieron el espacio aéreo.

VEINTISIETE

El loto blanco y la orquídea

En la charada chino-cubana: avispa

Como ya había escrito Maximiliano en su diario, Cesáreo Plutarco no tramaba ni movía un dedo en solitario; sin embargo, tal era la ansiedad de Mo Ying por hallar a su padre que no se inmutó al verse escrutado por caras de criminales convictos por un lado y de víctimas aterrorizadas por otro (ya llevaban algunos jóvenes atrapados en el extenso recorrido, a quienes habían amedrentado con similares artimañas), de los demás miembros de la comitiva.

Siguieron andando, aunque no siempre hacia delante; dieron marcha atrás, hacia el desierto, un retraso incomprensible para Mo Ying y sus compatriotas; los enganchadores argumentaron que tenían una cita pendiente, aunque en realidad esperaban asaltar una caravana. Lo hicieron y robaron unas bestias preciosas; de este modo consiguieron caballos árabes de exuberante fortaleza.

Los esclavos iban a pie y algunos en mulos de su propiedad, que más tarde les serían confiscados. En el trascurso de los días, Mo Ying intentó ingenuamente hacer amistades con unos y con otros, pero su curiosidad tropezó con sólidos muros de miedo y silencio. Entonces averiguó con Cesáreo Plutarco si podía dedicarse a la enseñanza de idiomas, dialectos, medicina, música, dibujo, poesía y de otros temas que podrían resultar de suma demanda en el porvenir.

—¿Ah, sí? ¿Y para qué crees que servirá todo eso que me cuentas? ¿Demanda de qué, de quiénes? —inquirió el capataz siempre con el mocho de tabaco ensalivado entre el bigote y los dientes podridos.

—Nada será inútil, lo prometo. —Mo Ying empezó a comprender que algo raro barruntaba el capataz.

Añadió que entregar sus conocimientos no sólo sería de gran provecho para sus compañeros y para el entorno que los acogiera en el futuro; con semejante acción también él se beneficiaría, pues estaría obligado a practicar lo aprendido, a no olvidar el saber.

—¿Cuál sería el orden de tus enseñanzas? —El otro escupió de medio lado una babaza gris.

—Pienso que el *pali,* una lengua sagrada, después, filosofía… —reflexionó en voz alta mientras daba paseítos de un montículo a otro.

—Eso sólo nos traerá problemas; ustedes podrían empezar a entenderse en secreto, y conspirarían contra nosotros. No trates de ofuscar a nadie, que aquí los jefes ya estamos bien definidos —amenazó con furia mal disimulada.

—¿Conspirar? ¿Por qué lo haríamos? Ustedes nos están ayudando, ¿no? Entonces, ¿podríamos iniciar los *sutras* o escrituras, a través de la música?

—No estaría mal, aunque no poseemos ningún instrumento —protestó el malvado.

—No es grave. ¿Qué mejor instrumento que nuestras cuerdas vocales? Y en el camino nos haremos con una cítara, o con una flauta, ya veremos.

Cesáreo Plutarco asintió a regañadientes. Al menos la actitud sincera del muchacho despejaba dudas malintencionadas, y la música entretendría y aliviaría el resentimiento que tensaba cada vez más las relaciones entre esclavos y bandidos.

El cielo encapotado ensombreció el paisaje de dunas. Espesas nubes negras reinaron encima de sus cabezas y al rato rajó un palo de agua. Lo nunca visto, llovía en el desierto igual que en el trópico.

—No será precisamente de buen augurio, jamás he visto llover en el desierto y menos de ese modo —masculló el capataz.

El guía gesticulante recorrió desde la punta de la fila hasta el final.

—¡Ha terminado la pesadilla, es el final del desierto! ¡Entramos en la cortina de lluvia! ¡Nos hemos salvado de la desdicha de las arenas!

El guía tampoco se había tropezado jamás con aquella visión, pero prefirió fingir optimismo para que los jefes no descargaran la ira en su contra.

Allá, a lo lejos, detrás de la barrera formada por el torrencial aguacero, resplandecía el sol y nacía un arco iris.

—¿Está seguro de lo que dice? —bramó el capataz—. Estos árabes no cuentan más que pamplinas. En tierras americanas, cuando llueve con sol, es que se está casando la hija del diablo. No hay peor visión de futuro que la boda de la hija del Maligno.

El guía continuaba simulando que festejaba un advenimiento muy positivo, y pateaba los costados de su caballo para que galopara cada vez con mayores ímpetus.

La cortina de lluvia engulló a los hombres durante una hora o más. En todo caso, pareció una eternidad. «La eternidad en una hora", escribió William Blake», se dijo Maximiliano. Al final, del cielo caían gotas demasiado corpóreas para ser lluvia solamente: se trataba de pétalos blancos. ¡Del cielo llovían flores de loto blanco, símbolo de la pureza!

Maximiliano Megía evocaría esta escena unos cuantos años más tarde, mientras aguardaba en el elegante patio de una mansión de las afueras de La Habana, nervioso, más tieso que una vara de pescar, parado junto a un falso estanque de mármol repleto de angelotes de cristal de Murano que lo apuntaban con arcos y flechas. La contorsionista Won Sin Fon y la señora Paulina Montes de Oca lo condujeron hasta allí en un lujoso automóvil; iba a ser recibido en audiencia por la señora de la casa. Por poco se matan en una peligrosa curva cerca de la ermita de Bauta, pues conducía la china, quien recién acababa de aprender a manejar bajo las enseñanzas de Paulina.

Sabía que en aquella refinada casona vivía su padre, Li Ying, casado ahora con una rica heredera, Rosario Piedad Magnolia Primitiva de la Encarnación Sarmientos de Fong. ¿Cómo había llegado hasta allí? Muy fácil de contar, pero casi imposible de asumir como realidad: un asalto en Samarcanda, tal como le había dicho el pescador, dos golpes en la cabeza, un médico francés que salvó su vida, pero no su memoria. Li Ying no tenía la menor idea de quién había sido, ahora se nombraba Mario Fong y había alcanzado nuevamente la celebridad como cantante de ópera; en un periquete su fama había traspasado los umbrales de la comunidad china y se había instalado en el chismorreo cotidiano de las clases adineradas.

Le dieron la bienvenida por esnobismo y, también por esnobismo, la señorita Rosario Piedad Magnolia Primitiva de la Encarnación Sarmientos lanzó el jamo de su juventud y riqueza para que el chino se desplomara justo en el fondo. De ese modo lo pescó, como a un *goldfish*.

Li Ying llegó a La Habana sin un centavo, pero recomendado por el médico francés que le había salvado la vida, quien lo introdujo en el prestigioso teatro Pacífico, que era un teatro de ópera y de marionetas en la calle de Zanja —como es lógico— con San Nicolás. Li Ying devino de este modo Mario Fong, trabajó con sumo cuidado su voz, estudió difíciles melodías, volvió a aprenderse al dedillo todo aquello que él mismo consideraba imposible de olvidar antes de perder la memoria.

El ramo de orquídeas blancas que recogía la cabellera castaña de la que, en este caso, podía ser su madrastra, le trajo al recuerdo aquel aguacero de lotos impolutos, cuando el trayecto hasta ese lugar, a ese día, a esa hora, aún se presentaba sumamente incierto, aunque como un perenne deseo; entonces tragó en seco, contuvo la respiración, cerró los ojos y buscó concentración.

—Paulina y Won Sin Fon han preferido dejarnos solos. Creo que tienes noticias poco halagüeñas para mí. —El timbre de su voz subía y bajaba de tono, en unos desniveles comiquísimos, aunque acaramelada y bondadosa.

La mujer, arrellanada en un canapé en forma de S, estilo chaperona, hizo un gesto para que él ocupara una comadrita de jardín, y retomó lo que hasta ahora había sido un monólogo.

—Claro que me han puesto al tanto. Según ellas, basado en lo que les has contado, eres hijo de mi marido. Y no serías el único, hay dos chicas y una esposa que viven en China, y tú hiciste este viaje para convencer a tu padre del regreso. ¿Sabes por qué te creo? Porque describes un cofre y una trenza femenina que existen cier-

253

tamente, me las entregó el médico del barco en secreto; y porque en su delirio nocturno, en sus sueños y pesadillas, Mario no para de hablar de escenas que parecerían salidas de un cuento de hadas.

Mo Ying quiso interrumpir. La otra no lo permitió:

—Por favor, discúlpame, no pretendo dañar a la persona que amo. No te alejaré de tu padre, pero tampoco creo que sea conveniente que le remuevas el pasado. El doctor confirma que sería nefasto, mortal. Por el contrario, podrás venir de visita las veces que quieras, te presentarás como un admirador y discípulo, conocerás a tus medios hermanos y te ayudaré a que estudies la carrera de tu elección en la universidad. Organizaremos un viaje, no el de tu padre a China, será a la inversa. Tu madre y tus hermanas se mudarán a este país. Aquí no les faltará nada. Ahora puedes expresar tu opinión.

Mo Ying no consiguió levantar la mirada; sus ojos desbordaban lágrimas calientes e intensas del furor que lo embargaba, la cara le ardía de vergüenza.

—Señora, no puedo aceptarlo, amo profundamente a mi padre… Por otra parte, como podrá entender, mi madre jamás comprendería semejante situación…

—Lo más grande que hay en el mundo es el amor. Si por amor no se hacen sacrificios es que no se ama verdaderamente. Mírame a mí, lo que tengo que aguantar por haberme casado con tu padre, todo esto es muy doloroso… Yo no me esperaba que tuviera familia, ¡que fuese casado, para colmo! Claro, él no se casó con tu madre por el rito eclesiástico, Mario y yo estamos unidos por la Santa Madre Iglesia, apostólica y romana.

Mo Ying continuaba con la barbilla clavada en el pecho. Lo que hizo que levantara el mentón fue aquella melodía que descendió de la habitación situada en una torrecilla; alguien tocaba con gran maestría un laúd de doce cuerdas, ¡y ese alguien no podía ser otro que Li Ying! La voz siguió a la melodía, mucho más potente y viril, igual de extraordinaria, de excelsa.

—Entrometerse en su pasado podría ser mortal, esto ha diagnosticado el doctor Vignamille.

—Señora, también soy médico, al menos así me consideran en mi tierra. Pero desde luego desconozco la ciencia y los métodos del galeno que ha visto a mi padre. Usted ha cuidado de él y le ha dado el valor que merece, admiro su amor por mi padre.

—Entonces, ¿habrá trato o no? —La pregunta sonó vulgar en los labios de una dama.

El hombre dudó.

—Lo visitaré una hora diaria, si usted consiente en que así sea. Déjeme hablarle, quizá poco a poco mi padre logre recuperar la memoria.

—Voy a serle franca. Lo amo, es mi marido, el padre de dos niños preciosos, nuestros hijos. No quiero perderlo. ¿Qué le hace pensar que deseo que recobre su vida anterior? —Sus pupilas herían rabiosas—. Para colmo estoy, estoy embarazada.

La conversación se extendió más de lo debido. Mo Ying pudo divisar a unos pequeños corretear a lo lejos acompañados de una institutriz a la que llamaban Tata Tottote; pronto serían tres, y se le aflojó el corazón.

—Vendré solamente en calidad de admirador y discípulo. Acepto su propuesta. Me gustaría estudiar medicina y derecho, pero no tendrá usted que ayudarme económicamente, tengo mis brazos y no temo al trabajo.

—Una hora diaria crea un hábito poco conveniente, y Mario debe ensayar; además ha fundado una escuela que requiere su atención. Enseña música, canto, danza, mímica, actuación, maquillaje, vestuario, poesía, artes marciales. Te inscribiré, y ya tendrás el pretexto. Prométeme que guardarás silencio. Media Habana sospecha algo, corren runrunes, no deseo que mi familia se entere de esta situación, aquí un chisme rueda la isla entera en menos de lo que canta un gallo. No es que corra la bola, es las dimensiones que alcanzaría.

—Won Sin Fon y Paulina están al corriente del más mínimo detalle, y un amigo muy leal que me puso en contacto con ellas.

—Esas dos no hablarán, yo les sé mucho a ambas… —Extrajo un documento de un sobre de cuero—. Mi abogado ha preparado este contrato, una carta de honor, y como dicen ustedes los chinos: papelito jala lengua.

Mo Ying nunca había oído aquella frase en boca de un coterráneo suyo; quizá, se dijo, era invención de los chinos de Cuba. Pero lo que sí estaba claro para él a esas alturas era que un chino siempre debía desconfiar, y aquel contrato le dio mala espina.

—Señora, ese hombre que viene ahí es mi padre. —En efecto Li Ying, más gordo, el pelo cortado a un centímetro del cráneo y mucho más tostado de piel, iba en dirección a ellos—. He recorrido medio mundo por amor a él, a mi madre, a mis hermanas, usted no creerá que faltaré a mi promesa. Soy un hombre de una sola palabra.

—Y yo, una dama cuyo honor nadie pondría en duda. —Los dedos gélidos de la esposa de su padre temblaban al entrelazarse con los suyos, también excitados.

—Querida Rosario Piedad, acabo de cruzarme con tus amigas —Li Ying hablaba perfecto cubano—, tan simpáticas como de costumbre. ¿Y quién es este apuesto paisano?

—Un, un, en fin, este joven está hoy aquí porque, porque, él es… —gagueó nerviosa.

Mo Ying quiso abrazar muy apretado a aquel hombre, besar sus mejillas, acurrucarse en su pecho como cuando era niño; pero prefirió guardar las distancias, y salir en ayuda de la atolondrada Rosario Piedad Magnolia Primitiva de la Encarnación Sarmientos de Fong.

—Soy un simple admirador suyo, he venido acompañando a Won Sin Fon y a Paulina Montes de Oca. En realidad, he venido hasta aquí con el secreto deseo de confesarle…

La mujer carraspeó; Mo Ying se recompuso.

—De presentarle mis respetos a usted. Deseaba conocerlo, pretendo seguir sus pasos, convertirme en su discípulo más aventajado.

Mario Fong observó meticulosamente a su compatriota.

—¿Cómo te llamas, muchacho? —preguntó muy serio.

—Maximiliano Megía, maestro —dijo el nombre de carrerilla.

—No, por favor, dime tu verdadero nombre, en chino, quiero decir. —Arrancó un pétalo de la orquídea prendida en el cabello de su mujer, lo estrujó y olió el perfume impregnado en las puntas de los dedos.

Mo Ying no consiguió reprimirse. No sabría explicar más tarde por qué en lugar de decir su verdadero nombre, optó por mumurar:

—Li Ying, maestro, ése es mi nombre. —Enseguida mordió sus

labios, con la amarga sensación de que había metido la pata en un charco pestilente de Yaan y que la había sacado chorreando excrementos de una alcantarilla tupida en una calle de La Habana Vieja.

—Magnífico, encantado, paisano —estrechó la mano—, te espero en la academia.

—Sin falta, maestro —respondió susurrante Mo Ying.

La escena fue interrumpida por el aya, la Tata Tottote, quien corrió desesperada a meter la cabeza en el agua del estanque porque había tropezado con un avispero, y traía la cara del color de una semilla de zapote, morada, casi azul, de tantas picadas; los niños, por suerte, escaparon a tiempo; en toda evidencia las avispas se ensañaron con la desafortunada niñera.

Detrás de los niños corría un perro pelado, el hocico estirado, los ojos casi cerrados.

—Tuvimos que traer un perro chino. Uno de los niños es asmático, y dicen los que saben que esa raza de perro quita el asma —contó la dama.

—Ah, casi lo olvido. En mi viaje me tropecé con un pescador, que me pidió que si un día conocía a un gran actor le hiciera entrega de este libro, los poemas de Wang Wei. Aseguró que el actor que decida incluirlos en un espectáculo tendrá una acogida fabulosa.

—Gracias, muchacho, esta misma tarde empezaré a leerlo.

VEINTIOCHO

El ánfora y la mirra

En la charada chino-cubana: chivo

Fue una de las más bellas puestas de sol que jamás había contemplado Mo Ying, en los confines del desierto Gansu, a los pies de las dunas de Qilian: un sol redondo e inmenso, velado por unas nubes anaranjadas descendía lentamente; el cielo rojizo silueteaba la fortaleza de Jiayuguan, edificada en el siglo VI bajo la dinastía Ming. El horizonte reverberaba despejado y entonces, antes de que el sol desapareciera por completo, advirtió un rayo verde, fluorescente; detrás sobrevino la noche. Observar semejante espectáculo llenó de nostalgia el corazón de Mo Ying, su voz se elevó y tarareó una melodía. Sus compatriotas lo imitaron, y el capataz y los demás bandidos no pudieron impedir que los invadiera un hechizo hipnótico. Cautivos de tal embeleso, no advirtieron a un extraño deslizarse sigiloso hasta ellos desde unas dunas, cuchillo en mano, y caer directo encima de Cesáreo Plutarco, a quien clavó el cuchillo en el cráneo.

Nadie escuchó nada; sólo Mo Ying, con su refinada percepción, presintió que algo sucedía detrás de ellos, pues el capataz se había rezagado. Sin embargo, sólo pudo ver al mexicano con una mano aferrada al cuchillo ya clavado en la cabeza y a una sombra escurridiza gatear a un camello y fugarse detrás de unas dunas de arena roja, teñidas por el atardecer.

Mo Ying acudió a socorrer al herido. Los demás bandidos maldecían en francés y en español. El muchacho consiguió tranquilizarlos:

—No es tan grave, la hoja entró de costado y la punta salió por encima de la oreja, habrá que extraerla con cuidado. Necesito vendas de algodón limpio y tazas de cristal. Tenemos que salir cuanto antes mejor de la frontera con el desierto —sugirió Mo Ying.

Mo Ying prefirió no tocar el cuchillo, mover al herido lo menos posible y retirarse de inmediato de la zona. Así lo hicieron. Atravesaron paisaje tras paisaje durante días. Por fin, en el claro de un bosquecillo, Mo Ying pidió que colocaran al herido encima de la hierba y con sumo tino y paciencia haló el arma tramo a tramo; por suerte sólo había mordido la piel del cráneo, no dañó en profundidad, pero ahora sangraba en abundancia. Aseó la rajadura con agua de un riachuelo y la secó con unos trozos de tela desgarrados de un fino traje de boda confeccionado en Yunnán, que uno de los bandidos llevaba en su equipaje con la finalidad de obsequiar a su novia a su llegada a México.

Hurgó entre los matorrales, trajo hasta el herido un mazo de raros y perfumados matojos, los ordenó a su alrededor, escogió con precisión cuáles masticaría antes y cuáles después; hundía los dedos en su boca y escupía una pasta verdosa con la que poco a poco paró la hemorragia y después taponó el tajo.

—Ahora deberemos esperar. Esa cura evitará la fiebre. —Mo Ying se sintió extenuado y sumamente triste.

Pidió entre los viajeros tazas de cristal; ahumaba el interior al fuego y las colocaba ahuecando la piel de la espalda; de este modo las ventosas mejoraban la circulación sanguínea y eliminaban los dolores de la cabeza y del cuello.

Hasta ahí había leído Gina en uno de los cuadernos de Maximiliano. Mientras planchaba las camisas de trabajo de su marido, se dijo que algo raro pasaba dentro de ella. Desde que cuidaba al anciano había descuidado a su esposo. Antes de conocerlo era una ama de casa que se contentaba con casi nada; las tareas diarias no le pesaban, y con que Asensio la llevara los domingos a bailar a la Tropical o a coger un poco de fresco sentada junto a él en el muro del malecón, mientras oían la radio portátil y vaciaban un paquete de cervezas en lata, ya se sentía una persona afortunada. ¡Ah, olvidaba lo de estrenarse un vestido y un par de zapatos en cada cumpleaños! Con eso bastaba para vivir colmada en el reino de la felicidad. Pero desde que conocía a Maximiliano su vida había cambiado. Prefería quedarse más tiempo con el anciano, leer sus historias, observarlo fumar con los ojos virados en blanco su pipa de opio, que alternaba con el tabaco. El anciano, además, dotado de una gran paciencia, china por supuesto, escuchaba sin protestar su perorata cotidiana.

Desconectó la plancha de la corriente y retomó el diario de Maximiliano Megía. Así se enteró de que el capataz sanó rápidamente y que quedó agradecido de por vida a Mo Ying; fue él quien apoyó a los amantes protagonistas de una historia rocambolesca que los campechanos llamaban «el romance de la francesa y el chino», fue él quien ayudó a Eva Dubosc a localizar al amigo inglés de un tío de la joven (que le sería desleal), el cual se encargaría de trasladar, sin aparente costo alguno, a Maximiliano de Campeche a Cuba, pero que lo revendió a un tejano, antes de que el padre de la muchacha ordenara su desaparición.

Gina releyó algunas páginas hacia atrás; pese a que el chino había salvado la vida del mexicano, los demás miembros de la pandilla le guardaban rencor por una simple razón: veían con desconfianza que el capataz estrechara relaciones con el bracero y no vacilaron en humillarlo y tratarlo de la peor manera, por lo que Maximiliano anotó en su diario que se sentía peor que un animal enjaulado, en medio de la travesía. Podía soportar los castigos físicos, pero algunas vejaciones royeron su alma y aún ardían sus cicatrices.

Continuó con la lectura del cuaderno siguiente. En Xanadú existía una costumbre muy rara, Marco Polo también había escrito sobre ella. Una vez que un extranjero entraba en un burgo, los hombres le brindaban sus esposas y sus hijas, ofrecían cualquier mujer que el visitante deseara. Los maridos entonces desaparecían. Nadie se moría de celos ni se mataban por rencor. Aquello era sencillamente natural, un hábito tradicional. Gina frió un huevo en saliva, abandonó los diarios y volvió a conectar la plancha.

—Eso sí que no me lo creo yo, ni un poquito así —murmuró recelosa.

De entre el montón de camisas y pantalones del marido, tomó una guayabera y un pantalón de talla menor que las que usaba el salvaje del taxista, prendas de vestir pertenecientes a Maximiliano.

—Tengo que apurarme con esto, y convencerlo de que asista a la comunión de Lola. —Se ensalivó el dedo y lo pegó en la plancha, chirrió la saliva en el metal al rojo vivo; afincada en el mango del aparato se dispuso a dejar la guayabera como un trozo rígido de cartón tabla.

Hacia el mediodía ya se había desplazado al cuarto de Maximiliano y, doblada encima de un cubo, fregaba con esmero la vajilla del almuerzo. La guayabera y el pantalón impecables los había colgado del canto del armario.

—Deberá usted ir, Maximiliano. Lola me lo ha pedido mucho. Es este domingo, creo que la hará muy feliz verle a usted allí. No se preocupe de nada, estaré a su lado, nos sentaremos al final de la iglesia, nadie nos verá. Sólo su hija y su nieta sabrán que nosotros estaremos ahí.

El hombre escribió:

«Estoy muy viejo. Me agotan esas ceremonias inacabables.»

—Ya las misas no son tan largas como antes, las han recortado un poco, parece que la gente se aburría de tanto pararse, persignarse, sentarse, y arrodillarse… —mintió—. Ah, otra cosita, como usted me había pedido que echara una ojeada, pues leí algo de sus cuadernos, vaya, no en orden. Voy, abro en una página, y si me interesa leo, no soy buena lectora. Me gustó mucho cuando usted salvó al malo ese, al capataz… Lo de Xanadú no me lo creí para nada, no puede ser verdad que los hombres prestan sus mujeres y sus hijas a los desconocidos.

«Corrían otros tiempos y es otro mundo…», respondió con su caligrafía vacilante.

Maximiliano se levantó con dificultad, fue hacia el armario, rebuscó a ciegas con la mano; por fin palpó algo y se aferró al objeto.

—¿Lo ayudo? —Gina secó las manos en el delantal.

El anciano abrazaba un jarrón de porcelana.

—¿Quiere que lo coloque en algún sitio?

Ni siquiera respondió con un gesto como acostumbraba, sentado en el borde de la cama lustró con una camiseta sudada el fabuloso jarrón, luego escribió:

«Me lo regaló una muchacha en Xanadú. Seguro no has leído esa parte de mi vida. Una joven que vivía en un monasterio, era huérfana de nacimiento, fue mi mejor amiga. Es para Lola, se lo das de mi parte, en celebración de su comunión.»

Gina no dijo nada, pero eso de que existiera otra persona que había sido mejor amiga que ella, la puso bastante celosa. Aspiraba a convertirse en su mejor amiga, pero ya alguien se le había adelantado. Normal que alguien llegara antes que ella, se dijo, él era demasiado viejo.

—Le daré el jarrón de su parte, tan chulo, apreciará el regalo… Pero tiene que prometerme que irá a la iglesia de la Caridad.

Ambos se tiraron encima lo más elegante que poseían. Tanto insistió Gina y tantas ganas ocultas tenía Maximiliano de volver a ver a la chiquilla que el domingo siguiente llegaron puntuales a la iglesia de Nuestra Señora de la Caridad, en la calle Salud. Aguardaron agazapados detrás de una gruesa columna a que el cura iniciara la ceremonia. Maximiliano observó embebido a su hija Yoya con un vestido muy bonito, guarapeado con orquídeas moradas en un fondo rojo fuego, no muy apropiado para una comunión, se dijo, parecía más bien un traje típico chino. Lola iba con un traje blanco de encaje y tul; un velo cubría su rostro, unas medias tejidas hasta las rodillas y unas botas ortopédicas blancas. Maximiliano habría evitado las botas, pero ya no podía hacer nada. La niña indagó a un lado y a otro de la calle: buscaba a su abuelo. Entristecida, entró en el templo de la mano de la madre y de la abuela Bárbara Buttler, quien había aparecido inesperadamente como sólo aparecen los fantasmas en las historias de fantasía mediocre.

La misa se desarrolló lenta, el rito alargaba los minutos, la lectura de los evangelios, las oraciones, las predicaciones; después de pasear las pupilas por cuanto recoveco llamara su atención, el anciano fijó la vista en el delgado cuello de su nieta, ansioso de conversar con la niña. Todo iba muy bien hasta que llegó el instante del incienso. El monaguillo agitó en cruz el incensario y el aroma inundó el recinto. Maximiliano se puso a estornudar estruendosamente. Los asistentes voltearon las cabezas, el anciano, molesto por haber llamado la atención, sólo pedía a Dios el poder de evaporarse, de hacerse invisible. La niña cruzó sus ojos con los suyos, sonriente. Yoya apretó la pequeña mano, ella también divertida.

Gina golpeó en su espalda, torpe, como si estuviera atorado con un trozo de pan viejo. El anciano se abalanzó hacia la puerta, con tan mala suerte que al mismo tiempo que pretendía huir, un chivo con una soga atada al cuello intentaba entrar; nadie sostenía la otra punta de la soga. Maximiliano enredó sus piernas con el lomo del animal y cayó de bruces frente al altar mayor. Gina acudió en su ayuda y, avergonzados, escaparon por una salida lateral junto a la sacristía. Bárbara Buttler resopló y reviró los ojos en blanco:

—Este chino cretino siempre haciendo de las suyas —masculló.

El chivo se levantó del suelo y siguió como si con él no fuera hasta los búcaros repletos de azucenas, rosas, gladiolos, orquídeas, berreó y con la misma inició a mordida limpia un banquete con las mejores y más frescas flores. El monaguillo corrió sudoroso hasta el chivo, lo tomó en sus brazos y, ya en la acera, consiguió amarrarlo a un poste eléctrico.

—Ahí aguantarás hasta que yo termine, Zaratustra, ¡qué barbaridad, hijo mío! —rezongó.

El chivo, no podía ser de otro modo, echó una ojeada de hito en hito, con ojos de carnero degollado.

Maximiliano reparó en cómo había llamado el monaguillo al animal y no pudo contener la carcajada, a pesar de que continuaba sin parar de estornudo en estornudo. Gina creía que se había vuelto loco, nunca el anciano se había puesto en semejante estado de alebreste. Una carcajada, un estornudo, y así alternaba. Asensio, el marido de Gina, apareció por la esquina de la calle Manrique al volante del taxi. La mujer arrastró al viejo dentro del vehículo.

—¡He pasado la pena del siglo, tú! —Gina haló el pañuelito de encaje del entreseno, secó la frente sudorosa del anciano e inmediatamente después la suya, se abanicó el pecho con el trocito de tela—. Explíqueme ahora, Maximiliano, ¿cuál es el motivo de tanta recholata? No entiendo nada de nada, ¡Ave María Purísima, yo nunca lo había visto comportarse de modo igual!

El anciano hizo señas con la mano de que más tarde le contaría el origen de su excitación. Al rato, sentados cómodamente en el colchón de la cama, el anciano anotó en su cuaderno:

«Me reía tanto por culpa de la situación tan absurda. Con la edad me he vuelto alérgico al incienso. Pero lo peor fue lo del monaguillo y el chivo. ¿Cómo puede un monaguillo llamar Zaratustra a un chivo? ¡Un chivo bautizado con el nombre del Anticristo! ¡Por favor, para colmo, por un monaguillo! ¿En qué país vivimos?»

VEINTINUEVE

El néctar de la aventura

En la charada chino-cubana: ratón

Sedientos y desanimados, ante un árido paisaje estepario, blanco y excesivamente fulgurante, los hombres de Cesáreo Plutarco se detuvieron por fin. La sequía agrietaba el suelo en anchas rajaduras, y el sol levantaba ampollas en las manos, los pies sangraban reventados en llagas redondas y purulentas.

Mo Ying acudió al reclamo quejoso de un esclavo; la piel de sus labios había adquirido el color y la textura de las piedras, vidriaba el blanco de los ojos, cubierto por una carnosidad sanguinolenta, a cada rato brincaba estremecido por los escalofríos. Mo Ying abrió un cofrecito de bambú y extrajo una pinza, agarró el tobillo del hombre; de un hueco supurante de pus en la planta del pie pendía una especie de soga babosa; el muchacho haló un poco y el grito de dolor del esclavo hizo eco en la vastedad del horizonte. Mo Ying sabía que extraer un gusano de semejante longitud dificultaba la cura, y que sólo podía hacerlo lo más lentamente que le permitiera el bicho, un corto pedazo a diario, sin excesos, ya que si se arriesgaba halando de un tirón podía partir el parásito, cuya presencia en el cuerpo humano era sin duda alguna mortal. Tampoco podía dejar la parte de la cabeza dentro, la más importante, porque entonces cabía la posibilidad de que se reprodujera y el esfuerzo habría sido en vano. Por otra parte, no debía demorar demasiado; la

267

suerte facilitaba la manipulación, el bicho caminaba hacia atrás, con el fin de alimentarse de los microbios que entraban a través de la herida. Si por el contrario, le hubiese dado por caminar hacia delante, desaparecería por completo, rumbo al corazón o a cualquier otro órgano vital, y en ese caso no se podría hacer nada por salvar al enfermo.

—Mañana continuaré contigo; ánimo, hermano, ya está casi afuera —susurró al oído del desmadejado enfermo.

Un hombre alarmó desde lejos:

—¡Eh, eeeh, tú, el médico! ¡Corre, ven aquí!

Uno de los enganchadores de esclavos se revolcaba de dolor. Con las manos se cubría la cara y, en vez de gritos, de su garganta emergían alaridos terroríficos. Los demás fueron arrastrándose hacia él, curiosos ante la escena. Escarranchado encima del sujeto, Mo Ying logró inmovilizarlo con las rodillas y separó los tensos brazos del rostro. Del lagrimal descendía una enorme tenia, la mayor lombriz que el muchacho hubiera visto jamás. Pidió ayuda; dos hombres aguantaron por los hombros y por la cabeza al infeliz, el médico atrapó la lombriz y tiró de ella suavemente; el hombre se desvaneció, pero esta vez Mo Ying triunfó en su objetivo. A la media hora la solitaria se retorcía entre sus dedos; la regó con alcohol y la quemó.

A distancia considerable, vibrantes en la reverberación solar, distinguieron a un viejo escoltado por caballos mongoles. Cesáreo Plutarco llevaba aún la cabeza vendada, pero ya se atrevía a erguirse en la improvisada camilla de hojarascas e impartía órdenes con tono recalcitrante:

—Es el conductor de los caballos, con quien tenemos la cita.

Revisen las orejas, los dientes, las patas, pelo a pelo de las bestias, cuiden de que estén sanas. Aunque a distancia puedo estar convencido de que lo están, así y todo no dejen de mirar hasta en el culo. Compren justo las necesarias, y entonces, ¡de vuelta a Xanadú! Y si el viejo se pone farruco, me lo cosen a puñaladas.

Los hombres asintieron, y obedecieron palabra por palabra del jefe. De este modo los esclavos pudieron viajar a caballo, aunque también conservaron los mulos y los camellos, más los caballos que traían los bandoleros con ellos.

Al final de la negociación acribillaron a cuchilladas al vendedor de caballos mongoles.

Galoparon dos días por aquel escabroso paisaje y así fueron encontrando pequeños oasis de arbustos. Una brisa caliente anunció que entrarían en una pradera y ¡por fin, un riachuelo! Escuálido y sucio, pero aquel filo de agua rutilante sembró la alegría en el corazón de los hombres.

Descansaron el resto del día y la noche; a la mañana siguiente emprendieron el trayecto hacia unas montañas, en cuyos flancos relucían unos edificios monumentales. Mo Ying advirtió que se hallaba por segunda vez frente a las grutas de Mogao, la sede de templos de la secta budista más grande del mundo, y sintió un súbito alivio sólo de imaginar que conversaría en calma con personas a las que respetaba y adoraba.

Los monjes recibieron a la comitiva. Mo Ying fue el interlocutor espiritual entre ellos. Los mexicanos decidieron bajar a instalarse en la ciudad. En el corazón del pueblo pernoctarían alrededor de un mes, haciendo de las suyas. Antes de que partieran, Mo Ying acordó con los bandidos su estancia en el monasterio y que al cabo del mes, a la hora de partir, descendería a reunirse con el resto de los viajeros. Junto al joven se quedaron dos enfermos, mordidos por ratas, y otro muchacho de unos dieciséis años, también monje, que formaban parte de los alistados por Cesáreo Plutarco.

Después de una semana en absoluta meditación, encerrado en una habitación habilitada con lo mínimo para proveer lo necesario, Mo Ying quiso dar un paseo. Sintió su cuerpo nuevamente sano, su alma limpia, la mente inocente; sus pasos se encaminaron a los alrededores de la montaña. Tan distraído estaba en la contemplación de los inclinados árboles que no se percató de que una sombra perseguía sus huellas desde hacía un buen rato. Le pareció oír crepitar un arbusto, algo así como una pisada que partía una rama, se volteó y sólo alcanzó a divisar un ratón detrás de una ardilla. Continuó despreocupado, pero a los pocos minutos volvió a apoderarse de él el presentimiento de que alguien investigaba las pistas que él iba dejando; se detuvo, aguardó. El otro también se detuvo y respiró desacompasado. Mo Ying prefirió regresar; en el trayecto experimentó constantemente la sensación de que el aliento del otro humedecía su nuca.

—Se trata de Néctar de Vida, una huérfana de nacimiento que ha crecido en el templo. La recogimos, todavía un bebé, abandonada en los alrededores de Xanadú. Es una muchacha muy tímida; aunque no se te presente, cuando sospeches que anda detrás de ti, háblale; sólo así saldrá de su escondite —recomendó un sacerdote.

Esa misma noche, mientras oraba con la frente pegada en la estera percibió pasos titubeantes junto a la puerta de su habitación. Abrió el picaporte, ojeó, corrió afuera; sin embargo, por más que buscó no halló a nadie en los extensos corredores de los templos. Salió a contemplar las estrellas y a respirar el perfume húmedo y salvaje de la maleza. En medio de un pequeño y redondo bosque descubrió la figura esbelta silueteada por la luz de la luna. Néctar de Vida se viró hacia él, y enseguida el instinto de Mo Ying le vaticinó que harían buenas migas, serían excelentes amigos, y que su amistad perduraría todos los años de su existencia.

—Puedo ayudarte con los enfermos —propuso ella.

—Eres muy… muy amable. —Iba a decir bella por amable, pero prefirió lo segundo.

Transcurrieron los días y realmente devinieron inseparables. Con la ayuda de Néctar de Vida salvó a los moribundos. Con ella discutía sobre remedios medicinales; la joven anotaba en su cuaderno las propuestas que él le dictaba y él narraba sus experiencias como médico en regiones donde la desolación y la pobreza habían enlutado a pueblos enteros. Leían los mismos libros durante madrugadas, pintaban al mediodía, escribían un diario en común donde se contaban sus vidas.

—Nunca dejaré de escribir para ti, aunque tú te vayas, aunque no nos veamos nunca más —declaró la joven.

Mo Ying parpadeó suavemente. Esa tarde su amiga se veía preciosa, llevaba una blusa blanca de fino encaje de algodón, una falda azul bordada con mariposas amarillas, el pelo recogido en dos trenzas anudadas alrededor de la frente, y unos aretes de oro, en forma de candelabros, que terminaban en perlas del colorido del champán. Néctar de Vida era tostada de piel, tenía las cejas y las pestañas espesas y muy negras, como el pelo, la nariz palpitaba graciosa cuando pronunciaba palabras esdrújulas, la boca húmeda y del mismo color de su piel, permanentemente bronceada, aunque a veces trastocaba en un impulsivo granate; alrededor de la boca y de la nariz lucía una constelación de tres lunares: uno en la mejilla, justo al lado de la aleta derecha, otro encima del labio hacia la izquierda y el tercero en el centro del mentón. Entre las cejas deslumbraba un rayo blanco de luz.

—Te llevaré a conocer Xanadú; no es muy lejos, y así verás el sitio en que nací —prometió, ofuscada por la intensidad con que el hombre se fijaba en ella.

Más tarde, a solas en su cama, Mo Ying se preguntó intrigado si aquel sentimiento tan fuerte de atracción hacia Néctar de Vida podría ser amor y deseo carnal. Sin duda era amor, un amor muy puro y un deseo inexplicable de acompañarla y de sentirse acompañado por ella, pero en su cabeza no cabía iniciar una relación sexual que pudiera retraer la amistad. Nunca antes había sostenido conversaciones con una chica con quien se sintiera tan hondamente identificado, porque incluso ambos pensaban similar: a veces iban a opinar sobre algo y decían lo mismo al unísono, las mismas barbaridades que hacían sufrir a Mo Ying embargaban de amargura a su amiga; también reía de situaciones idénticas a las que provocaban risa en Néctar de Vida, o se revolcaban en la tierra, divertidos con tonterías muy parecidas. Acostados en un colchón de hierba perfumada con gotas de lluvia, sus cuerpos se acoplaban ingenuamente para observar la inmensidad del cielo; él besaba las finas manos, ella arrebujaba la cabeza en su pecho; mientras caía el crepúsculo, bromeaban, conversaban, meditaban o simplemente escuchaban extasiados el canto de los grillos.

Mo Ying dudó por primera vez si quería realmente abandonar

aquel lugar de paz y armonía, pero pensó en su padre y se arrepintió de comportarse de modo egoísta.

—Un día tendremos que separarnos —odió tener que anunciar la partida.

—Lo sé, Mo, pero antes iremos a Zhangye, y después a Xanadú —suspiró ella—, no te preocupes, entonces, podremos contar a nuestros nietos en el futuro que compartimos una amistad que ni la distancia ni la muerte pudieron destruir.

Néctar de Vida, de su lado, también experimentaba la misma sensación junto a Mo Ying; tenía la certidumbre de que vivía un momento excepcional, como un paréntesis, una enseñanza que le serviría de mucho en el porvenir.

—¿Habrá otro momento como éste? —dudó la chica.

—Ese momento es ahora, éste. Calla, no lo malgastemos.

Depositó otro beso en el hombro oloroso a sándalo.

TREINTA

El tatuaje en el paladar

En la charada chino-cubana: camarón

Estimado Maximiliano:

Después de tantos años me decido a escribirte para pedirte perdón. Yo era muy joven, quería ser actriz, y de pronto tú llegaste a mi vida y se me enredaron los sentimientos. Tuvimos cinco hijos, uno detrás del otro, yo te amaba, amaba a mis hijos, pero no había olvidado mi ambición de actuar. Y por esa razón les abandoné, y a ti con los niños. Ellos me han perdonado, tú jamás has querido aceptar mis excusas.

Hoy te escribo porque Lola acaba de recibir tu regalo, ese bello jarrón chino que guardabas con tanto cariño, y la niña se abrazó a la porcelana como si se tratara de ti. Y me puse a pensar, más que nunca, que deberíamos hacer las paces, aunque sea sólo por ella.

No sé por qué ahora te recuerdo postrado delante de tu altar, fuera del mundo, en un más allá que yo nunca comprendí, y entonces te oigo repetir aquella frase con la que empezabas invariablemente tus oraciones, o meditaciones: *evam maya srutam*. Me explicaste qué quería decir en sánscrito: esto he escuchado… Y yo me quedaba tan tranquila, esperaba más palabras de tu parte, sin resultado. Todo era silencio, un silencio redondo y aplastante, y yo me aburría. Perdóname, una vez más por no haber comprendido a tiempo.

No quiero morir sin que nos hayamos reencontrado. Y Lola espera ansiosa que tú le abras tu mundo.

Un abrazo de tu ex mujer,

BÁRBARA BUTTLER

El hombre ripió la carta. Gina no sabía dónde meterse, por temor a que al anciano le entrara otro ataque de ira; fue la razón por la que anunció que iría a comprar aspirinas. Maximiliano se puso a escribir en el cuaderno, Gina abrió la puerta dispuesta a marcharse, y él arremetió con dos golpes de la pipa en la mesita de noche.

—¿Me voy o me quedo? —preguntó asustada dándose una palmada en el pecho—. Fíjese, no quiero que la coja conmigo, yo traje la carta porque su hija me lo pidió.

«Bárbara siempre igual, nunca supe si era entretenida o sinvergüenza, sesenta años después es que se decide a escribir para pedir perdón. Estuve preparado a escuchar una explicación, unas disculpas de su parte cuando ocurrió la ruptura. Pero, en aquel entonces, jamás se ocupó de dármelas. Yo y caca de perro significaban lo mismo para ella. No tiene una mejor idea que manipular a Lola. Y no se da cuenta de que Lola y yo comunicamos sin que nadie tenga que mediar entre nosotros.»

—Creo que la abuela es sincera —acotó Gina.

«Sin duda, ya está vieja, no hay nada más patético que un viejo deseoso de llamar la atención. Yo la perdoné hace tiempo, no sé de qué me habla. Bárbara, ah, Bárbara, no creo que me haya equivocado. Al inicio, cuando la conocí, parecía tan dulce, o fueron ideas que yo me hice…» Descansó el lápiz en la ranura de la libreta; recostado en la almohada, tapó su rostro con el antebrazo y se abandonó a la memoria.

Había sido recomendado por un amigo de su madrastra a la familia Buttler. El irlandés quedó encantado con tener a un médico y a un abogado en una misma persona. A partir de la primera reunión entre ellos quedó determinado que llevaría los negocios de la carnicería del señor Buttler: como jurista debería resolver unos cuantos pleitos y como médico cuidaría las amígdalas de sus hijas, muy propensas a enfermar de laringitis, y estaría al tanto de las demás molestias de la señora de la casa y del propio señor Buttler.

La primera vez que habló con Bárbara, ella se hallaba arrebujada entre las sábanas de hilo, en una cama como de princesa; padecía una fiebre muy alta, metían miedo aquellos ojos azules botados, como de bocio, apestaba la garganta podrida. Preguntó con el tono afable de los médicos cómo se sentía, ella respondió que muy mal y ahí se acabó el diálogo; eso fue sencillamente todo.

Sin embargo, bastaron unos minutos para que se diera cuenta de su belleza agresiva. Temía observarla de cerca y, por el contrario, no podía impedirse tocar los rizos de su roja cabellera, que se esparcían alborotados encima del almohadón.

Durante días no se apartó de su lado, dormía en una habitación habilitada con toda intención para él. Cada mañana auscultaba la inflamación ganglionar y con el dedo envuelto en algodón aplicaba toques de miel y limón, limpiaba a fondo las llagas, inyectaba los medicamentos necesarios, practicaba masajes y acupuntura. Todavía la muchacha estaba en una edad en que las infecciones virales se afincaban con alevosía en el cuerpo, y ésta se emperró, le duró dos semanas.

Al cabo de ese tiempo, el malestar cedió y paciente y médico iniciaron una respetuosa relación; comenzaron por jugar a las cartas, luego él le enseñó algunas reglas del mahjong o mayón, y ella se desternillaba de la risa, divertida a más no poder en su compañía.

Una vez curada la paciente, Maximiliano Megía retornó a sus

costumbres habituales, envió una carta postal recomendándole reposo e intentó no pensar de modo obsesivo en ella. Pero la picazón o el cosquilleo entre el ombligo y el pubis atormentaban a Bárbara Buttler, derretida ante la imagen del chino. Maximiliano se había cortado el pelo, y al despejar su frente, su rostro adquirió una madurez que lo hacía muy interesante a los ojos de las mujeres.

—¿Que qué? ¿Te has enamorado del chino ese? —Su hermana Nina no podía creerlo.

—El chino ese, como tú lo llamas, es abogado, médico y me gusta cantidad.

—¿Cómo te puede gustar un chino? Además, dicen que los chinos traen mala suerte. ¿No has oído el dicho que «fulano tiene un chino detrás», de alguien que está muy fastidiado? —Nina insistió.

—Me gusta Maximiliano, me voy a casar con él y punto —espetó Bárbara.

—¿Casarte con un chino? Será para que papá lo mate. Harás de papá un desgraciado. —Nina dio una chupada a una chambelona y se dispuso a abandonar el recinto.

Maximiliano recibió una invitación a una velada de declamación de poesía en honor de la señorita de origen italiano, Ángela Giancarli, que cumplía quince años. En el programa aparecía Bárbara Buttler; con tinta una flecha indicaba su nombre, y con su letra ella había marcado: «No falte, doctor, gracias a usted mi garganta me permitirá actuar». Él asistió por cortesía, y casi se muere de la risa cuando tocó el turno de Bárbara, quien recitó unos poemas ridículos y excesivamente llorosos.

—¿Qué le pareció, doctor? —Su voz sonó un poco ñoña.

—Muy emotivo —prefirió la parquedad a la mentira.

—¿Me acompaña al jardín?

Él aceptó, pero no se esperaba semejantes vibraciones tan avanzadas de parte de Bárbara Buttler, aunque con anterioridad unos amigos le habían aconsejado que se cuidara de las pelirrojas, que eran de armas tomar en cuestiones carnales.

—Quiero ir a tu apartamento —susurró ella detrás del abanico de nácar ornado con plumas de ganso.

Escuchar el tuteo erizó los vellos de la rabadilla del doctor.

—Mi apartamento es bastante chiquito, y no está en condiciones de… ejem… —carraspeó incómodo.

—Entonces ven a casa, mañana al mediodía estaré sola —soltó otra andanada.

—¿Por qué? ¿Se siente usted enferma? —preguntó haciéndose el chivo loco.

—Maximiliano, yo sé que me llevas algunos años, eso no importa…

No quiso escuchar más. Aterrado, echó a correr hacia la entrada enrejada de la mansión, huyó con los pantalones llenos de guizasos de caballo, porque en el desespero embistió unos matorrales faltos de cuidados de jardinería.

Se mantuvo alejado durante un mes. No respondía a los incesantes mensajes del señor Buttler. Hasta que éste apareció en el despacho de la calle Tejadillo.

—Óigame bien. Imagino que sabe por lo que estoy aquí. —Apoyó las manazas en el buró de caoba—. ¿Lo sabe o no?

Maximiliano negó en silencio.

—Mi hija Bárbara Buttler ha enfermado de nuevo, pero no

de la garganta. Esta vez no presenta síntomas físicos, sin embargo no duerme, no prueba bocado y le ha contado a su madre que anda en un romance con un chino, y a mí me late que puede que sea usted… Vaya, como una corazonada muy casual que me ha dado…

—Eso no es serio.

—¡No me interrumpa! —El irlandés dio un puñetazo en la mesa y los papeles rodaron al suelo—. Ya sé que no lo es, como sé también que no es culpa suya, Maximiliano. Tengo hijas muy caprichosas, una de ellas se ha encaprichado con usted y yo no puedo parar de trabajar para ocuparme de eso. O se ocupa usted o lo mato.

—No exagere, hombre. No entiendo lo que me pide, señor Buttler.

—Ella quiere casarse lo más pronto posible. ¿Estaría dispuesto?

—No había pensado en eso.

—¿Le gusta o no le gusta mi hija?

Pensó que en Xanadú todo había sido mucho más sutil.

—Sí, señor, pero enfrento responsabilidades económicas con mi madre, mis hermanas; usted podrá suponer que para mí sería difícil asumir…

—No me importa, para eso trabaja para mí, para ganar dinero, y ganará todavía más. Lo único que quiero es paz en el hogar. Y presiento que usted traerá la paz al mío.

—Usted sabe, míreme bien, soy chino. En este país, los chinos no caemos muy bien en ciertos ambientes.

—Téngalo claro, Maximiliano, me importa un pito lo que digan con tal de que pueda echar adelante mis negocios sin tener injerencias familiares. Y pensándolo bien, así, de perfil, no lo veo a usted tan… tan asiático que digamos. Espero que sepa a lo que me refiero, no es tan amarillo. Cuento con usted.

A los pocos meses hubo boda. La celebración se hizo en la iglesia de la Merced; por suerte fue sencilla y, al contrario de lo que se temía, la gente de buena fe admiró la audaz mezcla del chino con la irlandesita. Esa misma noche, durante la luna de miel, a orillas del Valle de Viñales, Maximiliano descubrió que su joven esposa llevaba fuego en las entrañas y, aunque virgen, parecía salida del peor de los prostíbulos del barrio de Colón por la manera en que se comportaba en la cama, en el suelo, en el aire y donde la cogieran las ganas, y por las palabrotas que soltaba. En lugar de amilanarse, semejante fogosidad hizo que enloqueciera con ella.

Después del viaje se instalaron en un apartamento aledaño a la residencia de los padres de Bárbara Buttler. Una noche las hermanas de su esposa decidieron visitar a los recién casados; él las atendió un buen rato, conversó y demostró gran cultura y caballerosidad. Por un guiño de Bárbara, supuso que sería mejor dejarlas solas, visto que hacía tiempo que la mediana no compartía emociones con ellas.

Maximiliano se acostó, pero la sed lo despertó y fue a la cocina a buscar un vaso con agua; pasó junto a la ventana que daba al portal y escuchó una frase que lo obligó a detenerse:

—Entonces, no te arrepientes de nada —preguntaba Isolda, la más chiquita de las hermanas.

—¿Arrepentirme? ¿De qué? —retó Bárbara.

—De haberte casado con un chino.

Nina e Isolda rompieron a reír aparatosamente.

—Cállense, van a despertar a Maximiliano. No me arrepiento, hermanitas, de ninguna manera. Me gusta todavía más, tiene una clase de tolete que ya quisieran los novios de ustedes por un día de fiesta.

—¿Sssííí? Yo no sabía que los chinos estaban tan bien dotados. ¿De qué tamaño?

Bárbara abrió los brazos y sopesó la medida. Las hermanas se relamieron de gusto.

—Pues sí, mi chino está muy requetebién repartido. Además, me siento muy feliz a su lado. Claro que, si hablara un poquirriquitico más, nuestro matrimonio sería estelar. ¡Es tan reservado que a veces me aburre!

—¡Y con lo que te gusta a ti cotorrear! —subrayó Nina.

Las hermanas se marcharon bastante tarde; así y todo, Bárbara aterrizó en la cama y exigió a su marido entre gimoteos y escarceos que se la templara hasta pasado por la mañana. Maximiliano fingía que dormía, pero con tal violencia su esposa lo sacudió, que tuvo que aparentar que despertaba de un sueño profundo y finalmente complacerla.

—Te voy a dar una sorpresa —dijo ella cuando terminaron, él exhausto, ella tan fresca como una lechuga.

—¿Qué cosa pasa ahora?

—Mira dentro. —Estiró los labios hacia arriba y miró atrás y se iluminó en el cielo de la boca con una linterna que sacó de la gaveta de la mesita de noche.

Maximiliano descubrió horrorizado un tatuaje en forma de libélula, debajo con un punzón habían acribillado la carne y figuraba su nombre.

—¿Estás loca? ¿Quién te hizo semejante barbaridad? ¡Hubieras podido coger una infección! ¿Por qué no me consultaste? ¡Responde! ¿En qué lugar te hicieron esa carnicería?

—No te pongas bravito, papi. Fui sola, en el Barrio Chino.

—¿Cómo se te ocurrió hacerte un tatuaje dentro de la boca?

—¡Ah, porque como te conocí gracias a mi amigdalitis, supuse que sería un buen lugar para recordarte! ¿De veras no te gusta? Pensé que sí, que te encantaría.

Maximiliano Megía no atinó qué decir ni cómo reaccionar; empezó a creer que se había casado con una alienada, que tenía peores problemas en la mente que en las amígdalas. La miró de reojo, desnuda, la cabellera rojiza revuelta. Con el espejito en la mano se observaba satisfecha en el interior de la boca.

—Tengo hambre, chini, ¿por qué no me cocinas un arrocito de esos con camaroncitos secos que te quedan tan rico?

Con tal de no volver a tocar el tema del tatuaje se escabulló a la cocina a picar cebolla y ají, a machacar ajo, a preparar un exquisito plato a la malcriada de su esposa. Miró el reloj: eran las tres de la madrugada.

Desde entonces, Bárbara Buttler no había cambiado demasiado. Cada vez que paría a un hijo se tatuaba su nombre en las rodillas, tenía tres en una y dos en la otra.

No obstante, su pasión duró lo que un merengue en la puerta de un colegio: unos meses después que el quinto viera la luz, Bárbara se topó con una revista de famosos donde varios testimonios confirmaban la moda de las pelirrojas y, ni corta ni perezosa, determinó que necesitaba realizarse como persona, triunfar como artista; entonces le picó un mosquito en la vena del artistaje, cambió de palo para rumba y se puso de a lleno para convertirse en una celebridad de las tablas y de la pantalla grande.

Más tarde se impuso la moda de las rubias, y se decoloró de platinado; perdió el encanto natural ante los desencajados ojos de su marido. Aunque nada pudo hacer él, de cualquier manera, ojos que la vieron ir jamás la verían volver.

La melancolía invadió el alma del esposo. El último comentario hablado que hizo Maximiliano Megía fue:

—¿Qué le vamos a hacer? Vivimos en un mundo Saha.

—¿Qué quieres decir, papá? —curioseó su hijo mayor.

—Quiere decir que vivimos en el mundo del aguante, eso quiere decir el mundo Saha.

Y ahí puso punto final al lenguaje parlante. Desde entonces comunicó con todo el mundo, incluidos sus hijos, a través de la escritura y con un juego de máscaras que le había regalado un bonzo emigrado igual que él, esclavizado y vendido en Campeche. Un día se ponía la máscara más alegre, y la gente creía que había olvidado su dolor, otro día se colocaba la máscara más seria, e imponía respeto, a la mañana siguiente, incrustaba la máscara del padre imperioso, y así sucesivamente. Provisto de unos cien tipos de máscaras, supo resistir la crueldad del desamor.

TREINTA Y UNO

Los flamboyanes de Mario Fong

En la charada chino-cubana: venado

Rosario Piedad Magnolia Primitiva de la Encarnación Sarmientos de Fong, la madrastra, o sea la esposa de Mario Fong —quien en realidad era el gran artista Li Ying, pero desmemoriado y sumido en una vida muy atareada y novedosa—, cumplió su promesa y pagó los viajes de la madre y de las hermanas de Mo Ying en el Galeón de Manila.

—Oh, hijo, seis años ha sido mucho tiempo para mí, ¡recibí tan pocas noticias tuyas! —Mei Ying pasó la palma de la mano por los cabellos cortados al rente del cráneo de su hijo.

—¿Cómo dejaron al sabio Meng Ting? —quiso saber de su antiguo maestro.

—Meng Ting se refugió en un templo inmediatamente después de nuestra partida. Por cierto, hemos dejado un pueblo arrasado por las inundaciones. Nada más salir nosotros, el cielo se encapotó en nubes negras. Hacía un calor de mil demonios. El sol fue secuestrado por los nubarrones, relampagueaba y tronaba endiabladamente. Desde entonces no ha parado de llover, el fango se arremolinaba en las calles, el barro ahogaba a los vecinos. Los ríos se han llevado burgos enteros… —interrumpió—. Pero hijo, en tu carta me asegurabas que habías hallado a tu padre, ¿dónde está que no lo veo?

285

Habían caminado del muelle hacia las calles de La Habana Vieja; la madre cargaba apenas un rollo de pinturas, pinceles y un morral con alguna ropa. Xue Ying traía una maleta de cuero muy gastada llena de cartas y recuerdos familiares, y el halcón dentro de una jaula. El equipaje de Irma Cuba Ying sólo contenía tres mudas de ropa, frascos de agua del río Uno, como ella llamaba al Yang-tse-Kiang, puñados de tierra del patio de la casa e insectos disecados. El perro Wai Wai quedó al resguardo de Meng Ting.

Un auto les esperaba a la altura de la calle Mercaderes. Antes de entrar, Mo Ying apartó a su madre:

—Mamá, fíjate, es largo de explicar, y ahora no es el momento. Papá no ha podido venir porque no sabe que están ustedes aquí. Por favor, no menciones nada, sé discreta dentro del carro.

La mujer lo detuvo por el brazo:

—¿Es grave? ¿De vida o muerte?

—No, ya pasó lo más terrible para él. Ahora te tocará a ti enfrentarte a la realidad, conocerás algunas cosas que no puedo contarte hasta que no lleguemos a casa.

Ella bajó la vista y obedeció al hijo.

—¿Eres rico, Mo? Veo que tienes un automóvil —preguntó la bella adolescente Irma Cuba Ying, quien miró hacia todos lados y prosiguió—: Así que éste es el país que se llama igual que yo.

—Querrás decir tú igual que él, so pretenciosa —espetó Xue—. ¿Vemos o no vemos a papá?

—Calma, hermana, ya veremos a papá. —Mo Ying abrió la portezuela del vehículo e hizo un ademán caballeroso para que entraran ellas antes que él.

En el apartamento, el joven encendió un puñado de varillas de incienso; después de acomodar a su madre y a sus hermanas dirigió sus pasos a la cocina y colocó la tetera al fuego. Deseaba probar un té que Mei Ying le había traído de regalo; ella había economizado un poco de dinero y con esa cantidad pudo comprar un té delicioso y relativamente caro.

Mo Ying sirvió la bebida humeante y se dispuso a contar lo que había sucedido a su padre, así que describió con lujo de detalles el estado en que se encontraba Li Ying. La madre no pestañeó ni un solo instante durante la narración; se mantuvo serena, pero sus hijas no podían contener los sollozos.

—Repito para que me entiendan bien: papá se llama ahora Mario Fong, es un gran cantante de óperas; nada nuevo, pero algo diferente, pues está… perdóname, madre, debo decirte la verdad. Está casado con una de las mujeres más ricas de este país, tienen tres hijos. Papá cree que soy uno de sus discípulos, gran amigo de la casa; me llamo Li Ying para él, aunque mi nombre, como sabrás, desde México es Maximiliano Megía.

—¿Tu padre se casó? —Ella no podía ni imaginarlo siquiera. Le vibraba el mentón, no conseguía cerrar las mandíbulas.

—¡Papá tiene otra mujer y otros hijos! —exclamó Xue indignada, y colocó la venda negra en sus ojos.

Irma Cuba se tapó los oídos. Aquello era demasiado para ella, no deseaba oír nada más, parecía que los tímpanos se le iban a reventar.

El joven entreabrió los labios para explicar de nuevo; en su semblante se reflejaba la angustia. Titubeó, pero finalmente habló resignado:

—Les advierto, podría ser mortal para papá reencontrarse con su pasado: su corazón es frágil y para colmo es hipertenso, recibió dos golpes muy fuertes en el cráneo; otro impacto emocional podría volver a hacerle perder la memoria; entonces ya no sabría nada de nada, ni siquiera reconocería a su nueva familia. Se convertiría en algo inerte, muy parecido a un vegetal, sin reacciones, no reconocería nada ni a nadie.

Mei Ying lo detuvo con un gesto imperioso.

—No, hijo, ya lo has dicho todo. Comprendo. Y seré capaz de comprender el resto de mi vida. Esa señora… su esposa… ¿me permitirá verlo? ¿Podré entrevistarme con Li Ying?

—Sí, por supuesto, encontraremos la ocasión apropiada, de modo que resulte un encuentro natural. No podrán mencionar sus nombres…

—¡Bah! ¿Qué más da? ¿No ha perdido la memoria? Si no recuerda el suyo, tampoco se acordará de los nombres nuestros. —Xue bufó de rabia.

Mei Ying, asomada a la ventana, intentaba apresar situaciones de la calle, quería vivir en plenitud el presente, pero sus pensamientos le impedían observar lo inmediato. Tenía constantemente puesta la mente en imaginar cómo sería enfrentarse de nuevo con Li Ying.

—Es un país muy soleado —murmuró.

No bien dijo esta frase, el cielo ennegreció; una nube en forma de humareda devoró al espléndido sol, la humedad abochornó el mediodía, de súbito relampagueó, tronó y rajó un aguacero sorpresivo. Mei Ying, separada de la ventana, se mordió los puños:

—¡Oh, no, no aquí, no más agua! —recordaba aterrada las inundaciones de su tierra.

El hijo consoló a su madre con lujo de detalles, hizo toda una introducción al clima caribeño, confirmó que los aguaceros podían durar días de días, pero jamás el agua arrastraría pueblos enteros. Xue se burló, añadió que tal vez la isla podía hundirse en un maremoto. Irma Cuba se tapó los oídos; empezaba a detestar el presente.

La lluvia arreció tres días; después el sol brilló radiante y el calor comenzó a castigar aún con mayor encono. Rosario Piedad Magnolia Primitiva de la Encarnación Sarmientos de Fong mandó guisar maíz; serviría el más suculento y elegante de los almuerzos que aparecía en el libro de cocina francés que le habían regalado por su cumpleaños. Dudó, cambió de opinión; sería mejor poner un toque popular. Ofrecería ajiaco como entrada, como plato fuerte muelas de cangrejo y arroz con gandul, y de postre majarete.

Aquel Domingo de Ramos, Mario Fong acompañó a su mujer a la iglesia, cantó el Ave María en la misa, intercambió saludos con unos cuantos fieles y se despidió lo más rápido que pudo; su mujer lo imitó. En el trayecto de regreso a casa, comentó que se sentía un poco nervioso; no tenía muy claro el origen de su nerviosismo, pero no dudaba de que estuviese relacionado con la promesa que le había hecho Maximiliano de invitar a almorzar a su familia recién llegada de China. A Rosario Piedad empezó a brincarle la piel del pómulo izquierdo con un tic incontrolable. Para Mario Fong, la presencia de Maximiliano se había convertido en imprescindible; para el maestro era más que un discípulo fuera de lo común, empezaba a apreciarlo de otra manera. La costumbre de recibirlo cada domingo había brindado al hombre la posibilidad de mantener conversaciones con el joven sobre su tierra natal y sobre su filosofía. Aquellas tertulias le proporcionaron algo que él creía perdido para siempre: la nostalgia de lo olvidado.

—Ecuanimidad, Mario, ecuanimidad —rogó Rosario Piedad.

—Es que a Maximiliano le he tomado mucho cariño. Puedo decir que lo quiero como a un hijo…

La esposa por nada se traga el abanico del respingo.

—¿Sucede algo?

—Nada, saqué un boniato. —Sacar un boniato quería decir que había tropezado con una piedra; disgustada, frió un huevo en saliva mientras limpiaba con una servilleta la punta, arañada ya desde antes, del zapato.

Maximiliano llegó puntual; su madre no le soltaba la mano, Xue no soltaba la mano de la madre e Irma Cuba no soltaba a su hermana. Así formaban una cómica cadeneta a la que faltaba un eslabón: Li Ying.

—Buenos días señora Ying, encantada. —Rosario Piedad besó la mejilla de la asiática.

Ambas evitaron mirarse a los ojos. Mario Fong aguardó retrasado a que su esposa diera la bienvenida a los invitados.

El hombre tomó la mano entre las suyas y se percató del estremecimiento de la de ella.

—Mi nombre es Mei Ying —murmuró en chino.

—El mío es Mario Fong, señora Ying, encantado de recibirla en mi casa. Tiene usted un hijo formidable.

Xue e Irma Cuba empezaron a lloriquear al estrechar la mano del anfitrión.

—¿Las asusté? —replicó teatral.

—No, extrañan mucho el pueblo, costará que nos adaptemos —justificó a sus hijas.

Maximiliano traducía a Rosario Piedad. Los hijos de Mario Fong con Rosario Piedad aparecieron y enseguida hicieron migas con Xue y con Irma Cuba. Después del almuerzo los chicos se perdieron entre los arbustos de los jardines; jugaban a la gallinita ciega y a policías y ladrones.

—Sus hijos hablan chino —señaló Mei Ying a Mario Fong.

—Un poco han aprendido conmigo y empiezan a perfeccionarlo gracias a Li Ying, perdón, a Maximiliano. ¿Usted habla algo de español?

—Ni gota, pero aprenderé rápido, me lo he propuesto. —La mujer bajó la cabeza avergonzada.

Pasó un ángel.

Mei Ying introdujo la mano en el bolso y agarró una punta, luego haló con cuidado el chal blanco fileteado en hilos de plata, recuerdo de su suegra, en ocasión de su matrimonio con Li Ying. Se lo llevó a la nariz y olió el perfume.

—Lindo chal —admiró Mario Fong.

—Perteneció a mi familia; en fin, lo llevé el día más importante de mi vida.

—¿El de su boda?

Ella asintió. Maximiliano intentó cambiar el tema de la conversación, Rosario Piedad dijo que ella podría tocar el piano, pero nadie le hizo el menor caso.

—Déjeme ver el chal de cerca. Es precioso —insistió el hombre, lo acarició lento y también se lo acercó a la nariz—. Es un tejido perfecto, magnífico. Huele, huele… a algo muy especial…

Sus ojos se humedecieron.

—Huele a China, señor Fong, acabo de llegar de allí, es natural que se emocione con el olor de su patria. —Aclaró rápida y turbada Mei Ying—. Maximiliano, hijo, creo que debemos irnos, aún me siento muy fatigada.

—Claro, mamá.

Mei Ying se dirigió a Rosario Piedad:

—¿Puedo pedirle algo, señora Fong? Soy una amante de la ópera y me gustaría asistir cada vez que actúe su esposo, ¿sería eso posible?

—No faltaría más, querida amiga, estaré siempre a su disposición para lo que necesite. —La mujer no pudo evitar abrazar a Mei Ying.

Mei Ying pensó rechazar el abrazo, pero se dijo que nunca más podría abrazar a su marido y que la persona que más próxima se hallaba de la piel del amado era su esposa; hasta ahora había sido muy amable con ella, así que respondió al abrazo y se dejó apretujar por Rosario Piedad.

—Antes que se vayan, quiero mostrarles mis flamboyanes. —El hombre fue a agarrar la mano de su esposa, pero instintivamente tomó de la mano a Mei Ying, para enseguida soltarla—. Oh, perdone, estoy un poco atribulado; miren, miren, ¿no son maravillosos? Cuando yo muera desearía que mis cenizas fueran esparcidas alrededor de estos árboles.

Hubo otro largo silencio, interrumpido por los niños. Pese a que Xue era ya una mujer e Irma Cuba una señorita, se comportaban infantilmente. Xue atrapaba colibríes y los liberaba al momento, Irma Cuba hurgaba en la tierra en busca de insectos desconocidos. Xue ejecutó una voltereta y se subió a la copa de uno de los flamboyanes.

—Es muy lista esta joven —señaló su padre.

Xue entonó una melodía. Mario Fong quedó petrificado ante la finísima voz.

—Y sin duda, una gran cantante.

—Vuela mejor de lo que canta. Pero sí, tiene usted razón, mis hijos aprecian la música, han nacido con el don de la melodía, herencia de su padre.

Maximiliano dio un codazo a Mei Ying.

—¿Tu padre cantaba, Maximiliano? No me habías dicho eso.

—Entre otras cosas, señor Fong, entre otras cosas. Mi padre sabía hacer lo que se propusiera, veneraba las artes.

Irma Cuba Ying, rezagada, contemplaba con ansiedad la mansión, la riqueza de su padre, aquella gente desconocida, y se preguntó qué habían ido ellas a buscar ahí. En caso de que hubieran viajado desde tan lejos para llevar a su padre de vuelta a Sichuán, y que no pudieran hacerlo debido al enredo que ella había logrado desmadejar sólo hacía poco, ¿qué rayos irían a fabricar en aquella isla extraña?

De entre los matorrales surgió la cabeza de un venado coronado de flores y de las mariposas más raras que jamás había visto en su vida: de múltiples colores, diminutas y también descomunales.

—¡Un venado! —exclamó Irma Cuba, las manos en las mejillas.

A partir de aquel día, Mei Ying se dio a la tarea de aprender el castellano. Hablaba poco y con un terrible acento, pero escribía a la perfección. En poco tiempo, Xue e Irma Cuba se hicieron bilin-

293

gües. Mei Ying jamás perdió una interpretación teatral de Mario Fong. Allí siempre estaba puntual, con un crisantemo en la mano y una orquídea hincada en el moño.

Pasaron los años, y una tarde Rosario Piedad pidió entrevistarse a solas con Mei Ying. Se vieron en el cuarto de casados de Rosario Piedad y Mario Fong.

Sin demoras desembuchó la mala noticia: se estaba muriendo de leucemia. Ella, su médico y Mei eran los únicos en saberlo.

—Le ruego que se ocupe de Mario. A mí me queda poco —estrujó el encaje de su pechera, aferrada a ella.

—Puede que haya esperanzas, le podrán cambiar la sangre. ¿Por qué no consulta con mi hijo? Seré su sirvienta hasta que usted lo desee. —La mujer acarició la cabeza de Rosario Piedad.

—No, Mei, ya no queda solución, no tengo cura, estoy minada por el mal. Me lo han descubierto demasiado tarde. Por otra parte, no serás su sirvienta, serás su esposa. He visto cómo te mira. Él es un hombre fiel y jamás me engañará con nadie, pero cuando yo no esté, necesitará una compañía. Y ustedes se amaron mucho. Tú lo amas aún.

—Señora Fong, por mi esposo Li Ying crucé el océano. Pero no nos precipitemos, usted curará, se lo aseguro. Veremos lo que ocurre, señora Fong. Sus hijos, si usted me lo permite, también puedo ocuparme de ellos, mientras dure la enfermedad.

—Gracias, Mei, eres una gran mujer. Una última cosa, la más importante: no quisiera que Mario se enterara que le mentí sobre su pasado…

—En eso estamos involucrados todos. Mentimos por su bien, por su salud. Jamás sabrá de nada que le haga sufrir o arrepentirse.

—La mujer abrió la mano, mostró un diamante—. Tengo esto, es para usted. Esta piedra limpia lo malo.

—No, Mei, guárdalo, te hará falta.

Rosario Piedad falleció dos meses después en los brazos de Mei Ying. Por mucho que Maximiliano batalló por salvarla no pudo recobrar la energía vital de su madrastra.

—Ella tardó en avisarnos, madre, lo siento. —Y se retiró acongojado.

Había pedido ser enterrada en el nicho familiar de los Sarmientos, en el cementerio de Colón. Quien se ocupó de vestirla con sus mejores galas fue Mei Ying; la peinó con cuidado, maquilló su rostro como si pintara a una diosa, como si procediera a retocar una obra excepcional, dudó si calzarla con zapatos blancos o negros y finalmente no le puso zapatos. Rosario Piedad Magnolia Primitiva de la Encarnación Sarmientos de Fong se fue, a la manera de los sabios asiáticos, con los pies desnudos, porque el gran viaje taoísta se hace descalzo y con una piedra dentro de la boca. Mei Ying colocó el diamante debajo de la lengua y le ladeó la cabeza ligeramente hacia el Este. Arrancó el medallón de jade con cordón de cuero que Mo Ying jamás se había quitado y que, cuando ella llegó a la isla, él le había devuelto y lo guardó dentro de uno de los puños del cadáver.

—Si el gran Li Ying te hubiera conocido antes que a mí también te hubiera amado, querida amiga —musitó.

Mario Fong, sumamente deprimido, no se apartaba de los flamboyanes. Maximiliano no se separaba de él, y acompañaba a su amigo, a su padre, la mayor parte de las noches. De día, su madre lo reemplazaba, e iba a leerle en chino a Mario Fong los mismos poemas que leía junto a Li Ying, o a bordar signos y letras en los disfraces teatrales del actor.

Por otro lado, Xue se había inscrito en un curso de aeronáutica en la Universidad de La Habana, Irma Cuba decidió montarse en un tren, y recorría la isla entera, detrás de las huellas del gran botánico Tranquilino Sandalio de Nodas. Con un jamo en la mano y una mochila a la espalda, atrapaba insectos de lo más variado y los estudiaba minuciosamente para después escribir extensos ensayos sobre coleópteros.

Dos veranos más tarde, Mario Fong pidió en matrimonio a Mei Ying; ella aceptó conmovida, enamorada igual que cuando ella era una adolescente y él un joven lleno de esperanzas y proyectos artísticos. Los casó su amigo o sea su hijo, Mo Ying, en el juzgado y en el palacio matrimonial de la avenida del Prado.

Vivieron muy amantes hasta el final de sus días. Conversaban de la vida en China y del arte de los poetas y pintores antiguos, y de sus hijos.

Mei Ying se ocupó de los hijos de Rosario Piedad como si fueran los suyos propios y jamás desveló, como había prometido, el secreto de su pasado a su esposo.

Murió Mario Fong primero, sin saber que en una época él había sido el gran artista Li Ying y ella su gran amor, también artista del pincel y de la caligrafía.

La anciana esparció sus cenizas alrededor de los flamboyanes, como él hubiera deseado.

Un año más tarde, partió Mei Ying al encuentro de su amado al reino de la luz infinita. Sucedió en silencio, sin dolor, pero con la pena de que los espíritus de los chinos no puedan atravesar los océanos; cerró sus ojos mientras se mecía en la comadrita del jardín; hacia la tarde se sintió sumamente fatigada, y se durmió. De las nacaradas manos resbaló aquel cofre, que contenía dos trenzas chinas y el chal de novia pespunteado en hilos de plata. Mo Ying le colocó una piedra de rayo debajo de la lengua. La misma que su abuelo le había ofrendado de niño.

En la gran mansión vivieron los medios hermanos de Maximiliano, hasta que con posterioridad, en el año 1960, tuvieron que exiliarse en Miami. Uno de ellos llegó a ser un gran pintor gracias a las enseñanzas de su madrastra Mei Ying. El otro, comerciante en Nueva York, el tercero poseía un restaurante chino-cubano en la Gran Manzana que se llamaba Chinita Preciosa.

La nueva dictadura, bajo el pomposo y justificativo título de proletariado, se apropió de la residencia del gran artista chino y un buen día la mansión se derrumbó por falta de atención y de mantenimiento. Aún hoy, en medio del montón de escombros, florecen los flamboyanes de Mario Fong.

TREINTA Y DOS

La balada persa

En la charada chino-cubana: cochino

¿En qué lugar Néctar de Vida le obsequió el jarrón que con tanto esmero conservó él durante el resto del viaje? Maximiliano arrugó aún más la frente y llevó la pipa a sus labios morados, cubiertos de lunares y brillosos de baba. Detestaba babear el pitillo, así que recogió la saliva con un pañuelo azul de delgadas listas terracota. Aspiró hondo y sintió el humo colarse en sus pulmones. Inundado de placer, recordó que había sido en Zhangye donde vio al Buda acostado, el más grande del planeta, bañado en oro, risueño; la escultura pretendía demostrar que el Buda gozaba sensualmente del sueño: con los ojos entrecerrados, los dientes se mostraban en una sonrisa de satisfacción insinuante.

En Xanadú habitó una casa modesta. Se acostó con la señora de la casa y con la hija mayor, obedeciendo a la insistencia del cabeza de familia; pero no hubo ningún sentimiento de amor perdurable, sólo cariño temporal, deseo carnal y ganas de corresponder de manera positiva a la gentileza del anfitrión.

Néctar de Vida le enseñó el sitio en donde los monjes la habían encontrado, su antiguo hogar. Ella fue quien le reveló que él era un esclavo y le suplicó que tuviera cuidado del daño que pudieran hacerle, aún tenía tiempo de escapar. Conocía a Cesáreo Plutarco, ya había pasado anteriormente por esos parajes, aseguró que había caído en las garras de uno de los hombres más brutales que pisaba la tierra. Mo Ying no le dio importancia: aún no había sido maltratado lo suficiente como para sopesar las advertencias de su amiga.

La muchacha excavó en la tierra con los dedos; dijo que ahí se hallaba el escondite de todas sus riquezas, justo donde antes estaba situado el pesebre en el que había nacido. Desenterró un montón de baratijas y un jarrón de porcelana, lo único que realmente tenía valor. Le entregó el jarrón, su mayor tesoro, en prueba de amistad y le suplicó que un día lo diera en herencia a la persona que amara y respetara más que a nadie y a nada en el mundo. Mo Ying juró que cumpliría su deseo.

En esos pensamientos andaba enmarañada su mente, cuando se abrió la puerta y llegó Gina, cargada con una jaba de cuyo borde sobresalían un montón de boniatos, un mazo de habichuelas y cebollinos.

—Como sé que le priva el boniato, pues aquí le traigo unos cuantos. Hoy le cocinaré tilapia y boniato frito. También resolví habichuelas y cebollinos.

«Prefiero el boniato hervido», rectificó Maximiliano.

—Usted siga fumando, no se ocupe de mí, yo me meto enseguida en mis trajines. Tengo que lavar y limpiar el polvo de los estantes; a ver, ¿qué otra tarea hará falta que haga?

El anciano se encogió de hombros, despreocupado, y volvió a recostar su cabeza en la almohada, aferrado a la humeante pipa.

—Ah, ya sé, tengo que lavar la almohada, está muy sudada. —De un tirón sacó la almohada; el anciano por nada se traga el pitillo—. Ay, disculpe, Maximiliano, hoy ando un poco torpe.

Hizo un rollo con una sábana y lo colocó entre la nuca del anciano y el colchón. Maximiliano observó el brazo de la mujer, gordo y azafranado.

De repente Gina, el cuarto, los muebles, los objetos, todo adquiría vetas azafranadas, igual a la *burka* de aquella mujer tapada de la cabeza a los pies, a horcajadas en un caballo azabache, en rumbo hacia una pasión desconocida, en la lejana ciudad de Faizabad, en Afganistán. La mujer entonaba una balada en lengua persa, y el eco de su voz almibarada atravesaba la bruma azul que teñía los mercados con un tono gastado y mortuorio.

Allí, en Faizabad, había sido apaleado hasta casi morir por uno de los bandidos bajo las órdenes de Cesáreo Plutarco; entonces experimentó la ira que conduce a la bestialidad humana, retorcido del dolor más profundo e imperecedero, el del castigo y la humillación, que se cuela por la piel, estalla en las venas, y cada una de cuyas esquirlas se incrusta en el alma. En Faizabad entendió las palabras de Néctar de Vida. Él era un esclavo, lo más bajo, lo más denigrante; debería asistir impasible a la destrucción de su persona. No sería nadie, ni siquiera Mo Ying, ya no tenía nombre, a veces le llamaban El Médico; otras, El Matasanos, o simplemente: «Perro, ven aquí»; dependía del estado de ánimo del mandamás. Jamás usaban su nombre, el capataz lo había olvidado y no le interesaba recordarlo.

En Faizabad, ciudad de un color turquesa robado, presintió que podía enamorarse de aquella mujer a la que sólo vio el rostro durante unos segundos, hechizado por su canción amelcochada, la balada que cada mañana cruzaba la arteria central del pueblo, un estrecho camino polvoriento a donde las nubes bajaban a beber en los charcos llenos de guajacones, orines y excrementos.

Una tarde la misteriosa mujer pasó como de costumbre; ahora iba cubierta con una *burka* color turquesa, como el humo que planeaba sobre Faizabad; ya no tarareaba la balada persa y sus hombros caían apesadumbrados hacia delante.

—¿Por qué te has vestido de color diferente y ya no cantas? —se atrevió a averiguar Mo Ying, aún con las cicatrices a flor de piel.

—Hoy es un día triste. —Cuando hablaba la voz sonaba todavía más seductora y dulce.

—¿Por qué? —Mo Ying intentó esconder sus heridas con la camisola de yute.

—Hoy he desobedecido a mi esposo. Sabía que iría a encontrarte, Anacoreta, como cada día desde que estás aquí. Me he vestido con una *burka* nueva para llamar tu atención. He dirigido la palabra a un desconocido, a ti, sabía que lo haría. ¿Cómo puedo cantar? Sólo por esas sencillas faltas, mañana al alba seré lapidada.

—Amo tu presencia, adoro tu canto, pero jamás he visto tu rostro. Nadie podrá hacerte daño, yo te defenderé.

Ella levantó la *burka* pausadamente. Debajo iba desnuda; el cuerpo mate y oliváceo pertenecía al de una mujer de treinta años, maduro pero musculoso y de una belleza incomparable. El rostro ovalado, la frente despejada, las cejas gruesas pero bien delineadas, los ojos grandes y verdes, la nariz porroncita, la boca como un sueño, el pelo castaño y ondeado, anudado hacia atrás. Enseguida volvió a taparse.

—No eres real —se le ocurrió pronunciar a Mo Ying.

—Sí, Anacoreta, lo soy. Y he venido hasta ti porque supe que recibiste un castigo terrible. Quiero aliviar tus heridas.

La mujer bajó del caballo, amarró la bestia a un madero, y pidió a Mo Ying que la siguiera. Cruzaron tiendecitas destartaladas, a toda prisa recorrieron el mercado y finalmente llegaron a una barca, varada encima de una grieta, en el árido terreno. Dentro, hicieron el amor, embriagados de intenso frenesí; él se introdujo debajo de la *burka*, ella besó sus heridas, con la lengua afiebrada lamía la sangre coagulada en los verdugones.

—¿Cómo te llamas?

Ella no respondió. Nunca reveló su identidad. Muchos años más tarde, mientras Maximiliano memorizaba este corto, pero impresionante episodio de su interminable viaje, quiso rebautizarla con el nombre de Aziyadé, igual que la heroína de la novela de Pierre Loti, cuyas obras apreciaban las prostitutas afrancesadas del barrio de Colón.

—Quiero hacerle una pregunta indiscreta, Maximiliano. —Gina botó el agua sucia del cubo en el vertedero del traspatio—. ¿Por fin en qué quedó con la afgana?

Maximiliano recobró el cuaderno, abierto de par en par en el piso, mientras él aspiraba y espiraba bocanadas de humo azul.

«¡Qué casualidad que la menciones, pensaba en ella!»

La caligrafía le salió imperfecta para su gusto, demasiado doblada hacia el lado izquierdo.

Mo Ying intentó defenderla, dio la cara como un auténtico caballero, se enfrentó a patadas limpias con los abusadores, los criminales no eran ni mucho menos más diestros y fuertes que él, pero sí muy tramposos, lo apuntaron con sables y escopetas. Cesáreo Plutarco y sus secuaces tuvieron que meterse en el medio y facilitar la huida del esclavo.

Aziyadé, como ella misma había pronosticado, fue lapidada a la mañana siguiente. Su marido y sus cuñados la enterraron hasta el cuello, sólo su cabeza sobresalía, y la tomaron como blanco de su cólera. La acribillaron a pedradas, jugaron a patear la cabeza hasta desprenderla del tronco.

El esclavo se ocultó en la cabaña de un cazador mongol, que tuvo el coraje de protegerlo hasta que los hombres de Cesáreo Plutarco —que fueron amedrentados y vencidos por los cuñados y el marido de Aziyadé—, cobraran las deudas con ellos de otros enganchadores y que decidieran partir de Faizabad.

—No todos aquí son tan fieras como ésos —afirmó el cazador.

—Pero nadie hizo nada por impedirlo —protestó el joven.

—El miedo es más fuerte que la dignidad. Este país fue uno de los más cultos del Oriente. Todo esto, y más allá, constituía la antigua Persia. El extremismo, la brutalidad, se instalaron con el tiempo, parece que a la larga se impondrá el terror... Sabe, la balada que ella entonaba todas las mañanas es un poema muy hermoso que habla de la mujer y de la esperanza de vivir sin sentirse constantemente amenazada y atropellada.

Maximiliano aguantó la respiración y trató de apaciguar sus emociones; le latía apresuradamente el corazón. Gina leyó en la libreta: «La asesinaron fríamente, se reían de ella mientras pateaban la cabeza».

—En Xanadú, los hombres ofrecían a sus mujeres. En Faizabad las apaleaban hasta matarlas sólo por hablarle a un extraño. ¡Qué barbaridad! El mundo anda loco. ¿Qué puede hacer una?

«¿Hacer? ¡Bah! Tampoco resuelve mucho. El género humano está enfermo, de gravedad», escribió el anciano.

—Usted nunca toca la política, Maximiliano, jamás ha escrito ni un sí ni un no acerca del tema. —Gina colocó la frazada mojada en el palo de trapear el piso.

«Jamás. No sirve de nada.» Echó una larga cachada a la pipa, y cerró los ojos.

Se oyeron unos gruñidos en el exiguo baño del cuarto aledaño al suyo; el vecino apuñalaba con un machete el corazón de un cochino criado en cautiverio en un vertedero.

TREINTA Y TRES

La perla del silencio

En la charada chino-cubana: tiñosa

Revolvió la infusión con la cucharita de plata y observó el remolinear de la miel en el líquido. Uno de los malos hábitos que había adquirido en Cuba había sido el de endulzar el té; los cubanos, por azucarar, azucaraban hasta el agua, incluso antes de probar, como si dieran por sentado que en la vida todo es, por definición, amargo. Otro vicio del que no podía liberarse era el de hablar con los espíritus; para cualquier cosa que quisiera hacer consultaba a los espíritus. Tanto enfebreció su mente con eso que en el barrio lo llamaban El Chino Espiritista.

En un tiempo le dio por acompañar a Paulina Montes de Oca y a Won Sin Fon a las consultas más estrambóticas, allá en Casablanca.

Reunidos alrededor de una mesa redonda, invocaban a los muertos, encadenadas las manos, las cabezas pegadas a los pechos. Maximiliano cabeceaba, de repente abría los ojos muy redondos, hablaba en francés, en lucumí, en sánscrito, en arameo, en el idioma que ansiara expresarse el fantasma que montaba su mente.

Su hermana Xue no entendía mucho de semejante fanatismo; ella siempre andaba por los celajes, aunque ya no volaba ni arriesgaba su vida en el paracaidismo, ni se vendaba los ojos con una tira negra; eso sí, terminó casada con un piloto de aviación, borrachísimo, que cuando se sonaba dos copas, alardeaba que no existía nadie como él para manejar un avión en absoluta ebriedad; se estrelló antes de cumplir los treinta años. Xue Ying quedó viuda; entonces se dedicó a sembrar girasoles y a enseñar las artes marciales. Criticaba a su hermano Mo Ying por esa ciega devoción que le había entrado hacia los espíritus.

Xue estaba parada en un banquito de madera; trataba de sembrar unos helechos en el tronco de un árbol. Entonces su pie resbaló y cayó como un saco de papas. Se partió la sien y murió instantáneamente. Cuando su hermano invocó su espíritu una tarde de recia lluvia, reunido en casa de sus amigos en el simpático barrio de pescadores, por fin el espíritu de Xue Ying estuvo a punto de entender a su hermano. Quiso advertirle que cuidara de Irma Cuba Ying, pues sería picada mortalmente por un insecto, pero en eso pasó volando por delante de la ventana un aura tiñosa y Mo Ying interpretó que su hermana le enviaba un mensaje del más allá. Sospechó que ella se negaba a conectarse con él, intuyó que lo mejor era acabar con aquella farsa, interrumpió intempestivamente la sesión y no pudo enterarse del trágico futuro de su hermana menor, quien, en efecto, fue picada por la mosca tse-tsé.

Irma Cuba, sumergida en un letargo profundo, duró quince años, hasta que el parásito anidó en el cerebro y ella sucumbió, joven y soltera, aunque no virgen. Ironías de la vida, hacía poco que se había comprometido con un fumigador de Guanahacabibes.

Aquélla había sido una etapa muy convulsa en su vida, el período del espiritismo, la santería y la cábala, justo antes de conocer a Bárbara Buttler. Una noche soñó con Yazel, en los alrededores de Yazd, y con las torres del silencio, que habían servido de tumbas y refugios a los adeptos de Zoroastro, Zaratustra, en la Persia de antes del islam. Se le apareció una estupa repleta de piedras de materias preciosas: oro, plata, lapislázuli, turmalina, ágata y una perla casi del tamaño de un huevo de perdiz.

Desde que había dejado de hablar, debido a la depresión en que se hallaba sumido, tenía la agradable sensación de esconder un tesoro en su garganta, se hacía la idea de que guardaba la hermosa perla de aquel sueño, la perla del silencio.

Nunca antes, ni con la peor de las vejaciones —¡y sólo Dios sabía si pasó por cientos de ellas!—, había sufrido tanto como cuando Bárbara Buttler se marchó y lo dejó embarcado al cuidado de los cinco niños. Una maldición siguió a la otra: Emilio cayó con la poliomielitis; durante meses recurrió a todo tipo de especialistas (incluido él mismo) y medicamentos, curanderas y remedios; pasaba los días y las madrugadas palpando los puntos sensibles del cuerpo del hijo; con los dedos hundidos en el tórax, subía y tanteaba esperanzado la nuca. Emilio quedó imperceptiblemente cojo, pero no jorobado ni como otras víctimas cuyo final fue peor. El Nene empezó a temblar y no paró hasta refugiarse en la parroquia de Santa Clara; había sido el más afectado psíquicamente por la partida de la madre y nada se pudo hacer con su crisis de conciencia y de fe. Mae amenazaba con tragarse la lengua en constantes ataques epilépticos; finalmente Maximiliano descubrió el origen: un quiste del tamaño de una pelota de béisbol en el cuello; se lo extirparon y, como decía ella, con el favor de Dios sanó en menos de un año. A Yoya la atacó el tifus; su padre consiguió extraer el veneno de la sangre con acupuntura, masajes, medicamentos y oraciones. Yuan, el pequeño, jamás logró probar alimento, apenas saboreaba buchitos de agua; su corta vida se apagó mientras Maximiliano intentaba examinar en profundidad con las manos su estrecho vientre de bebé de cinco meses.

La que más lo había conmovido en su lucha por eliminar las fiebres había sido Yoya. Tendría unos nueve o diez años, los ojitos fijos en el techo, la mano aferrada a la de su padre, calva, pues había perdido el pelo, en menos de una hora, parecía un esqueletito abrigado en sábanas blancas. Fue la única vez, después de la separación de su esposa, que Maximiliano elevó la voz, oró a todas las deidades, desde el Buda Shakiamuni, cuyo nombre era Siddhartha, el primero que existió hace dos mil quinientos años en la India hasta san Juan de Letrán, el icono que las abuelas cubanas colocan debajo del colchón de los nietos. Yoya, más moribunda que azorada, apenas recorría las pupilas en trayecto visual hacia el padre.

—Quien se mueve, vive —proclamaba él mil veces al día.

Lo primero que hizo Yoya al erguirse en la cama fue tirarse al cuello de su padre y besarlo durante horas; lo segundo, ya adulta, fue quitarse el apellido materno y dejarse únicamente el de Maximiliano, decisión que reprobó Bárbara Buttler en un posterior y tardío ataque de furia y arrepentimiento.

Aunque su suegro continuaba empleándolo, la situación económica del país empeoró y Maximiliano perdió el bufete y la consulta que pagaba en grupo con otros abogados y médicos; solo no podía con la manutención de los cuatro niños, el alquiler del apartamento y demás gastos esenciales. Se vio obligado a pedir a los hijos que empezaran a trabajar, por no recurrir a limosnear dinero al señor Buttler. Emilio se metió a jardinero, entonces fue cuando el Nene se apuntó como monaguillo en la iglesia, Mae se sindicalizó en una fábrica de cajas de talco, Yoya limpiaba edificios desde los doce años. Eso duró hasta que Bárbara Buttler empezó a ganar un dinerito como actriz y contribuyó a aliviar la situación.

Poco a poco el país conoció una mejoría, y Maximiliano recuperó bufete y prestigio; se convirtió en boyante abogado y otra vez la clientela de pacientes consideró que era un médico imprescindible; entonces pudo montar una consulta individual. Pero ya sus hijos no hacían caso de sus consejos y quisieron continuar buscándose la vida por ellos mismos. Por mucho que luchó para que estudiaran, ninguno obedeció al padre; de eso le sobrevino otro gran trauma, una furia perenne, porque se reprochaba no haber sido el buen jefe de familia que debió y anhelaba ser.

Estaba al tanto de la situación en China y vivía, no con indiferencia pero tampoco con pasión, el furor diario del cubano que tanto especulaba con la política; se interesaba por ambas situaciones, aunque consideraba que había que salvaguardar el espíritu sano y la mente serena.

China había padecido varios conflictos bélicos, las tres espantosas guerras del opio, el enfrentamiento con Francia y después con Japón, los nacionalismos, las invasiones nefastas, la miseria y el comunismo, que empujaba cada vez más a su país hacia la incertidumbre, el caos y la violencia; por otra parte sabía que Cuba no era el paraíso, pero tampoco el infierno. Lo malo de la isla eran los políticos ladrones, la inconsciencia del cubano, la poca capacidad de discernimiento ante cualquier fenómeno de trascendencia social, la ligereza de pensamiento, el desprestigio y la desidia, la falta de memoria histórica y el choteo, y la ignorancia o superficialidad de la juventud.

A veces se reunía con unos amigos a jugar dominó, y a uno de ellos se le trafucaba la mente entre un acontecimiento y otro, decisivos en la existencia de la comunidad china. Maximiliano anotaba en un cartoncito:

«Parece mentira que hayas olvidado semejante suceso, la estancia del escritor Eça de Queiroz en La Habana, como embajador de Portugal. A él le debemos mucho: gracias a su gestión se conoció la realidad apabullante de los contratados, fue el único que se atrevió a denunciar la situación horrorosa a que se hallaban sometidos los asiáticos en este país. Toda esclavitud es onerosa, pero con los chinos se ensañaron, figúrense, no eran mejores que los negros en el corte de la caña. Y eso que, entre 1848 y 1874 fueron vendidos en La Habana nada más y nada menos que la pavorosa cifra de ciento veinticuatro mil seiscientos setenta y tres chinos. Sin contar los clandestinos, en total, podrían ser unos ciento cincuenta mil. La protesta del escritor lusitano trajo como consecuencia el tratado de 1877 entre España y China, que no resolvió mucho, ya que eliminó la contratación legal.»

—Oye, alaba'o sea el santísimo, qué memoria de elefante tiene este narra, caballeeeero —comentaba asombrado el otro—. ¿Es verdad lo que se riega por ahí, que los chinos no tienen la energía suficiente para enfrentarse a la zafra? ¿O es que son ustedes más vagos que otra cosa?

«¿Vagos? Habrá que ver quiénes son los vagos en este país. Así y todo, los chinos cortaron caña, hemos sido peones de albañilería, iniciamos un mercado de frutas, carnes y verduras, envidiable en el Caribe. Innumerables son los inventos chinos para subsistir, la quincallería, los trenes de lavado con las pesadas planchas de carbón, las heladerías. Sin hablar de la guerra. No olviden al gran mambí José Butah, pariente mío, por cierto, y a otro mambí de reconocida trayectoria, José Tolón; no por gusto se habrá construido el monumento al combatiente chino en la esquina de Línea y L. La tarja dice: "No hubo un chino cubano traidor. No hubo un chino cubano desertor".» Palabras del general mambí Gonzalo de Quesada.

En ocasiones, la partida de dominó terminaba como la fiesta del güatao, por culpa, precisamente de ese mal intransigente que padece el cubano, el del choteo. Algún participante, haciéndose el gracioso y para minimizar las hazañas de los chinos en Cuba, arremetía desdeñosamente contra Maximiliano:

—Bueno, qué, ¿es verdad lo que se comenta, que tu mujer te la dejó en los callos?

Maximiliano apretaba las mandíbulas y continuaba dándole agua al dominó.

—¿Es cierto que te engañó como a un chino de Manila?

La risotada explotaba general, y entonces Maximiliano se levantaba, lanzaba las fichas contra el rostro del lamentable aguafiestas, y ahí mismo empezaba la piñasera.

El gran defecto de los cubanos era la jarana a toda hora; para colmo de males, poblaban una isla y se creían los dueños de un planeta aparte, repetía una y otra vez Maximiliano Megía.

Sin hablar y mira la jodienda que se armaba, pensaba el hombre, ¡imagínese si se le soltaba la lengua!

TREINTA Y CUATRO

Una nube de Bagdad

En la charada chino-cubana: mono

No opinaba de política con nadie, porque prefería evitar discusiones inútiles que sólo conducirían a la rabia colectiva. La política había querido destruir, con toda intención, la cultura de los dos países que más amaba, la cultura milenaria china, y la cultura cubana, joven y mestiza. Aborrecía el comunismo; confesarlo significaba un sacrificio peor que echarse la cruz de Cristo sobre las espaldas sin derecho a la resurrección. A cientos de miles de seres humanos, solamente en China y en Cuba, les costó la vida confesar su total desacuerdo.

Una noche, asistió al estreno de la película que contaba el juicio de Nuremberg: *Vencedores o vencidos*, de Stanley Kramer, en el cine Águila de Oro. El cine antes había sido un prestigioso teatro chino, donde también había actuado su padre en sus mejores momentos.

Quedó impresionado por el fondo de la película, que mostraba la más grande ignominia: el enfrentamiento entre el verdugo y la víctima. Después Maximiliano regresó varias veces a las lunetas del Águila de Oro, podía decir que era su película favorita, admiraba a Spencer Tracy y adoraba a Marlene Dietrich. Cuando se curó del padecimiento amoroso, que él denominó El Síndrome Bárbara Buttler, se enamoró perdidamente de la imagen de la actriz alemana, sin ninguna esperanza, por supuesto. En *Vencedores o vencidos*, Marlene Dietrich justificaba la pretendida inocencia de algunos militares y del pueblo alemán, argumentando con una frase aplastante: «Nosotros no sabíamos lo que estaba ocurriendo con los judíos».

El mundo entero lo sabía. *Mi lucha*, el libro de memorias de Adolfo Hitler, se publicó en los sitios más relevantes y en la prensa mundial; sus doctrinas horrendas fueron tomadas por muchos como ejemplarizantes. Hitler construyó carreteras, escuelas, dedicó un caudal de dinero a la ciencia, ¡por Dios, qué ciencia! La misma que esterilizaba a mujeres y hombres, a causa de sus convicciones políticas. El mundo entero alabó el eficiente modelo económico que implantó el *führer* en Alemania. El mismo modelo que quemó libros y que trajo como consecuencia uno de los horrores más sangrientos que ha padecido la humanidad: seis millones de seres humanos asesinados bárbaramente.

Por otro lado, la Unión Soviética, Polonia, Checoslovaquia, China, el Tíbet, Laos, Camboya, Corea, Vietnam, Cuba, Nicaragua, Perú con Sendero Luminoso, Colombia con los narcoguerrilleros, recientemente Venezuela con ese loco de pacotilla, Etiopía, Angola y Mozambique, Afganistán, todos estos países podían, y pueden, darse el lujo de pasearse por la comunidad internacional, orgullosos de haber desatado, cada uno en su momento, una tragedia mundial de fanatismo, crímenes, terrorismo y represión. El balance son ochenta millones de víctimas. En esta historia, como diría Marlene Dietrich, todavía una gran parte de la humanidad justifica el horror, declara impasible que no está al tanto, que nadie conocía ni conoce tales sucesos. Parece que todavía algunos no quieren saber.

Maximiliano Megía había gritado; trató de advertir y lo redujeron a estiércol. Fue de cabeza dos años a la más espantosa de las prisiones. El grito trajo como consecuencia que le inventaran dos causas: una por robo y otra por pederastia. Clásico en los comunistas. A pesar de ello fue declarado inocente, ya que jamás aparecieron ni el objeto robado ni la niña violada según una denunciante, una de aquellas ratas que lo envidiaba como abogado y como médico, esos bichos que sirvieron, y sirven, para torcer el destino de cientos de personas honestas; pero antes había sido encarcelado por Fulgencio Batista. Un error de cálculo: un casquito lo confundió con otro, argumentando que todos los chinos eran idénticos.

Después, con el comunismo, le nacionalizaron el bufete y le cerraron la consulta. Entonces apareció la rata; se hacía pasar por secretaria, y lo acusó de que lo había sorprendido en pleno delito de robar expedientes en el tribunal superior, y que, además, en una consulta lo había cogido *in fraganti* mientras acariciaba a una niña desnuda. Por más que Maximiliano Megía insistió en que jamás había visto a semejante bicharraca, la creyeron a ella, porque ya sospechaban de su desafección a los comunistas y porque ya habían acordado la falsa puesta en escena. No está de más recordar que, de todos modos, pasó dos años en las celdas castristas; salió ileso de milagro. Pero de semejante burrada no quería ni hablar, optó por callar para siempre. Y callar era el peor de los remordimientos, porque carcomía sus entrañas, lo secaba desde dentro.

Después de ver unas cuantas veces más la película sobre el juicio de Nuremberg, Maximiliano llegó a la conclusión de que los hombres lo echaban todo a perder por culpa de sus ambiciones políticas, de su incesante avaricia y de una estupidez ilimitada. La tragedia se repetiría siempre, hasta el fin del mundo, porque sería el hombre mismo quien acabaría con el planeta. Un horror engendraría otro horror y así, de modo totalmente irresponsable, culminaría la tremendamente aparatosa historia humana, devastada por su propia insensatez.

La razón por la que jamás opinaba de política era muy sencilla: su opinión no cambiaría la forma de actuar de sus verdugos. Eso se lo aconsejó un presidiario: «De aquí hay que salir para vivir lo que nos queda. Tú no vas a cambiar a los demás, confórmate con cambiarte a ti mismo, ya es suficiente». ¿Cómo había olvidado las enseñanzas de su maestro Meng Ting?

Además, era sabido que de política discutían los pobres, los ricos discuten de dinero. Y la política, y los políticos, los hacen los ricos con sus millones. Las guerras las hacen los ricos. «Yo aprendí —afirmó Confucio— que cuando el país está perdido y uno no se da cuenta, es que uno no es inteligente; si uno lo percibe sin luchar para defenderlo, entonces lo que no se tiene es fidelidad; si uno se cree fiel sin sacrificarse por su país, entonces lo que no tiene es integridad.»

El anciano releyó otra cita de Confucio: «La fuerza del hombre honesto es la fidelidad, su arma es la generosidad y, sin tener que salir de casa, su influencia se extiende a mil leguas. Cuando encuentra a hombres malos, puede transformar a sus adversarios por su fidelidad y por su generosiadad y es capaz de dominar a la tiranía. Así que ¿para qué llevar espada?». Además, reflexionó, la naturaleza salva constantemente al hombre, segundo a segundo; sin embargo el hombre no hace más que atacarla y destruirla. Dejar de lado ese combate resultaba cuando menos repugnante.

Maximiliano temía enormemente por su nieta, por el rumbo que tomaría la vida de Lola bajo una férrea dictadura.

Para él había ocurrido el milagro de vivir cien años, pero pronto moriría, lo tenía claro. Y a Lola, ¿qué legado le dejaría? Demasiada sabiduría, en un mundo donde gana siempre la mediocridad y la intolerancia, sería condenarla a la demencia sin remedio; pero tampoco deseaba que Lola vegetara embobecida bajo las consignas castristas, y que contara solamente con dos opciones en la vida, la de víctima o la de verdugo.

Su propósito era durar un poco más, ganar un poco más de tiempo, enseñar a la niña a jugarle cabeza al destino, a evadirse con el pensamiento, entrenarla en saltar con pértiga del otro lado de la mentira, pero hacerlo con inteligencia y sensibilidad. Y para eso no podía seguir en su posición de terquedad —reflexionó agotado de rememorar numerosos momentos desagradables—, de no querer ver a la niña, de rechazar sin motivos la presencia de Lola. Gina tenía razón, él lo sabía desde hacía rato, ella no tuvo la culpa. Ella era inocente.

Recordó las caritas de los niños huérfanos a su paso por Bagdad, semblantes ensombrecidos donde sólo se reflejaba la madurez: ni un gesto alegre, ni una palabra, ni siquiera para mendigar tendían la mano. Huellas de lágrimas secas en el churre que enmascaraba las mejillas. Caretas fijas, inmóviles, sin gota de perplejidad, extravío, desconfianza ante lo extraño, reprobación ante el misterio. Parecía que cada niño llevaba una nube como velo, que ocultaba sus sentimientos. Una nube ocultaba la férrea careta. La ternura se desvanecía en la vacuidad y el desamparo de la mirada.

Quiso huir de Cesáreo Plutarco y su pandilla cuando se dio

319

cuenta de que sería vendido, de que moriría esclavo, y lo peor, que con toda probabilidad jamás viajaría a Cuba, donde esperaba hallar a su padre. Preguntó a uno de los chiquillos cómo podía hacer para encontrar a un adulto que lo protegiera y lo empleara. El niño llevaba un monito encima del hombro; el simio brincaba de su cabeza al otro hombro, hurgaba en el enmarañado cabello, sacaba piojos y se los comía. Sin pestañear, el niño condujo a Mo Ying hacia un poblado en las afueras. Entró en un templo cubierto de tapices cuyo tejido resaltaba a la vista por su envidiable preciosidad. Sin pronunciar palabra, el pequeño mendigo apartó un tapiz, y lo dejó a solas con un *mollah* cerrado en negro.

El hombre volteó el rostro, revisó de arriba abajo al muchacho. A Mo Ying no le gustaron sus rígidas facciones. El *mollah* lo interrogó airado, exigió dinero. Después, a empujones, lo introdujo en una carreta y emprendió el camino de regreso al centro de Bagdad, a un mercado próximo a la mezquita Khadimain.

Entretenido Mo Ying dio paseítos alrededor del mercado, se distrajo en la contemplación de la arquitectura del templo; al rato el hombre gruñó en su dirección. Entendió que lo llamaba, obedeció y entró en una cabaña confeccionada con trozos de palo y tela vulgar.

—¿Así que buscabas trabajo? —Frente a él fingía reír con una mueca irónica Cesáreo Plutarco.

El traidor desapareció en un segundo.

—Idiota que eres, por estos lugares me deben bastante plata. No intentes huir, cualquiera te entregará a cambio de una deuda saldada. Ni siquiera por eso, a cambio de nada. Esta gente traiciona por adicción, o lo que es peor, por educación.

Los secuaces de Cesáreo Plutarco arrastraron a Mo Ying a la plaza pública; amarrado con alambre de púas, reventaron sus oídos, a latigazos le arrancaron tiras de piel, después lo salaron tirándole puñados de sal.

—Paren, paren ya, debemos evitar que caiga enfermo. Es uno de los esclavos más valiosos que poseemos, conoce la medicina, es un poeta, un sabio. El patrón lo venderá bien. Cesen de golpearlo —ordenó el capataz.

Poco antes de rendirse desfallecido, Mo Ying divisó a duras penas, pues la sangre se encharcaba en sus párpados, al niño limosnero que, con el mono a cuestas, observaba impávido la escena de tortura, más muerto en vida que indiferente.

TREINTA Y CINCO

La estrategia de muselina

En la charada chino-cubana: araña

En el barco que lo condujo a América sólo cinco braceros no enfermaron durante la travesía; entre ellos se hallaba Mo Ying. El joven, curtido por dentro y por fuera, resistía incluso mejor que los
enganchadores, quienes no cesaban de compararse con él, diciéndose que sin duda el sabio acumulaba una energía que le venía de
las entrañas.

Sin embargo, en la bodega del barco, después de largas jornadas
de trabajo, no lograba conciliar el sueño: los dolores aguijoneaban
su espalda, los riñones, la nuca. Entonces colocaba su mente en el
sitio de su cuerpo; la meditación aliviaba las contusiones y se ador-
milaba.

Soñó con aquellas imágenes durante los pocos días que per-
noctó en Venecia: una niña asiática correteaba por la plaza San
Marcos. Rompió con el dedo un cartucho repleto de maíz que su
padre le había dado para atraer a las palomas. Agitó el paquete y
las palomas volaron hacia ella; alrededor de una decena de aves se
batía por coronar la cabeza de la niña. Soltó el paquete y corrió
temerosa, en busca de su padre, quien se había distanciado con
unos amigos. La niña oteó más allá del horizonte poblado de palomas y estrelló el paquete contra el empedrado; cientos de granos de maíz se desparramaron en el pavimento. El bullicio de

323

palomas asustó aún más a la chiquilla, que rompió en un llanto desesperado.

—¡Lola Liú! —El padre reapareció de detrás de una ancha columna junto al Caffè Florian—. ¿Qué te sucede? Sólo son palomas.

«Lola», repitió bajito Mo Ying con los labios cuarteados, era un bonito nombre para una niña, sencillo, dulce.

El sueño se repetía, se repetía, sin parar.

Al arribar a Campeche, durmieron en unas barracas. A la mañana siguiente, Cesáreo Plutarco empujó a los esclavos de las esteras antes de aclarar. Formaron fila, y el patrón, *monsieur* Dubosc, se pavoneó delante de ellos al pasar revista.

—Son buenos —admitió—, estupendos.

Un caballo recio, color púrpura, galopó hacia los braceros. Sobre él iba una atractiva joven de tirabuzones rubios, vestida como para una fiesta, que los estudió uno a uno, con los pies aún en los estribos:

—Aquél —señaló a Mo Ying—, el tercero de izquierda a derecha, cómpremelo, padre; necesito un sirviente.

El hacendado Dubosc pagó contante y sonante; vivía para complacer a sus hijas, sobre todo a Eva, la elegida, la más inteligente, la más corajuda.

—Te llamarás Maximiliano Megía, desde hoy hasta tu muerte —vociferó la joven.

«Eva Dubosc, Eva Dubosc», paladeó su nombre. La única mujer que había sacrificado su cuna y su prestigio por él, probablemente la única que lo había amado como nadie, entregándose a él antes que a ningún otro. Aunque Sueño Azul no merecía que la olvidara.

—Te amo más que a mí misma —confesó ella cuando Maximiliano llevaba varios meses a su servicio, más como amante que como esclavo.

Maximiliano bajó los ojos.

—¿Por qué no me respondes con la misma declaración de amor que te hago yo a ti? ¿Acaso no me amas tú igual que yo? —retó indignada.

—La amo, señorita, pero conozco cuál es mi lugar en esta casa.

—Bah, tonterías, Maximiliano, tonterías de ricos. Conseguiré que mi padre te libere, nos casaremos; ya verás, te lo prometo.

Maximiliano cerraba los ojos; de pie, no se atrevía a sentarse a su lado hasta que ella no se lo pidiera. Eva le rogaba que se acostara en la cama, y que le cantara al oído canciones de su patria, poemas en mandarín. Maximiliano dibujaba montañas iguales a las que reproducía su madre en trozos de seda y Eva Dubosc engalanaba las paredes de su cuarto con las pinturas del amado.

—Hiciste un largo viaje para encontrar a tu padre, lo encontrarás. Nos iremos juntos a Cuba, allí nos casaremos. Cuéntame, anda, ¿qué te gustó más de tu viaje?

Maximiliano se encogió de hombros:

—Todo y nada. Hubiera preferido quedarme en casa, con mis padres y con mis hermanas. Si me hubieran dado a escoger, habría escogido que mi infancia perdurara…

—No nos habríamos conocido tú y yo. No me has contestado la pregunta.

—Hallé muchas verdades en el camino, padecí, pero ya eso lo he guardado como experiencia, no abrigo rencores. Néctar de Vida, mi mejor amiga, me ofrendó un jarrón, que llevaré conmigo hasta que pueda cumplir mi promesa de darlo en herencia a mis vástagos, cuando los tenga. Y en Mosul una chica iraquí tejió para mí un velo de muselina y predijo que lo entregaría a la mujer de mis sueños. Y esa mujer es usted, señorita Eva.

El hombre tendió una bolsa transparente de un tejido muy delicado que contenía el paño enrollado de muselina.

—Será para el traje y el velo de novia, cuando tú y yo nos casemos. Tendremos hijos, muchísimos, diez por lo menos. Viviremos en Cuba, yo te llevaré a encontrar a tu padre, retornaremos a China… —deliró Eva.

—Me gustaría tener una hija, a la que le pondría Lola. —Él se dejó guiar por la quimera de su amada.

—Mi padre ya sabe que eres un sabio, aprecia que seas un hombre muy culto, y le hace feliz que contigo aprenda todo lo que he aprendido, lenguas, filosofía, música, pintura, letras…

—Su padre, señorita Eva, ni siquiera sospecha nuestra relación secreta, que ya va dejando de serlo, pues me han llegado rumores de que el capataz está al corriente, y también su hermana Leopoldine…

—El capataz no dirá nada. Te debe la vida, y además le pago para que se calle. En cuanto a Leopoldine, es mi hermana y detesta los proyectos de nuestro padre hacia nosotras. Y eso que el señor Dubosc no es de los peores, pero se ha contagiado con el machismo de este país, pues según mi madre antes era un hombre muy diferente.

Maximiliano evocó la sonrisa de Eva Dubosc, tan segura de sus palabras, tan firme en su amor, tan ilusionada. Sin la menor duda de que morirían juntos, llenos de nietos. Se dedicarían a la enseñanza, al arte, a cuidar de los niños y a aliviar a los ancianos.

Al año y ocho meses de vivir semejante locura de amor, el señor Dubosc lo llamó a contar, en su lujoso despacho.

—Mi hija alborota a los braceros, se dedica a arengar a favor de su libertad. Habla de abolir la esclavitud, ¡idioteces! Los demás hacendados se quejan de su apasionado carácter. Averigüé y sé que te has convertido en algo más que un criado… Eres su mejor amigo.

Maximiliano apretó los puños disimulados detrás, a sus espaldas.

—Eres un maestro para ella. Espero que no seas un aprovechador y te dediques a enseñar tonterías que nos puedan traer conflictos familiares. Si esto ocurriese, me vería obligado a hacerte desaparecer, a enviarte lo más lejos posible.

—No se inquiete, señor. Su hija es brillante, jamás se dejará influenciar por nadie, ella decide, ella elige…

—Justo eso me temo, que te dejes impresionar por Eva, y que sea ella quien te hunda, con toda la intención de hacerte un bien —replicó el señor Dubosc.

Salió abatido del recinto; apurado se dirigió a su cuarto y allí echó el cerrojo. Su corazón latía muy fuerte a causa de Eva Dubosc. Cogió los libros que había prometido a la muchacha, vaciló unos minutos, alisó su cabellera en una cola alta de samurái, abrió la puerta y se encaminó al aposento de estudios donde esperaba ansiosa una joven desnuda envuelta en una muselina transparente, inmóvil, cual una novia pintada en un lienzo invisible.

Se besaron ardientemente, hicieron el amor, retozones. El cuerpo de Maximiliano vibraba con una mezcla de miedo y amor. Ella se cubrió con el velo su nariz y su boca; sus ojos destellaban ternura.

—¡Oh, Eva, siempre te recordaré como ahora! Cuando esté

triste, te evocaré así, y estoy seguro que me llenarás de energía y de fuerza, y sólo así podré seguir adelante.

Poco tiempo después los amantes fueron descubiertos y sobrevino la fatalidad. El señor Dubosc embarcó a su hija en la primera nave hacia Inglaterra, después a Ávila. Maximiliano creyó que escaparía con el tejano amigo del tío de Eva que en realidad lo vendió posteriormente, deshaciéndose de él sin escrúpulos y lavándose las manos groseramente.

Eva Dubosc, Eva Dubosc; ¿estaría muerta? ¿Con quién se habría casado en caso de que lo hubiera hecho? ¿Habrá tenido todos los hijos que deseaba?, se preguntó Maximiliano doblado entre los regordetes brazos de Gina. Siempre había reprochado a Bárbara Buttler que no le permitiera ponerle a una de sus hijas el nombre de Lola. Su hija Yoya lo había complacido.

Llevaba una capa plástica encima; de los baños del piso de arriba del solar goteaban excrementos y meados debido a un salidero irreparable. El pasillo se había derrumbado por una parte y presentaba una enorme rajadura; el delegado del poder popular no había encontrado mejor solución que tapar el hueco con una frágil tabla de formica.

Para cruzar el peligroso agujero Gina no se fiaba de la tabla y por esa razón cargaba al anciano en sus brazos.

—¡Caballero, esto es peor que cruzar el Niágara en bicicleta! ¡La pila de veces que este edificio ha sido declarado inhabitable y no acaban de sacar a la gente de aquí! ¡Hasta que no se caiga de cuajo, y no haya bastantes muertos, los comepingas estos no recapacitarán! —Gina se volaba cada vez que entraba y salía del desvencijado solar.

Maximiliano temió que los gritos de Gina añadieran peso al desequilibrio del inmueble y que terminaran todos enterrados en una escombrera.

Descendieron la escalera pegados a la desconchada pared, pues unos traficantes se habían robado los pasamanos de madera preciosa y la reja *art nouveau* con la intención de vendérselos a los vecinos de dos manzanas más arriba. Los peldaños se hallaban en el aire, como en las pinturas que escenificaban la torre de Babel.

—Ay, madre santa, yo hubiera querido ser maga y poseer esos pañuelos que sacan los magos de un bombín, así, cuando me tocara el turno de ver estas infamias, yo sacaría mi pañuelo de maga, y ¡pum! ¡Desaparecería toda esta zambumbia, esta podredumbre, esta salación que nos ha caído encima!

Una vez en la calle, Gina depositó al anciano con sumo cuidado en la acera. Maximiliano sonrió al sol, parado derecho, muy estirado; coqueto, alisó su guayabera y sus ralos cabellos. Se sentía satisfecho tan sólo de ser testigo de los trajines rutinarios de las gentes, aunque advirtió que el absurdo y el aburrimiento cotidianos absorbían el *prana,* la energía vital, de quienes los rodeaban.

Él poseía ese pañuelo, un velo de fantasía, y en las peores ocasiones de su vida usaba lo que él denominaba la estrategia de la muselina. Astuto, imaginaba que se convertía en una araña: tejía y tejía, y así imponía trampas a las dificultades, fabricaba barreras para frenar los desmanes que lo acorralarían.

Soñaba con Eva Dubosc, desnuda, amorosa y pura, bajo la muselina; así, de repente, la más cruda y fea de las realidades mutaba en cálido paisaje primaveral.

—Apúrese, Gina, no perdamos tiempo. Lléveme a la escuela de

mi nieta, la esperaremos a que salga de las clases. Quiero verla, necesito hablar con Lola.

A Gina por nada le da un patatús. Miró a todos lados, ¿semejante milagro se había producido? ¿El chino había hablado?

—¿Usted habló, viejito lindo? —Azorada palpó la frente del anciano afanada en comprobar si estaba afiebrado.

Los ojos se achinaron aún más, en una sonrisa traviesa:

—Adelante, Gina, y no vaya a armar escándalo. Intente ser discreta, ¿es mucho pedir?

—¿Sabe qué, Maximiliano? Esta noche voy a coger tremenda borrachera en su honor. Lástima que sea con el ron rompe-pescuezo, ay, si pudiera conseguir una botellita de champán. Yo nunca he probado el champán, sería una buena ocasión. ¡Ay, san Lázaro bendito, gracias por oír mis oraciones! —La mujer caminaba junto al viejo, sin parar de parlotear; sus ojos virados en blanco escudriñaban de reojo el cielo, la mano derecha en el corazón.

—Gina, si sigue así, me callaré de nuevo, y esta vez será para siempre.

—Oiga, mire el poco tiempo que hace empezó a hablar de nuevo y ya no deja hablar a nadie.

TREINTA Y SEIS

El último chino

En la charada chino-cubana: cachimba

¿Te has fijado bien, Lola, en el mapa? Cuba no tiene solamente la forma de un caimán, como pretende la mayoría, también pudiera parecer una cachimba virada al revés, cuyas cenizas serían ese grupo de islotes y cayos desparramados hacia el sur. Aquella tarde, su abuelo y ella, acompañados de Gina llegaron sedientos a la casa. Yoya se encontraba en el trabajo. Bebieron agua enfriada con hielo.

El abuelo volvió a hablar. ¿No decían que el abuelo era mudo, o que se hacía el mudo? Ella sabía de que no lo era, por aquel secreto depositado en su oído. El abuelo pidió a la nieta los cuadernos de clase, los libros de texto, para saber qué aprendía en la escuela. De una de las libretas se deslizó el mapa, y por esa razón hizo el comentario sobre la forma de cachimba virada al revés de la isla antillana.

Ambos rieron durante un buen rato, Gina andaba por la cocina, buscaba la lata del café para hacer una colada. Asomada al umbral, quiso averiguar en qué maldad andarían abuelo y nieta que se les oía tan alborotados.

—Eh, y a ustedes ¿qué santo les bajó? Cualquiera diría que Elegguá con Oshún, los más risueños.

Ahora Lola, sentada en el borde del sofá, en el mismo sitio en que había estado hacía dos años con el abuelo, recapitulaba los conocimientos que había adquirido a través de Maximiliano. Ella nunca se sentaba en el sofá; detestaba ese tipo de mueble, prefería los sillones.

En aquella ocasión, el abuelo le preguntó si prefería el piso frío de losetas. Ella asintió divertida, y entonces resbalaron hasta el suelo, partidos de la risa. Maximiliano le dijo que buscara unos pinceles, ella le alcanzó unos burdos plumones de tinta y papel. Él dibujó el mapa de China, los ríos, las montañas, un puntito pequeño, ése era su pueblo, Yaan, en Sichuán. Las manos del abuelo, delgadas, lisas, trenzadas de venas, en una geografía fluvial recorrieron estepas, desiertos, ríos, bosques, océanos.

La adolescente se incorporó y se dirigió hasta su cuarto, cogió el jarrón que su abuelo le había regalado cuando hizo la comunión, lo limpió del polvo. Colocó el jarrón en la mesita de centro, quiso iluminarlo desde dentro. Salió a la calle, aguzó el oído. Era de noche, deberían cantar los grillos y revolotear los rutilantes cocuyos. No oyó nada, tampoco vio ningún insecto cuyo verdor luminoso lograra atraer su curiosidad. Lola regresó a casa, entristecida, miró el reloj. La madre terminaría de trabajar hacia las dos de la madrugada, hora en que cerraba la pizzería en donde era camarera.

Aquella tarde, dos años atrás, Yoya llegó más temprano que de costumbre; el abuelo esperó por ella, parecía sosegado, pero en su interior bullía un volcán de emociones. La madre y el abuelo se fundieron en un abrazo muy largo. Ninguno lloró, él sólo pronunció su nombre y dos palabras:

—Yoya, niña mía.

Después de aquel día maravilloso, en que su abuelo volvió a hablar, Lola visitó infinidad de veces a Maximiliano en su estrecho

332

cuarto o, como le llamaba él, «la celda de castigo». Él hizo entrega solemne del resto de los cuadernos. Ahora en su poder tenía más de trescientas libretitas que contenían los secretos, la vida, la filosofía del abuelo.

—¿Por qué escribiste y dibujaste tanto? —Lola hojeó un bloc lleno de diminutos dibujos.

—Bueno, tal vez pensaba en ti. Antes de que nacieras ya pensaba en ti.

—¿No quieres guardarlos tú? ¿Por qué me los das?

—Me gustaría que los leyeras; claro, más adelante, ahora no tendría sentido. Te los entrego porque soy muy viejo, Lola, ése es mi único tesoro. Y a ti te elegí como mi heredera, lo siento.

—¿Estás enfermo?

—Sólo soy muy viejo. Es a lo único que debe aspirar el ser humano, a llegar a viejo.

—No quiero que te mueras.

—¡Ah, no, no lo haré, Lola, al menos, no por el momento! He llegado a cien años, y si he llegado a esa edad puedo seguir. Eso me digo cada día. Se me olvidó cómo se muere, Lola. Y no deseo para nada recordarlo. —Maximiliano soltó una carcajada.

Crujió la puerta, la llave de la madre buscaba a tientas la cerradura. Otra vez habían cortado la luz. No se veía ni las manos. Lola se hallaba sentada en el suelo de losetas frías, aguardaba a su madre y a que la planta eléctrica volviera a suministrar energía.

—Mami, llévame a conocer los grillos y los cocuyos. Nunca he oído ni he visto ninguno.

—Es muy tarde, Lola, y para eso habrá que ir muy lejos.

—El marido de Gina puede llevarnos en el taxi.

—Mañana, hija; estoy muy cansada, no me he sentado en todo el maldito día.

Lola besó a su madre y ambas se acostaron en la única cama de la casa. Antes de dormirse, la adolescente recordó cómo habían reído cuando Maximiliano trataba de explicar el budismo a Gina.

—La humanidad es un océano lleno de flores de loto. Y el cuerpo humano es como una flor de loto. Hay siete puntos o ruedas psíquicas, nervios primordiales, concentrados a lo largo del nervio central: en el abdomen, en el plexo solar, en el corazón, en la garganta, en la cabeza. Estos puntos equivalen a flores de loto de distintas tallas, tonos y cantidades de pétalos. Ellas generan una poderosa corriente de energía, la cual se llama en sánscrito, el *chandali*, o corriente salvaje, y corresponde al calor psíquico. La fuerza energética asciende por el nervio central, enroscada en forma de serpiente, y activa los demás nervios; las flores de loto van naciendo, y mientras más energía acumulen, más hermosa será la flor. La vida es como una flor de loto, el espíritu constituye su esencia. ¿Entendió, Gina?

—Ay, Maximiliano, chico, yo soy muy bruta para esa filosofía tan tremendona. Yo lo único que sé es que la vida es una lotería, hay quien se la gana y hay quien se jode. Y de las flores esas que usted dice, jamás he pillado una. Eh, Yoya, ¿en este país se da ese tipo de flor, la del loto del qué sé yo cuánto?

—No, no creo, el sol la achicharraría —bromeó Yoya.

Maximiliano y Lola se miraron consternados; entonces el anciano hizo una mueca, se puso bizco, sacó la lengua de medio lado, con el objetivo de divertir a la niña.

—¿Sabes qué me gustaría, Lola? Cuando yo no esté y pienses

en mí, llenarás el jarrón de cocuyos; así podrá acompañarte mi espíritu. Tendrás que esperar a que haya una noche estrellada. Los grillos y los cocuyos adoran las estrellas.

—¿Quién carajo dejó esta bola de pelo en el baño? Miren que les he dicho que el pelo de la cabeza no se deja regado por ahí, a lo como quiera. ¿No ven que cualquiera puede hacer brujería con él? Si se quema el pelo de una persona podría enloquecer en un santiamén —interrumpió Gina, olvidando la teoría del loto del abuelo.

Al día siguiente, dos años después, Lola se despertó a las seis de la mañana; aseada y vestida, pero sin desayunar, corrió al solar de al lado, entró en el cuarto de Gina sin tocar a la puerta; de todas formas la puerta entreabierta sólo tenía el gancho puesto:

—Gina, por favor, quiero ir a buscar cocuyos y grillos.

—¿Cocuyos, grillos? —Gina todavía se hallaba debajo de la sábana vestida con un gastado ropón de georgette, con Asensio, su marido taxista—. ¿Pero, qué hora es, por el santísimo san Apapurcio, patrón de los dormilones? ¿O estoy soñando?

Restregó sus ojos, comprobó que no soñaba.

—Pipo, papirriqui, chini… —Dio dos nalgadas al marido afanada en despertarlo—. Vamos, levántate, Lola quiere ir a buscar cocuyos y grillos.

—¡No jodan! ¿Cucarachas no es lo mismo? Miren que tengo un burujón de cucarachas ahí en el fogón, fíjense, qué curioso, no sé qué hacer con ellas. —El hombre se arremolinó de nuevo en la sábana.

—Gina, discúlpame, tú lo sabes, se lo prometí al abuelo. —Lola haló las sábanas de un tirón.

—¡Niña atrevida, menos mal que dormimos con ropa! —protestó el taxista.

—Vamos, pipo, mira que fue una promesa que le hicimos a Maximiliano. Y no quiero que el santo espíritu del chino venga a halarme las patas mientras duermo.

En una hora partieron los cuatro rumbo a cualquier campiña, la primera que a ojos vista aparentara estar poblada por grillos y cocuyos, especies en vías de extinción igual que las mariposas y los cundiamores; nadie sabía por qué carajo habían desaparecido los cundiamores, las flores de mar pacífico; y las mariposas, los cocuyos y los grillos habían emigrado del país.

Recorrieron poblados miserables y paisajes magníficos; de todos modos deberían esperar a que atardeciera y anocheciera.

El automóvil, medio destartalado, un Dodge del año 1949, corrió lo más veloz que pudo en dirección al este de la isla. Frenaron y aparcaron solamente delante de un vasto campo de girasoles. Ninguno de ellos había visto jamás semejante espectáculo. Hechizados por la belleza de los sembrados, encaminaron sus pasos hacia lo más intrincado del terreno. De súbito los girasoles fueron disminuyendo en cantidad; entonces arribaron a un campo que daba la impresión de haber sido totalmente devastado, pero de manera muy rara: con minuciosidad, habían cumplido la tarea de desherbarlo.

—Yo diría que alguien ha cortado los girasoles con una maquinaria precisa en forma perfecta —sentenció Yoya.

A la medida que avanzaban percibieron que la supuesta maquinaria había podado con meticulosidad, delineando un dibujo majestuoso, descomunal, en forma de pétalos y nervudos laberintos.

—Esto parece obra divina —secundó Gina azorada.

—Caballero, mejor nos vamos de aquí, no me gusta nada este mantecado, con perdón de Clara Davis, la inventora del mantecado. Yo nunca he simpatizado con los extraterrestres, ni siquiera leo ciencia-ficción. —Los ojos de Asensio querían saltársele de las órbitas.

—Es una flor de loto, mamá. Una inmensa flor de loto, dibujada en el centro de la tierra —razonó Lola.

—No temas, pipo, tu Gina está aquí contigo, lista para comunicar con los marcianos, que aquí no se rinde nadie, como dice el refrán, que ya es refrán y no lema.

Situados en el medio del terreno arrasado, o sea, justo en lo que sería el corazón de la flor de loto, decidieron acomodarse; poco a poco se recostaron en la hierba; hipnotizados contemplaron el cielo.

El infinito firmamento despejado, intensamente azul, rutilaba bañado por los rayos solares.

Observados desde una nube, centrados en un dibujo misterioso y universal, inmersos en un campo de girasoles de fabulosa belleza, cuatro seres humanos, cual pétalos del loto, alucinaban en espera de un acontecimiento natural.

—El cielo está limpio —subrayó el taxista.

—Tendremos una noche estrellada. —La voz de Gina sonó tenue, sobria como nunca.

—Y si habrá noche estrellada… —Yoya sonrió y volteó el rostro a Lola.

La adolescente aferrada al jarrón de porcelana, cerró los ojos, y pensó con ardor en Mo Ying, su abuelo.

Yo seré el último chino, jamás olvidaré mi infancia en el burgo de Yaan, nunca renunciaré a mi pasado, por amor a mis padres. Pero también me siento como el último de los cubanos, porque también amo esta isla, aunque se diluya poco a poco en el mar, en una mancha tenebrosamente espesa. Los últimos podremos aclarar el camino, vivan aquí, allá o acullá. Porque por «últimos» defino a aquellos que creyeron y veneraron las artes, el pensamiento, la poesía, la naturaleza, la cultura, la libertad. La vida, en una palabra.

Con esas frases, Maximiliano Megía había sellado el cuaderno final.

—Y si habrá noche estrellada… —repitió Yoya temiendo que su hija se hubiera dormido.

—Cantarán los grillos, iluminarán los cocuyos —vaticinó Lola.

París, primavera del 2004

Torrevieja: una canción en el mar

por J. J. Armas Marcelo

Una de las características más sorprendentes, estimulantes y benefactoras de Torrevieja, desde una perspectiva cultural e histórica a medio y largo plazo, es su milagroso mestizaje humano. Su geografía abierta y cómplice, a orillas del canoso y secular mar de Homero, semeja un espejo de la secular y benéfica costumbre del ser humano por navegar hasta territorios donde encontrar siempre el Paraíso y generar, pese a todos los tradicionales y modernos obstáculos, una nueva aventura de la vida. Más de 140 nacionalidades ostentan las gentes que viven en Torrevieja, haciendo nueva y al mismo tiempo eterna una de las profecías de José Saramago para los tiempos inmediatos: «En el siglo XXI Europa será mestiza o no será nada». Cierto: si no fuéramos mestizos, de ideología y convicción, seríamos bastante menos humanos de lo que decimos ser y mucho menos de lo que creemos que somos. Con todos los matices que se quiera, nuestro tiempo es probablemente el más mestizo de todos los tiempos que ha respirado la Humanidad sobre la Tierra, caminando, entre quejumbres y triunfos, derrotas y alegrías, hacia la civilización y la libertad.

Nada de cuanto, provocación o realidad (o realidad provocadora), estamos sosteniendo aquí sobre Torrevieja hubiera tenido lugar sin el fenómeno universal del turismo, esparcido por el mundo como semilla del viaje, de la curiosidad, la comunicación, el conocimiento y el reconocimiento. En ese camino, el olfato de los buscadores de oro, en sentido metafórico, descubrió a tiempo un lugar al sol donde fundar una parte del espacio nuevo, pleno además de tradiciones, memorias de viajes y leyendas de la sal y la mar de la eternidad: Torrevieja. Aquí, al borde del Mediterráneo, mirando hacia el pasado y el futuro en su presente, estuvo y está el territorio de la ciudad de Torrevieja. De modo que la realidad de los tiempos, que a veces exige para bien lo imposible, convirtió a Torrevieja en la canción esperanzada de un futuro mestizo que, desde el punto de vista de la ideología, resulta una transgresión reflexiva e inteligente frente a las intransigencias maximalistas de las razas, las religiones, las nacionalidades y otras máscaras embusteras que la superstición del ser humano inventa y maneja para buscar un enemigo en el semejante y menguar, durante siglos de penurias, nuestras propias libertades. Cierto también: la solución que muchos vislumbramos en el mestizaje puede transformarse, si la mala digestión del eterno fenómeno de la inmigración insiste en sus viejos errores de miedo y diferencia, en un problema de magnitudes exasperantes y hasta muy peligrosas. Y Torrevieja es, por eso también, un experimento natural que ha crecido en un laboratorio a la intemperie, bañado por la mar en sus orillas y horizontes de espumas que llevan dentro de sí, cubriendo todo el firmamento de la memoria, siglos de leyendas, mitos, historias y fábulas felizmente interminables si añadimos lo nuevo a lo viejo y mezclamos, como en el ajiaco cubano, lo nuevo con lo viejo, cada cosa en su momento oportuno, hasta conseguir el exacto punto de la cocción.

Mucha gente en cualquier parte del mundo pregunta por Torrevieja, se interesa por sus condiciones de vida, su clima, sus habitantes, su cotidianidad, su estética convivencial. Mucha gente del mundo, que tiene de pasada o en profundidad alguna noticia de Torrevieja y su ambiente turístico, pregunta por el lugar, su ubicación exacta, la temperatura del mar en cada diciembre, cómo sopla el viento en los febreros y qué benéficas calmas para el alma trae y lleva Torrevieja en sus gentes, novedades y costumbres. No es sólo —digo y repito— cuestión de mar, cielo, arena y sol, descanso y yodo, sino también del patrimonio de rescatar lenta pero con todo tino y certidumbre, lejos por fin del maleficio de la especulación urbanística. Se trata de la estética del paisaje dibujado entre sueños por la libertad y el progreso de las gentes, derrumbada esa estética hace años y a toda carrera para salir con toda justicia del lugar que nadie se merece en ninguna parte del mundo: la nada en la geografía, la nada en el trabajo como derecho, la nada en los ojos y en la esperanza, la nada, en fin, en la cocina. De modo que todo lo bueno que ayer, hace ya décadas, fue Torrevieja como memoria de su propia silueta cultural en el mar Mediterráneo, regrese rehabilitado a su paisaje, sin mengua de su modernidad y sin tregua de futuro.

Decíamos arriba del ajiaco cubano como metáfora del mestizaje y la transculturación entre África, Europa y América, y aquí diremos ahora de las habaneras de Torrevieja. ¿Cómo empezó la aventura? Como si nada, como una ocurrencia cuya brillante visión anclaba los pies en el suelo de la playa y con la fe de un impulso del alma que señalaba el tatuaje por encima de la mar y los océanos, Torrevieja se puso en marcha para encontrarse con La Habana, y con toda América a través de La Habana, en la música popular que, contra vientos y mareas, y gigantes y cabezudos, se abrió paso hasta llegar al otro lado y convencer a todos. Hoy Torrevieja es un referente clásico de la música y la cultura populares del mundo hispano. De ahí también su tenaz y civilizada definición del mestizaje como un encuentro pacífico de gentes que se reclaman felizmente iguales en cuanto se imaginan y se ven frente al mismo espejo de los tiempos.

Dice el cubano Harold Gramatges, entre otros músicos que piensan y componen la vida del futuro, que la música es el clímax de la creación humana que más rompe con corsés, muros, murallas, empalizadas y fronteras casi siempre artificiales y artificiosas, barreras que sólo sirven para nublarnos la visión de los horizontes de la libertad. Dice el sabio Fernando Ortiz que las razas son un efecto óptico de la miopía que crearon los embusteros para mantener a la gente hipnotizada y temerosa de conocer todo cuanto hay que amar con la pasión de la vida: la vida y uno mismo, el otro y la vida de los demás que también somos nosotros mismos. Cierto: no hay alcabalas de pago en la música, cada vez más entregada a conocer cómo somos nosotros en los demás, y viceversa. Tampoco hay de verdad diferencias entre las llamadas razas humanas. Todas las músicas son una sola en la multiplicidad de su riqueza creativa y artística. Y todas las hipotéticas diferencias del ser humano, inventadas e imaginadas, se diluyen en la grandeza de la especie que mira hacia delante y camina relegando al infierno del pasado los fantasmas de las guerras y las fronteras insalvables.

Dicen que las habaneras de Torrevieja son de cualquier lugar del mundo que haya entendido que el lugar del Mediterráneo, el mismo mar de todos los siglos, es un punto de encuentro en el universo de la cultura, en otros sitios tan manoseado por la demagogia política, por los doctrinarios del negocio inmediato y, desde luego, por quienes están por sistema contra aquello, contra esto y contra todo lo que se mueve incluso más allá del horizonte. Dije antes que las habaneras de Torrevieja nacieron aquí como si nada, como cualquier otra tradición de verdad, como si una ola de la mar cercana besara con espuma mágica llenando de talento la voz y la vida de la gente de Torrevieja. Y todo cuanto comenzó por la visión del futuro se convirtió en lo que ahora es el presente, que reúne todos los años y en pleno verano a artistas, cantantes, músicos, gentes todas y público multitudinario que no repara más que en cuanto nos une a todos por igual, que no aplaude en Torrevieja y durante esos días más que a la fuerza de la música y el arte de la memoria cantada, la poesía del lugar donde se encuentran, como aquí, toda suerte de letanías beneficiosas, versos de nostalgia y pasión amorosa, los cánticos de la mar y sus memorias múltiples y variadas; la aventura de la vida libre que sabe que caminar hacia delante consiste en no perder los recuerdos que nos hicieron tal como somos, tan fieramente humanos, tan humanamente abiertos.

Se trata, pues, y de eso hablamos, de Torrevieja, sus gentes, su actividad vitalmente cultural, su turismo transeúnte y sentimental, su permanencia y su futuro. Y, al hablar de Torrevieja en todos esos sentidos, no sólo estamos expresando con pasión un deseo de solvencia para ese mismo futuro, sino una necesidad de reconocimiento. Quienes no creemos en las patrias tradicionales, sino que entendemos que el concepto verdadero de patria corresponde al ámbito privado, al mundo individual, y no al público, al mundo colectivo, sabemos que la memoria de cada uno de nosotros selecciona y jerarquiza recuerdos, lugares, sabores, efluvios, sucesos e imágenes que van dibujando en la mente individual de cada uno el proceso de cristalización que todos necesitamos para no olvidarnos de quiénes somos en realidad. En este caso, la experiencia personal ocupa un espacio de discusión con uno mismo en el que los demás, el resto de la gente, no debe ni puede intervenir, porque nadie debe ni puede inmiscuirse de cualquier manera, arbitrariamente, en la conciencia de nadie. Por eso hay viajeros de todo el mundo que vienen y van como si nada, y posan la mirada del despistado sobre cualquier territorio sin enterarse del tesoro que acaban de encontrar, aunque a primera vista poco se traduzca del secreto. Pero hay otros viajeros, que entran y salen de geografías y territorios, que tal vez nunca soñaron visitar ni conocer, que a partir del viaje personal hacen suyos para siempre esos mismos territorios, transformados ya en parte de su propia biografía de viajeros.

Siento que pertenezco a esta última tribu de viajeros que traduce en la palabra escrita cuantas sensaciones va recibiendo del territorio del viaje, rico, abierto y generoso. Tengo la sensación de pertenecer a la especie que nunca temió asomarse al exterior de sí misma porque supo desde siempre que en esa misma geografía de fuera, ancha y ajena, puede encontrarse gran parte del mundo que uno mismo lleva dentro sin darse cuenta del hallazgo. Pronunciar el nombre de esa geografía al encontrarla no es más, en fin, que el reconocimiento del viaje de uno mismo por los caminos a través de los que queremos buscarnos en los otros que también somos nosotros. Por eso siento que Torrevieja forma parte ya de mi propia biografía de viajero y escritor. Parte de mi memoria de escritor y parte de la escritura de mi memoria. Lo que me implica en un compromiso con el lugar y sus gentes y me reúne con esta confesión de reconocimiento a sus costumbres, tradiciones, mestizajes y descubrimientos. Y con una declaración de amor a la vida entera que se dibuja y extiende desde aquí, desde la orilla al horizonte de la mar y las viejas tierras de Torrevieja, llenas de sal y memoria, plenas de generosidad solidaria y de ganas del mejor de los futuros.